KB250219

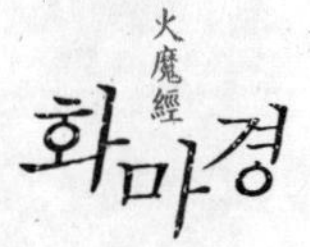

火魔經

화마경

FANTASTIC ORIENTAL HEROES

허담 新무협 판타지 소설

화마경 3
허담 新무협 판타지 소설

초판 1쇄 찍은 날 § 2010년 9월 8일
초판 1쇄 펴낸 날 § 2010년 9월 18일

지은이 § 허담
펴낸이 § 서경석

편집팀장 § 서지현
편집 § 주소영 · 어정원

펴낸곳 § 도서출판 청어람
등록번호 § 제1081-1-89호
등록일자 § 1999. 5. 31
어람번호 § 제2-1975호

주소 § 경기도 부천시 원미구 심곡2동 163-2 서경B/D 3F (우) 420-822
전화 § 032-656-4452팩스 § 032-656-4453
http://www.chungeoram.com
E-mail § chungeoram@chungeoram.com

ⓒ 허담, 2010

ISBN 978-89-251-2289-2 04810
ISBN 978-89-251-2263-2 (세트)

FANTASTIC ORIENTAL HEROES

허담 新무협 판타지 소설

화마경

火魔經

3

혼강의 바람

도서출판 청감

目次

第一章
검광
第一章

화마경

흐릿한 달빛 아래 수십 명의 혁가장 고수가 능선을 따라 달려 내려왔다. 거의 동시에 송추월 등 앞으로 나선 기습조의 뒤를 따르던 고월산장의 고수들도 산비탈을 타고 나는 듯이 산을 치달아 올랐다.

송추월와 황종보는 혁가장 무사들의 시신을 뒤로하고 전나무를 등진 채 달려 내려오는 혁가장 고수들을 맞을 준비를 했다. 그사이 두 사람 곁으로 전나무를 타고 올라 번을 서던 자들을 제거한 고소요와 추부경, 그리고 자후가 내려섰다.

송추월이 고소요에게 흘깃 눈길을 주었다. 그러나 고소요는 송추월의 시선을 아는지 모르는지 여전히 차가운 눈으로 달려오는 혁가장의 고수들을 응시하고 있을 뿐이었다.

“어리석은 짓을 했다, 사질.”

자후가 차가운 목소리로 고소요를 꾸짖었다. 그러나 고소요는 여전히 침묵을 지켰다. 그런 고소요를 자후가 걱정스런 눈으로 바라보며 다시 입을 열었다.

“이번엔 실수치 마시게.”

“실수요?”

그제야 고소요가 차갑게 입을 열었다. 여전히 시선은 전방을 향해 있었다. 고소요의 차가운 말투에 자후가 흠칫하며 고소요를 바라봤다.

“소요, 어른께 불경하다.”

고소요의 대응이 지나치다 느낀 추부경이 얼른 그녀를 꾸짖었다. 그러자 고소요가 쓴웃음을 지으며 입을 닫았다.

“소요, 어서 사과드려라.”

비록 고월산장의 가신으로 살아온 추부경이지만 고월산장에서 그의 위치는 고소요 남매의 숙부와 같았다. 해서 고소요의 잘못을 꾸짖는 그의 말투는 엄했다.

그러나 고소요는 여전히 말이 없었다. 추부경의 눈에 노기가 돌았다. 비록 고소요가 장주의 혈육이라고 하더라도 고월산장에서 추부경의 말을 무시할 수 있는 젊은이는 없었다. 추부경이 침묵을 지키는 고소요를 향해 재차 입을 열려는 순간 자후가 추부경의 말을 막았다.

“됐습니다, 추 노사. 급한 것은 적을 상대하는 것이니 적을 맞을 준비를 해야지요.”

“음!”

추부경이 불편한 침음성을 뱉으며 고개를 끄덕였다. 그사이 고흘수가 장내에 도착했다.

“어찌 된 건가?”

고흘수가 추부경을 보며 물었다.

“실수가 있었습니다. 저들이 우리가 온 것을 눈치챘습니다.”

“어쩌다……?”

“제 잘못이에요.”

고소요가 침묵을 깨고 입을 열었다. 하지만 자신의 잘못이라고 말하면서도 고소요의 얼굴엔 전혀 반성의 기미가 보이지 않았다.

“네가 나섰느냐?”

“네.”

고소요의 대답에 고흘수가 추부경을 바라봤다. 왜 어린 고소요에게 적의 처리를 맡겼느냐는 의미였다.

“나중에 말씀드리지요.”

“알겠네. 모두 적을 맞을 준비를 하라.”

고흘수도 급한 것은 다가오는 적이라는 사실을 알고 있었다. 이미 적들의 도검이 눈앞으로 밀려들고 있었다.

“뒤로 물러나 있거라.”

적들이 가까워 오자 앞서의 무모함을 기억하고 있는 추부경이 고소요에게 말했다. 그러나 고소요는 추부경의 말을 그 자리에서 거절했다.

"아뇨. 앞에 서겠어요."

그리곤 자신의 말을 그대로 행동으로 옮겼다.

팟!

고소요가 땅을 박차고 누가 말릴 사이도 없이 달려오는 혁가장 고수들을 향해 달려나갔다.

"소요!"

추부경과 고흘수가 고소요를 향해 소리쳤지만 고소요는 뒤도 돌아보지 않고 적을 향해 돌진했다.

'이런 젠장!'

송추월도 내심 당혹해하고 있었다. 이번 싸움에서 조용히 뒤로 물러나 그저 고소요의 주위만 지키려던 그의 계획은 고소요의 무모한 행동 앞에 좌절됐다. 고무룡에게 부탁을 받은 이상 고소요의 안위를 지키는 것은 자신의 일이었다. 물론 그깟 약속 안 지켜도 큰일 날 일은 없지만 그래도 약속은 약속이었다.

송추월이 훌쩍 신형을 날렸다. 그리곤 바람처럼 고소요의 뒤를 따라붙었다.

"얼레? 저 친구는 무슨 일이야? 뒤에 물러나 있겠다더니!"

황종보가 고개를 갸웃했다. 그러나 그가 송추월과 고무룡 간의 약속을 알 리 없었다.

"전진한다."

고흘수의 입에서 짧은 명이 흘러나왔다. 본래 고흘수의 계

획은 이런 것이 아니었다. 번을 서는 적들을 은밀히 제거하고
일거에 기습을 가해 노두령의 적들을 몰아내는 것이 제일책,
그리고 적에게 이쪽의 존재가 발각될 경우는 전나무 근처에서
적을 기다려 산을 내려오는 적을 상대하는 것이 이책이었다.
그런데 그런 모든 계획이 고소요의 무모한 행동으로 인해 완
전히 틀어졌다. 이제 고월산장의 고수들은 혁가장의 고수들과
정면으로 격돌해야 하는 상황이었다, 고소요의 목숨을 포기하
지 않으려면.

　고흘수의 명이 떨어지자 고월산장의 고수들은 두려움없이
앞으로 달려나가기 시작했다. 싸움이 시삭뇌기 선이라면 모를
까, 적과 조우한 이상 겁을 먹거나 피를 보는 것을 꺼려 할 사
람은 없었다. 일단 싸움이 시작되면 살아남는 사람이 승자이
기 때문이었다.

　창!
　고소요의 검이 앞서 달려 내려오던 혁가장 고수의 검과 충
돌했다. 불꽃이 튀며 계곡을 따라 흘러내려 오던 격류가 작은
돌부리에 걸린 것처럼 혁가장 고수의 흐름이 흐트러졌다.
　"계집이?"
　고소요에 의해 전진이 막힌 혁가장의 중년 고수가 고소요가
어린 여인임을 확인하고는 비릿한 미소와 함께 검을 휘둘렀
다.
　웅!

혁가장 고수의 검이 무서운 속도로 고소요의 목을 베어왔다. 순간 고소요가 재빨리 자세를 낮추며 마치 연인의 품속으로 뛰어들 듯 혁가장 고수의 품속으로 뛰어들었다.

"엇!"

순간 고소요의 무모한 공세에 혁가장 고수의 입에서 헛바람이 새어 나왔다. 그러나 그의 깨달음은 지나치게 늦었다.

퍽!

어느새 고소요의 검이 혁가장 고수의 옆구리를 깊이 찌르고 있었다.

"악!"

혁가장 고수의 입에서 비명성이 터져 나왔다. 양쪽의 고수들이 정면으로 충돌한 이후 노두령에서 터져 나온 첫 번째 비명 소리. 그 비명 소리를 기점으로 고월산장의 고수들과 혁가장의 고수들이 일제히 생사결에 빠져들었다.

차차창!

송추월은 우박처럼 터져 나오는 도검의 충돌음을 들으며 전장으로 이동했다. 산적으로 살아온 송추월에게 이런 식의 싸움은 처음 경험하는 것이었다. 곳곳에서 터져 나오는 비명 소리와 달빛을 붉게 물들이는 혈무. 그 속에서 생때같은 사람의 목숨이 이승과 저승을 오갔다.

'정신 바짝 차려야겠어.'

혼돈스럽던 정신을 흔들어 깨우며 송추월이 눈을 크게 떴다. 도검이 빗살처럼 오가는 전장에서 정신을 차리지 못하면 아차 하는 순간에 이승과 작별을 고할 수도 있었다.

그런데 정신을 차리자마자 그의 옆구리를 향해 한 자루 도가 불쑥 파고들었다.

"흥!"

도끝에서 느껴지는 매서움이 날카롭지 않은 것으로 보아선 하수의 솜씨. 송추월이 콧방귀를 뀌며 재빨리 검을 휘둘러 도를 쳐냈다.

깡!

날카로운 충돌음과 함께 그를 향하던 도가 허공으로 비껴 날아갔다.

퍽!

다음 순간 송추월의 발이 도 주인의 옆구리를 정확하게 가격했다.

"컥!"

혁가장의 무사가 송추월의 발길질에 비명을 흘려내며 이삼 장 밖으로 날아가 뒹굴었다. 그리곤 갈비뼈가 부러진 듯 자리에서 일어나지 못하고 버둥거렸다.

"일어나지 않은 게 좋을 거야. 그 몸으로 싸울 수도 없을 테니. 죽은 척 누워 있으면 최소한 죽지는 않겠지."

송추월이 버둥거리는 혁가장 무사에게 한마디 충고를 던지고는 이내 신형을 날려 고소요 쪽으로 날아갔다.

　장내에서 고소요는 가장 치열한 싸움을 하고 있었다. 그녀의 무공이 장내의 고수들 중 제일 뛰어나기 때문은 아니었다. 단지 그녀의 전의가 다른 누구보다도 강렬했기 때문이다. 고소요는 마치 무아지경에서 검을 휘두르듯 미친 듯이 움직이고 있었다. 그녀의 검은 허공에 쉿소리를 만들어내며 끊임없이 혁가장 고수들의 목숨을 위협했다.

　그러나 그런 그녀의 행동은 또한 그녀 자신을 위험에 빠뜨리는 일이기도 했다. 그녀의 모난 행동은 혁가장 고수들의 눈길을 끌었고, 자연스럽게 그런 그녀를 향해 혁가장 고수들이 달려들기 시작했다.

　차차창!

　고소요의 신형이 살풀이춤을 추는 여인처럼 빙글빙글 돌며 끊임없이 적의 도검과 충돌했다.

　"힘도 좋군."

　고소요에게로 다가가며 송추월이 혀를 찼다. 보통 사람이라면 벌써 지쳐 쓰러졌어야 했음에도 고소요는 여전히 움직임을 멈추지 않고 있었다. 하지만 사람의 힘에는 한계가 있는 법. 공력을 익힌 무인도 역시 마찬가지. 어느 순간부터 고소요의 움직임이 눈에 띄게 느려지기 시작했다. 더불어 그녀의 주위를 오가는 혁가장 고수들의 도검은 더욱 날카로워져 간간이 그녀의 옷가지를 베어내기 시작했다.

　그리고 한순간, 한 자루 검이 이 장 밖에서 혁가장 고수들 사이를 뚫고 들어와 고소요의 심장을 찔렀다.

"위험하다!"

송추월의 입에서 다급성이 토해졌다. 그리고 다음 순간, 송추월의 신형이 뿌연 잔영을 남기며 그 자리에서 사라졌다.

한순간 고소요의 움직임이 뚝 정지했다. 그녀의 눈은 자신의 심장을 향해 다가오는 적의 검을 담담하게 응시하고 있었다.

"소요!"

저 멀리서 양산종의 여고수 자후의 목소리가 들려왔다. 고소요의 시선이 자후의 목소리가 들려온 곳으로 향했다. 자후가 파랗게 질린 얼굴로 고소요를 향해 날려오고 있었다. 그러나 그녀와 고소요의 거리는 너무 멀었다. 그런 자후를 향해 고소요가 한줄기 차가운 미소를 흘려냈다. 그 미소를 본 자후가 얼어붙듯 그 자리에 멈춰 섰다.

"정신 차렷!"

그 순간 송추월의 목소리가 고소요의 귀를 따갑게 때렸다.

깡!

그리고 연이어 고소요의 심장 한 자 앞까지 다가왔던 적의 검날이 송추월의 검에 의해 방향을 틀었다. 송추월이 검을 막아내며 한 손으로 고소요의 허리를 감쌌다.

삭!

연이어 날아든 두 개의 검이 고소요와 송추월의 옷깃을 베어냈다. 순간 송추월이 고소요를 감싸 안고 삼사 장 뒤로 몸을 뺐다.

“죽겠다는 겁니까?”

혁가장 고수들의 도검을 피해 뒤로 물러난 송추월이 고소요를 보며 물었다.

“무슨 상관이죠?”

고소요가 송추월의 손을 뿌리치며 차게 말했다.

“고 대협의 부탁을 받았어요.”

“오라버니요?”

“그래요.”

“그렇군요. 그럼 고생 좀 하겠네요.”

고소요가 냉소를 날렸다.

“편하게 좀 삽시다.”

“그럼 날 그냥 놔둬요.”

“그럴 순 없지요.”

“그럼 불편하게 살 수밖에 없겠네요.”

고소요가 여전히 냉랭하게 말했다.

“이봐요, 고 소저. 내가 한 것이 아닌 일로 스스로를 상하게 하는 것은 어리석은 일이에요.”

“무슨 말이죠?”

“선대의 일은 선대가 해결할 일이란 말이죠. 고 소저는 고 소저의 삶을 살면 그뿐인 거요.”

“참 세상 편하게 사는군요.”

“내가 편하게 살지 않았다는 건 고 소저도 알지 않나요?”

“그렇군요, 산적 나리!”

고소요의 말에는 냉소가 스며 있다. 그러자 송추월은 내심 부아가 치밀었다. 사실 고소요가 죽든 말든 그가 무슨 상관이란 말인가?

팟!

노기가 발하는 순간 송추월의 검이 매섭게 허공을 갈랐다.

"악!"

순간 고소요와 송추월을 향해 달려들던 두 명의 혁가장 무사가 피를 뿌리며 뒤로 물러났다.

"얘기하고 있잖아?"

송추월이 노한 얼굴로 피범벅이 된 채 비틀거리는 혁가장 무사들을 보며 으르렁댔다. 그런 송추월을 고소요가 기이한 눈빛으로 바라봤다. 비록 혁가장의 무사들 중 다소 무공이 약한 자가 있다고는 해도 지금 녹산에 나와 있는 자들은 그리 평범한 자들이 아니었다.

고소요는 지난날 송추월이 운산문 전욱과 비무를 하는 것을 보긴 했지만 그의 무공이 이렇게 뛰어날 거라곤 미처 생각지 못하고 있다가 일검에 두 명의 혁가장 고수를 베는 송추월을 보고는 새삼스런 눈으로 송추월을 바라봤다. 그리고 그 순간만은 그녀 자신의 출생의 비밀에 대한 고민을 잊고 순수한 무인으로서 송추월의 무공에 관심을 기울이는 고소요였다.

반면 송추월은 자신의 내면에서 기이한 열기가 들끓기 시작하는 것을 느꼈다. 피를 보자 더 강렬한 자극의 유혹이 송추월의 정신을 지배하기 시작했다.

“역시 대단하시군요.”

다시 냉소적인 고소요의 목소리가 들려오지 않았다면 어쩌면 송추월은 고소요의 존재를 잊고 혁가장 고수들을 향해 달려들어 자신의 내면이 요구하는 파괴의 본능에 충실했을지도 몰랐다. 그래서 이 순간만큼은 고소요의 냉소가 송추월에게 한줄기 청량제와 같은 역할을 했다.

‘이놈의 마기!’

송추월이 내심 스스로를 자책하며 내면의 분기를 가라앉혔다. 그리고는 고소요를 바라보며 지금까지완 다른 차가운 목소리로 말했다.

“조심해요.”

“글쎄요. 이렇게 대단한 고수가 날 지켜주고 있는데 제가 조심해야 할 이유가 있을까요?”

고소요가 한줄기 냉소를 베어 물었다. 그리곤 순식간에 허공으로 몸을 솟구치더니 한 바퀴 제비를 돈 후 다시 혁가장 고수들의 무리 속으로 떨어져 내렸다.

“망할 계집!”

송추월이 나직이 욕설을 흘려내며 다시 난전을 벌이기 시작하는 고소요를 향해 달려갔다.

고소요는 다시 혈풍의 바람 속으로 뛰어들었다. 고월산장과 혁가장, 도합 오십여 명에 이르는 고수들이 노두령을 차지하기 위해 치열한 접전을 벌였다. 개중 한두 명의 절정고수는 은

은한 도기와 검기를 만들어내기도 했다.

그러나 송추월은 전장의 상황을 살필 여유가 없었다. 난전에 뛰어든 고소요의 움직임이 워낙 천방지축이어서 송추월은 그녀를 따라붙는 것만으로도 식은땀이 흐르고 있었다.

더군다나 그녀는 자신의 안위를 돌보지 않고 적들을 공격하고 있었기에 그녀에게 다가드는 혁가장 고수들의 도검은 오로지 송추월의 몫이었다. 송추월은 고소요의 주위를 돌며 그녀 주위로 다가드는 적의 공격을 쉬지 않고 막아냈다. 그런데 그런 송추월과 고소요의 움직임이 어느 순간부터 의도치 않게 싸움의 전황에 영향을 미치기 시작했다.

앞뒤 분간 않고 사방으로 돌진하는 고소요, 그녀의 뒤를 따라 역시 정신없이 혁가장 고수들을 상대하고 있는 송추월, 두 사람의 미친 듯한 질주가 혁가장 고수들을 서서히 뒤로 밀어 올리기 시작했던 것이다.

그즈음 두 사람의 검에 의해 쓰러진 혁가장 고수들만 해도 적지 않은 숫자였다.

"연놈을 막앗!"

두 사람이 전세에 큰 영향을 미치고 있다는 것을 깨달은 혁가장의 고수들 입에서 송추월과 고소요를 주살하라는 다급한 목소리가 흘러나왔다. 그러자 거의 동시에 다섯 명의 혁가장 고수가 송추월과 고소요를 에워싸며 날아들었다.

"젠장!"

다시금 송추월의 입에서 욕설이 흘러나왔다. 지금 두 사람을 향해 달려드는 혁가장 고수들의 기세가 범상치가 않았다.
지금까지 상대했던 혁가장 고수들과는 차원이 다른 느낌이었
다.

"조심해요!"

송추월이 고소요를 향해 경고했다. 고소요 역시 지금 두 사
람을 향해 달려드는 다섯 명의 혁가장 고수가 범상치 않은 자
들이라는 것을 깨닫고 있었다. 하지만 그럼에도 불구하고 그
녀는 전혀 몸을 사릴 생각이 없어 보였다.

팟!

고소요가 송추월의 경고에도 불구하고 닥쳐드는 혁가장 고
수들을 향해 마주 달려나갔다.

"미쳤군."

송추월이 쓴 침을 뱉어내고는 고소요의 뒤를 따랐다.

차창!

"흡!"

단 일합의 격돌만으로도 혁가장 고수들의 능력은 입증됐다.
고소요는 다섯 명의 혁가장 고수 중 두 명과 정면으로 충돌했
는데, 서로의 도검이 엉켜들자마자 고소요의 입에서 자신도
모르는 사이에 다급성이 터져 나왔다. 더불어 그녀의 몸이 실
끊어진 연처럼 뒤로 날아왔다.

"죽어랏!"

일합의 격돌에서 고소요를 뒤로 물러나게 만든 혁가장 고수
둘이 거의 동시에 고소요를 향해 치명적인 살수를 전개했다.

혁가장 고수들의 검이 먹이를 노리는 뱀처럼 고소요를 따라 붙었다. 고소요의 심장과 목이 그대로 차가운 검 앞에 노출됐다. 고소요는 첫 번째 충돌에서 받은 충격으로 혁가장 고수들의 검을 막아낼 여유를 찾지 못했다. 그리하여 고소요의 몸에두 자루 검이 박혀들려는 찰나,

슈욱!

날카로운 파공음과 함께 고소요의 옆구리를 스치며 한 자루검이 앞으로 뻗어나갔다. 송추월이었다.

차창!

날카로운 중놀음과 함께 두 번의 불꽃이 일어났다.

"엇!"

"음!"

고소요를 향해 날아들던 두 명의 혁가장 고수가 신음성을흘리며 멈칫 신형을 세웠다. 그 둘을 향해 송추월이 다시 검을휘둘렀다. 둘의 목숨을 한 번에 노리는 초식, 그 초식의 괴이함과 신랄함에 혁가장 고수들은 감히 막아낼 엄두조차 내지 못했다.

"놈!"

그런데 송추월의 검이 막 두 혁가장 고수의 목을 동시에 베어내려는 찰나, 양쪽 옆에서 세 자루의 검이 송추월을 향해 떨어져 내렸다. 애초에 두 명의 혁가장 고수와 함께 다가왔던 나머지 삼 인이 동료의 위급함을 보고 송추월을 협공했던 것이다.

송추월이 번개처럼 뒤로 물러났다. 그러자 위기에 처했던 혁가장의 나머지 두 고수도 다른 동료 삼 인과 함께 송추월에 대한 공격에 동참했다.

상황은 순식간에 반전됐다. 송추월의 무공이 아무리 대단하다 해도 일류 경지에 오른 고수 다섯을 일순간에 당해내는 것은 힘들었다.

슈우욱!

다섯 자루의 칼이 이빨을 드러내고 송추월의 목을 물어뜯기 위해 닥쳐들었다.

"아!"

송추월의 위기를 목도한 고소요의 입에서 탄식이 흘러나왔다. 그러다 퍼뜩 정신을 차리고 송추월을 향해 몸을 날렸다. 그러나 그녀의 반응은 늦은 감이 있었다. 그녀가 신형을 날렸을 때는 이미 다섯 자루의 검이 송추월을 그물처럼 에워싸고 있었다.

"죽어보자는 거냐?"

급박한 위기에 몰린 송추월은 갑자기 자신의 가슴속에서 한 덩어리 불꽃이 일어나는 것을 느꼈다. 그 불꽃이 진기가 움직인 유형의 불꽃인지 아니면 그저 마음속에서 일어나는 노기인지는 알 수 없었지만, 일단 불꽃이 일어나자 다섯 자루의 검에 대한 두려움은 씻은 듯이 사라졌다. 대신 적을 향한 강력한 파괴의 본능이 그 자리를 차지했다.

"으핫!"

송추월의 입에서 호랑이의 포효 같은 기합성이 터져 나왔다. 순간 그의 검이 거무스름한 잔영을 일으키며 풍차처럼 회전했다. 하나의 검이 두 개로, 다시 두 개의 검이 네 개로 늘어났다. 그리고 그렇게 늘어난 검은 자신을 향해 떨어져 내리는 혁가장 고수 넷을 향해 닥쳐갔다.

'하나는 준다.'

적은 다섯, 그중 하나의 검은 허용할 수밖에 없었다. 하지만 나머지 넷은 달랐다. 송추월이 목숨을 내어줄지, 몸 한곳이 상할지는 알 수 없으나 그의 검이 목표한 네 명의 혁가장 고수는 반드시 그 목숨이 끊어질 것임을 송추월은 확신했다.

파악!

송추월의 검이 파도처럼 적을 향해 몰려갔다.

"악!"

"헛!"

생각지도 못한 강력한 반격에 혁가장 고수들 입에서 저마다 당혹스런 음성이 흘러나왔다. 그중 한 명은 송추월의 검에 허리를 베이며 신음성을 토해내고 있었다.

"큭!"

"음!"

연이어 들려오는 신음 소리. 어느새 송추월의 검이 향했던 네 명의 고수가 피를 뿌리며 낙엽처럼 뒤로 물러났다.

"놈!"

적을 향한 노기에 빠져 있던 송추월의 귀에 아련한 혁가장 고수의 목소리가 들려왔다. 송추월이 대응하지 못했던 한 명의 혁가장 고수, 그가 동료들의 패퇴를 기회로 송추월을 향해 치명적인 일검을 뻗어내고 있었다.

그런데 적의 검이 송추월의 허점을 파고들 때, 송추월은 모든 것이 무척 느리게 움직인다는 느낌을 받았다. 그리하여 송추월은 위기 속에서도 자신의 심장을 향해 파고드는 적의 검을, 적의 부릅뜬 눈을 선명하게 응시할 수 있었다.

송추월이 온 힘을 다해 몸을 비틀었다. 그러나 웬일인지 송추월의 움직임 또한 무척 느렸다. 그것이 실제인지 아니면 송추월의 느낌일 뿐인지는 알 수 없었다. 이대로라면 심장은 아니더라도 적어도 치명적인 부상을 모면할 길이 없어 보였다.

송추월의 눈에 이삼 장 밖에서 다가드는 고소요의 모습이 들어왔다. 그러나 그녀의 움직임 또한 송추월의 눈에는 너무나 느렸다.

"젠장!"

다시금 송추월의 입에서 욕지거리가 흘러나왔다. 이젠 꼼짝없이 적에게 몸 한 군데를 내어줄 각오를 하는 수밖에 없는 듯 보였다.

그렇게 송추월이 적의 공격을 막을 엄두를 내지 못하고 단지 최소한의 피해로 적의 검을 받을 생각을 하는 그때, 문득 송추월의 눈에 한줄기 검은 물체가 뿌연 잔영을 만들며 무시무시한 속도로 날아드는 것이 보였다.

'저건 또 뭐냐?

퍽!

송추월의 눈앞에서 혁가장의 무사가 고목 쓰러지듯 무너졌
다. 그의 검은 송추월의 심장 바로 앞에까지 다가와 있었다.
송추월이 본능적으로 시선을 돌렸다. 그러자 십여 장 밖에서
암기를 손에 든 양산종의 후예 서연이 태연하게 송추월을 향
해 손을 흔들고 있었다.

"신세를 졌군."

송추월이 나직하게 중얼거리며 서연에게 가볍게 고개를 까
딱였다. 그러자 서연이 환한 웃음을 짓고는 이내 다른 적들을
향해 달려갔다.

"괜찮아요?"

그사이 송추월의 곁으로 다가온 고소요가 무심한 목소리로
물었다. 그러나 그녀의 눈엔 숨길 수 없는 미안함이 떠올라 있
었다.

"괜찮아요."

송추월이 무덤덤하게 대답했다. 기실은 이 무모한 여인의
뺨이라도 때려주고 싶었지만 고소요는 그럴 상대가 아니었다.
고소요도 송추월의 내심을 짐작하고 있는지 더 이상 말을 꺼
내지 않았다. 그렇다고 다시 검을 들고 혁가장 고수들을 향해
달려들지도 않았다. 송추월이 죽음의 위기에 처했던 사실이
고소요의 행동을 제지하고 있었다.

"곧 끝나겠군요."

고소요가 남의 일처럼 입을 열었다.

"그렇군요. 저들 다섯이 생각보다 중요한 인물이었나 보군
요."

싸움의 양상이 급격하게 변하고 있었다. 혁가장 무사들 얼
굴에는 패배의 기운이 물씬 드리워져 있었다. 반면 고월산장
의 고수들은 세차게 혁가장 고수들을 몰아치고 있었다. 그리
고 이런 전세의 변화는 송추월이 상대했던 다섯 명의 혁가장
고수, 그중 셋은 죽고 나머지 둘은 치명적인 부상을 입고 전장
에서 물러난, 그들의 패배로부터 시작되고 있었다.

"물러나라! 그렇지 않으면 모두 베겠다!"

멀리서 고흘수의 노성이 들려왔다. 그러자 혁가장 고수들의
진세가 급격하게 무너지기 시작했다.

"후퇴한다!"

뒤이어 더 이상 견딜 수 없다고 판단했는지 혁가장 고수들
사이에서 한줄기 침울한 음성이 들려왔다. 그러자 혁가장 고
수들이 너나 할 것 없이 일제히 신형을 돌려 노두령 정상으로
후퇴하기 시작했다.

"오른다!"

혁가장 고수들이 후퇴하자 고흘수가 고월산장의 고수들을
돌아보며 소리쳤다. 그러자 고월산장의 고수들이 충만한 전의
를 드러내며 혁가장 고수들을 쫓아 노두령을 오르기 시작했
다.

"우리도 가죠?"

문득 송추월이 남의 싸움 보듯 노두령을 타고 오르는 고월

산장과 혁가장 고수들을 바라보고 있는 고소요에게 말했다. 그러나 고소요는 움직일 생각을 하지 않았다. 마치 지금까지 그녀가 보여왔던 그 무모한 행동들이 거짓이었던 것처럼.

"안 갑니까?"

송추월이 답답하다는 듯 되물었다. 부탁을 받아 그녀를 지키고 있지만 고소요를 따르는 일은 결코 쉬운 일이 아니었다.

"가요."

송추월의 내심을 짐작했는지 고소요가 고개를 끄덕이고는 천천히 움직이기 시작했다. 하지만 싸움이 시작되었을 때와는 달리 고소요는 무척 느린 걸음으로 노두령을 올랐다.

'도착하면 싸움은 모두 끝나 있겠군.'

송추월과 고소요가 노두령 정상에 도착했을 때는 일단 싸움은 끝나 있었다. 그러나 아직 양측 간에 승패가 결정된 것은 아니었다. 고월산장의 고수들과 혁가장 고수들은 굵은 참나무 기둥을 박아 만든 방책을 사이에 두고 서로를 노려보고 있었다. 그리고 각자의 진영 앞쪽에는 두 명의 초로의 고수가 나와 있었다.

"그만 물러나시오."

고월산장의 고수들 앞쪽에 나와 있는 사람은 당연히 고흘수였다.

"고월산장이 이렇게 야밤에 어둠을 틈타 기습을 가할 줄은 몰랐소. 고월산장도 자신들이 비방하던 우리와 하등 다를 바가 없구려.”

고흘수의 맞은편에 서 있던 혁가장의 노고수가 비웃음을 흘리며 말했다.

“왜 다른 점이 없겠소.”

고흘수가 냉소를 흘렸다.

“뭐가 다르단 말이오? 밤 고양이처럼 은밀히 기습을 해놓고선!”

“일이란 것은 그 뿌리를 살펴야 선후가 명확하게 드러나는 법이오. 우리가 기습을 한 것은 사실이나 우린 본래 우리의 것이었던 것을 되찾기 위해 기습을 한 것이오. 반면 그대들 혁가장은 남의 것을 빼앗기 위해 암수를 써왔던 것이니 어떻게 이 두 가지 일이 같다고 할 수 있겠소? 혁 노사께서는 혁가장의 가장 웃어른 중 한 분이시니 당연히 이러한 이치를 알고 계실 거라 생각했소만… 내 말이 틀리오?”

고흘수의 추궁에 혁가장의 노고수가 일순 답을 하지 못하고 얼굴을 붉혔다. 그러다 억지스런 목소리로 반발을 했다.

“흥, 이 녹산이 언제부터 모두 고월산장의 것이었단 말이오?”

“하하, 설마 지금 그걸 핑계라고 대는 것이오? 그렇다면 혁가장이 위치한 통화엔 왜 다른 문파가 들어서면 안 되는 것이오? 강호에선 한 문파의 권역을 암묵적으로 인정하는 게 관례요. 그것을 깨려 할 때 이번처럼 싸움이 일어나는 것이고. 설마 노회하신 혁후종 노사께서 그 사실을 부인하시겠단 말이오?”

혁후종이라는 이름은 혁가장의 고수 중 널리 알려진 이름 중 하나다. 혁가장의 장주 혁후경에게는 두 명의 친동생과 한 명의 사촌 아우가 있었는데, 혁후종은 바로 혁후경의 사촌 아우였다. 그 무공에 있어서는 혁가장주 혁후경에 버금간다고 알려졌고, 복심에 구렁이가 들어 있다고 말할 정도로 심계에 능한 인물이었다.

그러나 오늘 이렇게 갑작스런 고월산장의 기습을 받아 궁지에 몰린 처지에서는 혁후종의 심계도 별반 소용이 없는 상황이었다.

고흘수의 추궁에 할 말을 잃은 혁후종이 차가운 눈으로 고흘수를 노려보다 불쑥 한마디 내뱉었다.

“우리가 이대로 노두령에서 물러날 거라 생각하시오?”

“아니 물러나겠단 말이오?”

“이 진지는 무척 견고하오. 버티자면 수십 년도 버틸 수 있소.”

“물론 그럴지도 모르오. 하지만 그대들이 녹산을 포위했듯이 우리가 당신들 진영을 포위하면 과연 그대들이 얼마나 버틸 수 있을 것 같소? 그때가 되면 아마 오늘처럼 조용히 물러날 기회조차 잡기 어려울 것이오.”

“흥, 그전에 본 장에서 원군이 나올 것이오.”

“과연 그럴 것 같소? 설마 지금 공격당하고 있는 곳이 이 노두령 하나뿐이라 생각하는 건 아니겠지요? 아마도 혁가장은

이곳에 원군을 보낼 여유가 없을 것이오. 더군다나 이곳은 그
대도 알 듯이 험준한 산봉우리고, 혁가장보다는 고월산장에
가까우니 이곳으로 원군을 보내는 일은 섶을 지고 불에 뛰어
드는 일이나 마찬가지일 거요. 그러니… 수하들의 목숨을 귀
하게 여긴다면 순순히 물러나시오.”

고흘수가 차가운 목소리로 혁후종을 몰아붙였다. 그러나 혁
후종은 불리한 상황임에도 불구하고 고집을 꺾지 않았다.

“난 결코 물러날 생각이 없으니 노두령이 욕심나거든 그대
의 능력으로 차지해 보시구려.”

“정말 수하들이 모두 죽어야 물러날 것이오?”

“그럴 능력이 당신들에게 있다고는 믿지 않소.”

“아, 정말 말이 통하지 않는 사람이구려.”

고흘수가 피의 싸움을 선택하는 혁후종을 안타깝게 바라보
며 탄식을 흘렸다. 그런데 그때 불쑥 고흘수 옆으로 양산종의
노고수 황종보가 다가섰다. 그리고는 퉁명스런 목소리로 입을
열었다.

“고 사제, 고 사제도 참 답답하군.”

황종보의 말에 고흘수가 의아한 얼굴로 황종보를 돌아봤다.

“황 사형께선 무슨 가르침이 계십니까?”

“이보시게, 고 사제. 말이 통하지 않는 상대와 말싸움을 해
봐야 입만 아플 뿐이네.”

“하면 생사결을 하자는 말씀이십니까?”

“아니지. 말이 통하는 상대와 말을 하면 되지.”

“그게 무슨 말씀이신지……?”

“내게 맡겨두게. 이보시오, 권왕! 잠시 인사나 합시다!”

황종보가 방책을 보며 큰 소리로 외쳤다. 그러자 문득 어둠에 싸인 방책 안에서 굴강해 보이는 고수 한 명이 훌쩍 신형을 날려 방책 아래로 떨어져 내렸다.

“어느 분께서 이 장정을 찾는 거요?”

나이는 대략 오십대 중반, 그러나 단단한 몸은 그를 삼, 사십대 중년으로 보이게 만들고 있었다.

“혹 날 기억하겠소?”

황종보가 한 걸음 앞으로 나서며 방책 위에서 환하게 타오르고 있는 횃불 아래 자신의 얼굴을 드러냈다. 그러자 요동권왕 장정이 눈을 가늘게 뜨고는 황종보를 응시했다. 그렇게 얼마나 지났을까. 문득 장정의 얼굴에 놀란 빛이 떠올랐다.

“혹… 황종보, 황 노사십니까?”

“하하, 다행히 알아보시는구려. 그렇소. 나 황종보요.”

황종보의 대답에 요동권왕 장정의 낯빛이 변했다.

“음… 이거 앞서 싸움 중에는 경황이 없어 미처 알아보지 못했습니다. 이렇게 다시 뵙게 되니 반갑기는 한데… 이거 상황이 영…….”

장정의 얼굴에 곤혹스런 빛이 떠올랐다. 그는 황종보를 무척 어려워하는 듯 보였다.

“한 오 년쯤 되었지요?”

황종보가 미소를 지으며 물었다.

"그, 그렇군요. 그때 심양에서 뵙고는 처음이군요. 그런데 어떻게 고월산장에는……?"

"나야말로 묻고 싶소. 요동권왕께서 혁가장에 몸을 의탁하실 줄은 미처 생각지 못했소만……."

황종보가 질책하듯 말했다. 그러자 요동권왕 장정이 낯빛을 붉히며 얼버무렸다.

"과거 혁가장주와 인연이 있었던 터라……."

천금을 받고 혁가장을 돕고 있다는 말은 차마 할 수 없었는지 요동권왕 장정이 과거의 인연을 끌어댔다.

"아, 그렇구려. 나 또한 고월산장의 장주와는 오래전부터 호형호제하는 사이외다."

"그렇군요. 이것 참… 흐흠!"

요동권왕 장정이 연신 곤란한 표정을 지었다. 그러자 황종보가 정색을 하며 말했다.

"이보시오, 권왕!"

"말씀하시지요."

"강호에서 살다 보면 물론 상황에 따라 때론 친구로, 때론 적으로 만나는 것이 특별한 일이 아닐 것이오."

"물론 그렇지요."

"하지만 이 사람은 이곳에서 권왕과 생사를 놓고 싸우고 싶은 생각은 없소."

"저 또한……."

"그렇다면 권왕께서 여기 혁가장의 고수 분들을 설득해 주시구려. 사실 이미 혁가장 쪽은 적지 않은 손실을 입은 상태요. 이대로 다시 생사결을 벌인다면 아마도 혁가장은 전멸에 가까운 손실을 입게 될 것이오. 물론 그리되면 우리 쪽 사람들도 여럿 상할 것이고 말이오. 그런데도 과연 이 싸움을 계속해야겠소?"

황종보의 말에 장정이 곤혹스런 표정을 지었다.

"물론 그 말씀이 맞기는 하지만……."

장정이 슬쩍 혁후종의 눈치를 살폈다. 그러나 혁후종은 여전히 고집스럽게 얼굴을 굳히고 있었다.

"더군다나 다시 싸움이 시작되면 아마노 난 그내를 상내해야 할 것 같은데… 과연 우리가 남의 싸움에서 목숨을 걸고 싸워야겠소이까?"

황종보가 재차 장정을 압박했다. 그러자 장정이 잠시 생각에 잠겼다가 혁후종을 돌아보며 말했다.

"혁 노사, 잠시 말씀 좀 나눕시다."

"무슨 말을 말이오?"

이미 장정이 무슨 말을 할 줄 짐작한 혁후종이 차가운 목소리로 물었다. 그러자 장정 역시 얼굴빛을 굳히며 말했다.

"이곳에선 그렇고, 안으로 들어갑시다."

말을 마친 장정이 혁후종의 대답도 듣지 않고 방책 안으로 들어갔다. 그러자 혁후종이 황종보를 한 번 노려보더니 이내 장정을 따라 방책 안으로 걸음을 옮겼다.

"사형, 이제 보니 정말 그를 잘 아시는군요."

　요동권왕 장정과 혁후종이 방책 안으로 사라지자 고흘수가 황종보를 보며 말했다.

　"오면서 말했지만 잘 아는 사이는 아니네. 하지만 몇 번 본 적은 있지."

　"그런데 그는 사형을 무척 어려워하는 것 같던데요?"

　"음… 사실 오 년 전 심양에서 내게 약간의 도움을 받은 적이 있거든. 물론 그를 도운 것이 아니라 그의 친구들을 도운 것이지만 어쨌든 덕분에 그도 어려움에서 벗어났지."

　"그랬었나요? 그럼 그가 혁후종을 설득할 수 있겠습니까?"

　"모르지. 하지만 적어도 그는 혁후종이 동의하든 동의하지 않든 이 싸움에서 빠질 걸세. 그는 내 진짜 무공을 봤으니까."

　"아, 그렇다면 혁후종도 물러날 수밖에 없을 겁니다. 이 노두령의 혁가장 무리 중에서 요동권왕을 능가할 만한 고수는 없으니 말입니다."

　고흘수가 반색을 했다.

　"일단 두고 보세."

　황종보가 팔짱을 끼며 말했다.

第二章
노두령

화마경

“황 노사!”

침묵 끝에 방책 밖으로 모습을 드러낸 사람은 요동권왕 장정이었다. 장정은 자못 정중한 목소리로 황종보를 불렀다.

“말씀하시오, 권왕. 기다리고 있었소이다.”

방책 밖에서 한 걸음도 움직이지 않고 있던 황종보가 장정을 보며 말했다.

“혁가장은 노두령에서 물러나기로 했습니다.”

“아, 그렇소이까? 정말 현명한 판단이오.”

황종보가 화색을 띠며 말했다.

“그러나 한 가지 조건이 있습니다.”

“말해보시오.”

“혁가장의 고수들이 노두령을 완전히 벗어날 때까지 더 이상 공격을 하지 않겠다는 약속이 필요합니다.”

장정의 말에 황종보가 고흘수를 돌아봤다. 그러자 고흘수가 앞으로 나서며 소리쳤다.

“노두령에서 물러나겠다면 고월산장은 더 이상 도검을 들지 않을 것이오.”

“그 약속, 황 노사께서 보증하실 수 있습니까?”

고월산장의 약속보다는 황종보의 말을 더 신뢰한다는 장정의 말이었다. 그러자 황종보가 서슴없이 고개를 끄덕였다.

“좋소이다. 이 황종보가 보증하겠소. 그리고 고월산장은 한 입으로 두말할 곳이 아니외다.”

“음, 물론 그야 그렇지만 작금은 특별한 상황이니 그런 약속을 받아두지 않을 수 없군요. 그리고…….”

“또 다른 조건이 있소?”

“혁가장의 고수 몇 명을 보내 죽은 혁가장 형제들의 시신을 수습했으면 하는데… 길을 열어줄 수 있겠습니까?”

“그야말로 당연한 일이외다. 이 와중에 죽은 형제들을 수습하겠다는 생각을 하다니 혁가장이 듣던 것과는 달리 최소한의 의리를 지키는 곳인가 보오.”

“그야 황 노사의 판단에 맡기지요. 그럼 사람을 보내겠습니다.”

장정이 말을 마치고 뒤를 돌아보자 그의 뒤쪽에서 여덟 명의 혁가장 고수가 들것을 들고 방책을 벗어났다. 당연히 그들

은 도검을 패용하지 않음으로써 자신들이 싸울 의사가 없음을
고월산장의 고수들에게 증명해 보였다.

혁가장 고수들이 방책을 벗어나자 고흘수가 수하들에게 명
을 내렸다.

"길을 열어주게."

고흘수의 명에 고월산장의 고수들이 빠르게 움직여 앞서 치
열한 싸움이 벌어졌던 전나무 숲으로 내려가는 길을 열었다.
그 사이를 뚫고 혁가장 고수들이 빠르게 산비탈을 타고 내렸
다.

혁가장 고수들이 죽은 동료들의 시신을 수습하는 데는 그리
오랜 시간이 걸리지 않았다. 그들은 전나무 숲으로 내려간 지
이각 만에 시신을 수습해 다시 방책이 있는 노두령 정상으로
올라왔다. 그리고는 경계의 빛을 보이며 고월산장 고수들을
지나쳐 다시 방책 안으로 들어갔다.

"언제쯤 떠나시겠소?"

그때까지 방책 앞에 서 있던 장정을 보며 황종보가 물었다.

"축시까지 노두령을 비워 드리겠습니다."

"좋소. 그럼 우린 이곳에서 기다리겠소."

황종보의 말에 장정이 고개를 끄덕이고는 방책 안으로 들어
갔다.

"믿어도 될까요?"

문득 추부경이 고흘수와 황종보 곁으로 다가오며 물었다.

“믿어봐야지.”

고흘수가 담담한 목소리로 말했다.

“하지만 저들은 혁가장의 무리입니다. 음모에 능숙한 자들이지요.”

추부경이 경계심을 드러냈다. 그러자 황종보가 고개를 저으며 말했다.

“너무 걱정하지 마시오. 혁가장의 고수들만이라면 모를까, 지금 저곳에는 혁가장이 외부에서 초대한 고수들도 여럿 있소. 그들을 곁에 두고 혁후종이 음모를 꾸미기는 쉽지 않을 거요. 특히나 요동권왕이 약속한 일이니 감히 혁가장이 그 약속을 깨지는 못할 거요.”

“음, 황 노사의 말씀을 듣고 보니 그도 그렇군요.”

“일단 기다려 봅시다.”

축시가 되자 방책 안쪽에서 들려오는 소리가 멎었다. 동시에 방책 뒤쪽을 감시하고 있던 고월산장의 무사가 부리나케 뛰어와 고흘수에게 고했다.

“혁가장의 무리가 진영 뒤쪽의 문을 통해 방책을 벗어났습니다.”

“그래? 몇이나 되더냐?”

“대략 이십여 명쯤 되어 보였습니다.”

“그렇다면 모두 떠났단 말이군.”

고흘수가 방책을 바라보며 중얼거렸다. 여전히 방책 위에는 사방을 밝히고 있는 횃불이 타오르고 있었다.

"들어가 볼까요?"

추부경이 고흘수를 보며 물었다. 그러자 고흘수가 고개를 끄덕였다.

"그렇게 하게. 하지만 조심하게. 혹시 무슨 수작을 부렸을 수도 있으니까."

"알겠습니다."

추부경이 고개를 숙여 보인 후 훌쩍 신형을 날려 방책 안으로 달려들어 갔다. 얼마간의 침묵이 흘렀다. 그렇게 일각 정도가 흘렀을까. 추부경이 불쑥 방책 위로 고개를 내밀었나.

"모두 물러갔습니다. 안전합니다."

추부경의 말에 고흘수가 고개를 끄덕였다.

"좋아, 모두 들어간다."

고흘수의 말이 있자 고월산장의 고수들이 앞서거니 뒤서거니 방책 안으로 몰려들기 시작했다.

"안 갈 겁니까?"

고월산장의 고수들이 방책 안으로 몰려감에도 불구하고 여전히 자리를 지키고 있는 고소요를 보며 송추월이 물었다.

"먼저 가세요."

자신으로 인해 큰 위기에 처했던 송추월의 사정을 잊었는지 고소요는 다시 냉랭한 모습으로 돌아와 있었다.

"그러죠."

송추월도 이젠 고소요의 변덕에 질렸는지 사양치 않고 먼저 걸음을 옮겼다. 내심으론 싸움이 끝난 마당에 더 이상 고소요의 곁을 지킬 이유가 없다는 생각도 하고 있던 송추월이었다.

그런 송추월의 뒷모습을 고소요가 물끄러미 응시했다. 자신을 홀로 내버려 두고 송추월이 방책으로 들어갈 거라고는 미처 생각지 못한 표정이었다. 그녀의 얼굴에 씁쓸한 미소가 감돌았다. 그 미소 안에 아쉬움이 묻어났다.

고소요가 고개를 저으며 이미 멀어진 송추월을 따라 걸음을 옮겼다. 고소요의 걸음은 제법 빨라서 금세 송추월을 따라잡았다. 그런데 고소요가 막 송추월 옆으로 다가서려는 순간 갑자기 한 명의 여인이 어둠 속에서 불쑥 나타나 송추월 곁에 섰다.

"같이 가요."

서연이었다.

"아직 안 들어갔습니까?"

송추월이 서연을 보며 물었다.

"잠시 관심이 가는 게 있어서 조금 늦었네요."

"무슨 특별한 것이라도……?"

송추월이 묻자 서연이 말아 쥐고 있던 손을 들어 올려 송추월의 눈앞에서 폈다. 그녀의 손바닥 안에는 세 마리의 애벌레가 꿈틀거리고 있었다.

"뭡니까?"

제법 혐오스러운 애벌레의 모습에 송추월이 눈살을 찌푸리

머 물었다.

“귀한 놈들이에요.”

“귀하다뇨?”

“요놈들은 오래된 참나무 속에 사는 독충의 애벌레예요. 귀한 약재죠.”

“독충의 애벌레가 약이라고요?”

“제가 말하지 않았나요? 독과 약은 사실 하나라고요.”

“뭐에 좋은 겁니까?”

송추월이 넌지시 애벌레들을 보며 물었다.

“음… 남자들에게 아주 좋지요.”

“예?”

“정력을 강화시키는 약재예요.”

“여자가 그런 걸 왜 잡았어요? 쓸 데도 없으면서!”

스무살 처녀에게 정력을 강화시키는 약재가 필요할 이유는 없다.

“송 소협 주려고요.”

“허! 미안하지만 나도 필요없습니다.”

“그래요? 그럼 뭐 나중에 약재상에 내다 팔죠. 무척 비싸거든요.”

“아하, 그렇군요. 이제 보니 금자를 벌기 위해서 잡았군요?”

“맞아요. 솔직히 말하면 오늘 전 횡재를 한 거지요. 이건 제법 비싼 놈이거든요.”

서연이 빙그레 미소를 지어 보였다. 그렇게 송추월과 서연이 수다를 떨며 방책으로 들어섰다. 고소요는 두 사람의 이야기를 들으며 묵묵히 두 사람의 뒤를 따르고 있었다.

노두령은 요충지다. 왜 혁가장이 노두령에 진영을 세웠는지, 그리고 고월산장이 다섯 갈래의 길 중 노두령을 급습했는지, 아침이 되어 어둠이 물러가자 송추월은 두 눈으로 그 이유를 확인할 수 있었다.

송추월은 고월산장에서 준비해 준 육포를 뜯으며 방책 위에 올라앉아 노두령의 아침을 바라보고 있었다. 녹산 서쪽 능선 중 가장 높은 위치에 있는 노두령에선 녹산 주변의 전경이 한눈에 들어왔다.

방책 아래서는 밤을 꼬박 새운 고월산장의 고수들이 분주하게 진지를 정리하고 있었다. 어제까지 혁가장의 고수들이 머물렀던 노두령의 진지가 이젠 고월산장 고수들의 진영이 되어 있었다.

조금 차가운 아침 바람에 송추월이 옷깃을 세웠다. 그런데 그때 노두령 남쪽 비탈을 타고 두 명의 인물이 무서운 속도로 산을 오르는 모습이 보였다.

"누구지?"

송추월이 고개를 갸웃했다. 그리곤 재빨리 자리에서 일어났다. 혹여 혁가장의 반격이 시작됐을 수도 있기 때문이었다. 그러나 송추월의 걱정은 기우였다. 노두령을 타고 오르는 두 사내의 모습이 서서히 눈에 익어오자 송추월은 이내 두 사람이 고월산장의 무사들임을 알아챘다. 본래 고월산장의 고수들은 검은색 무복을 즐겨 입었는데, 노두령을 오르는 두 무사 역시 고월산장 특유의 검은색 옷을 입고 있었다.

"무슨 일이냐?"

어느새 방책 앞으로 나선 추부경이 달려오는 고월산장의 무사들을 멈춰 세우며 물었다.

"소장주님의 전갈입니다. 남쪽 길을 열었습니다."

"그래? 다행이군. 피해는?"

"적은 십여 명이 상했고 이쪽은 두 명이 상했습니다."

"음… 그나마 피해가 적군. 누가 상했느냐?"

"습유와 장초가……."

"습유, 장초… 안타까운 일이군."

추부경의 안색이 어두워졌다. 아마도 고월산장의 소장주 고무룡도 혁가장의 거점 한곳을 점령한 모양이었다. 그리고 그 와중에 고월산장의 무사 둘이 상했다는 전갈이었다.

"다른 소식은?"

"장주께서 정오 무렵 노두령에 오르신다 전하라 했습니다."

"장주께서? 설마 산장을 비우신다는 말이냐?"

"그렇습니다."

"왜 그런 위험한 일을……. 비록 기습에 성공했다고는 해도 아직 세 곳에 혁가장 놈들이 머물러 있는데……."

추부경이 어두운 낯빛으로 고개를 갸웃했다. 그러나 당장은 고모수의 내심을 짐작할 수는 없었다.

"어쨌든 알겠다. 돌아가서 노두령은 정리가 끝났다고 전하
거라."

"알겠습니다. 그럼!"

고월산장의 고수들이 추부경에게 고개를 숙여 보인 후 훌쩍
신형을 날려 다시 산비탈을 타고 나는 새처럼 달리기 시작했다.

해가 중천에 올랐을 때 송추월은 방책을 벗어나 노두령의
진영 외곽을 둘러보기 시작했다. 무림인들의 진지란 병사들이
구축한 진지와는 달라서 허술한 면이 많았다.

'대호채보다도 허술하군.'

산적들이 사는 산채도 본래 나름대로 단단한 방비를 갖추게
마련이다. 산적들의 산채는 언제 어느 때 토벌대의 공격이 있
을지 알 수 없고, 또 다른 산채의 공격에도 항시 노출되어 있었
기에 그 방비가 무척 단단한 편이었다.

그러나 노두령의 혁가장 진영은 그저 방책을 둘러 진영의
경계를 표시했을 뿐 적의 공격에 대비한 어떤 준비도 마련되
어 있지 않았다. 그건 아마도 무림인들의 싸움이란 것이 이런
지형이나 진지에 의지하기보다는 무림인들 개개인의 무공에
의해 그 승패가 결정되기 때문일 터였다.

"아침은 먹었어요?"

방책을 둘러보던 송추월의 귀에 서연의 목소리가 들려왔다.

"한숨 잤습니까?"

서연은 모든 사람들이 잠들지 않았던 지난밤 유일하게 잠을

청한 여인이었다. 그런 면에서 보자면 이 기이한 성격의 여인
은 확실히 특별한 면이 있었다.

"잘 잤어요. 그런데 다들 밤을 새운 모양이에요?"

"아마 잠을 잔 사람은 서 소저뿐일 겁니다."

"그래요? 이상하네. 피곤들 할 텐데……."

"언제 다시 혁가장 고수들이 반격해 올지 모르니 당장 잠을
자지 못한 거지요."

"흠, 그런가요? 그런데… 아침은 먹었어요?"

서연이 재차 물었다.

"풋!"

송추월이 순간 실소를 흘렸다.

"왜요? 제가 뭐 실수를 했나요?"

서연이 의아한 표정으로 송추월을 보며 물었다.

"아뇨. 제 친구 녀석 중에 누군가를 만나면 항상 먼저 그렇
게 물어보는 놈이 있었지요. 그 녀석이 생각나서……."

"그래요? 참 예의가 바른 분이셨던가 보군요."

"예?"

"왜 그렇게 놀라세요?"

"하하하!"

이번엔 송추월이 큰 목소리로 웃음을 터뜨렸다. 곽풍산이
산적질을 시작할 때 으레 던지는 아침 먹었느냐는 소리가 이
렇게도 받아들여질 수 있구나 하는 생각에 웃음이 터져 나왔
던 것이다.

"왜 그렇게 웃어요?"

서연이 샐쭉한 표정으로 다시 물었다.

"하하, 아뇨. 미안합니다. 별일 아닙니다."

"한참 놀리듯 웃어놓고 별일 아니라면 어떡하겠다는 거예요? 사람을 궁금하게 만들었으면 답을 해줘야죠!"

서연이 정색을 하며 추궁했다. 그러자 송추월이 그런 서연을 보며 차분한 목소리로 말했다.

"그 인사를 하던 내 친구는 말입니다, 산적입니다."

"예?"

"산적이라고요. 상인들을 등치는 산적 말입니다. 그 녀석이 항상 상행을 가로막고 하는 소리가 그 소리였지요. '아침은 드셨수?' 라고."

순간 서연이 멍한 표정을 짓고 있다가 피식 웃음을 흘렸다.

"그러니까 예의가 좋은 사람이 아니라 사실은 무척 예의가 없는 사람이었군요."

"그렇지요."

"그런데 산적도 친구로 두고 있었나요?"

서연의 질문에 송추월이 머리를 긁적이며 대답했다.

"사실은 나도 얼마 전까지는 산적이었어요."

"네? 그게 정말이에요?"

서연이 화들짝 놀란 표정으로 되물었다.

"그렇습니다. 뭐, 숨기려고 한 건 아닌데……."

송추월이 멋쩍은 표정으로 말했다.

"하하하!"

이번에는 서연이 마치 남자처럼 호탕하게 웃음을 터뜨렸다.

"우스워요?"

"미안해요. 하지만 이건 정말 생각지 못한 일이라서……."

"음, 내가 산적처럼 생기진 않은 모양이군요."

"그럼요. 그리고 산적 무공이 뭐 그렇게 세요?"

"산적은 무공이 강하면 안 된다는 법 있습니까?"

송추월이 빈정대며 물었다. 그러자 서연이 정색을 하며 물었다.

"정말 산적이었어요?"

"그렇다니까요. 대호산 대호채의 산적이었지요. 몇 달 전만해도."

"오호, 정말 그렇군요. 그런데 이상하군요."

"뭐가 말입니까?"

"송 소협은 혼강에서 고 대협을 도와주기 이전부터 고 대협과 인연이 있었다고 들었는데요."

"그렇지요."

"도대체 산적과 고고한 고월산장의 소장주가 어떻게 친분을 맺을 수 있지요?"

서연이 이해가 가지 않는다는 듯 물었다. 생각해 보면 이상한 일일 수도 있었다. 고월산장이야말로 근방에서 가장 광명정대한 문파로 알려진 곳이 아니던가. 그곳의 소장주와 산적은 역시 어울리지 않았다.

"산적이 누구와 인연을 맺을 기회는 당연히 하나뿐이지요. 산적질을 하다 고 대협을 만났어요. 오 년 전쯤에."

"그래요? 아주 오래전 일이군요."

"그때는 내가 무공을 익히지 않았을 때라 고 대협을 호위하는 이 대협과 우 대협의 일수에 제압당했지요. 그런데 다른 무림인들과 고 대협은 조금 다르더군요. 어린 우릴 그냥 놓아주었지요."

"그랬군요."

서연이 고개를 끄덕였다.

"이후 우연히 무공을 익히게 되었고, 얼마 전 산을 내려왔는데 그때 또 우연히 고 대협을 다시 만나게 된 거지요."

"우연이 여러 번 겹치면 필연이라던데… 송 소협과 고 대협은 전생에 인연이 있었던 모양이군요."

"뭐, 전생의 인연까지야 모르겠고, 어쨌든 고 대협은 내가 산적이라고 해서 꺼려 하지 않았지요. 그래서 고월산장에 머물게 된 겁니다."

"그렇게 된 일이군요. 그런데 그럼 그 친구 분은 함께 산을 내려오지 않았나요?"

"누구……? 아, 풍산이요? 그 녀석은 산에 남았습니다. 산적질이 체질에 맞다나요?"

"호호, 재밌는 분이군요. 언제 한번 만났으면 좋겠네요."

"기회가 되면……. 그런데 제가 산적이었던 거, 괜찮습니까?"

"뭐가요?"

"꺼려지지 않냐 이거지요."

"아뇨. 전혀요. 사실 세상엔 산적보다 훠얼씬 나쁜 놈들이
많거든요."

"그렇게 생각한다니 다행이군요."

"전 그렇게 꽉 막힌 사람이 아니에요."

"그렇지만 이상한 사람이긴 하죠."

"네네, 그렇긴 하죠. 벌레와 독충을 좋아하는 여자니까요."

서연이 밝게 웃었다. 송추월은 그제야 서연이 무척 아름다
유 여인이란 것을 깨달았다. 항시 독충과 벌레를 가까이 하는
그 별스러운 행동으로 가려져 있던 그녀의 미모가 밝은 웃음
으로 새삼스레 드러나 보였던 것이다.

"가요. 산책이나 해요. 노두령은 아름답군요."

서연이 송추월의 팔을 잡아끌었다. 그녀는 의외로 송추월이
산적이었다는 사실에 더욱 정감을 느끼는 모양이었다.

"그럽시다. 아마도 독충과 벌레도 많을 겁니다."

송추월도 기분이 좋아져 농을 던졌다.

"저야 반가울 뿐이지요."

두 사람이 서로를 보며 기분 좋게 웃음을 터뜨리고는 방책
을 나섰다.

고소요는 방책 위에서 송추월과 서연을 바라보고 있었다.
싸움이 끝나자 송추월은 언제 고소요의 곁을 지켰는가 싶게
고소요에게서 멀어졌다.

“후, 나 같아도 질렸겠지.”

고소요가 나직하게 고개를 저으며 중얼거렸다. 노두령으로 오면서 기실 자신의 곁을 지키는 송추월이 있어 마음이 든든했던 고소요이다. 그런데 싸움이 끝나고 송추월이 더 이상 자신의 곁에 머물지 않자 왠지 모를 서운함이 고소요의 가슴을 채웠다. 그러나 그런 송추월의 행동은 결국 자신 때문에 나타난 것이라는 걸 누구보다 잘 알고 있는 고소요였다.

“뭘 그리 보시나?”

문득 한줄기 목소리가 들려왔다. 낮고 침착했으며 한편으론 아련한 떨림 같은 것이 묻어나는 목소리. 순간 고소요의 몸이 얼음장 얼어붙듯 굳어졌다. 자후였다.

고소요는 고개를 돌리지 않았다. 또한 그녀의 입도 어떤 말도 내뱉지 않았다. 그런 고소요를 잠시 바라본 자후가 고소요의 곁에 다가와 섰다.

“왜 대답을 않는 거지?”

배분으로 보자면 자후는 고소요의 한 배분 윗대에 속하는 여인, 감히 고소요가 그녀의 물음에 답하지 않을 수 없는 여인이다. 그러나 고소요는 여전히 침묵을 지켰다. 자후와는 그 어떤 대화도 나누기 싫다는 듯. 그러자 자후가 한숨을 쉬었다.

“알고 있었느냐?”

자후가 체념한 듯 물었다.

“뭘 말이죠?”

고소요의 대답이 한풍처럼 날카롭다.

"너와 나의 관계."

"우리가 어떤 관계죠?"

고소요가 고개를 돌려 차가운 눈빛으로 자후를 노려보며 물었다. 그러자 자후가 정면으로 고소요를 응시하며 말했다.

"내가 네 어미라는 사실 말이다."

"그랬나요?"

"알고 있었다는 걸 알고 있다. 네가 노두령에서 보인 그 행동들은 아마도 나와 네 아버지에 대한 반항이었겠지?"

"반항이요? 절 잘 모르시는군요. 하긴 낳기만 하고 키우지 않았으니 저에 대해 알 수가 없죠. 전 그런 일로 투정을 부릴 만큼 어리시 않아요."

"그래? 그렇다면 다행이구나. 하지만 또한 문제이기도 하다. 어제 싸움에서 네가 보인 행동은 너무나 무모한 것이었다. 너로 인해 우리 쪽 계획이 모두 틀어졌으니까."

"하지만 결국 노두령을 차지했지요."

"그렇긴 하지만 우린 좀 더 많은 위험을 감수해야 했어."

자후는 담담했다. 자신이 버리고 떠난 딸 앞이라 해서 주눅이 들거나 불편해하는 모습은 전혀 없었다.

"참 당당하시군요."

"무슨 말이냐?"

"버리고 떠난 딸 앞에서 이렇게 태연히 충고를 할 수 있다니 말이에요."

"그땐… 그럴 만한 사정이 있었다."

“무슨 사정이요? 원치 않던 사람의 딸이었기 때문에요? 아니면 하룻밤 몽혼약에 의해 태어난 아이였기 때문인가요?”

“너… 어디까지 알고 있는 거냐?”

“당신이 생각하는 것 이상으로 많이 알고 있죠.”

“도대체 누구에게 어떤 말을 들은 거냐?”

자후의 질문에 고소요가 대답없이 한동안 자후를 노려보다 입을 열었다.

“아무도, 그 누구도 내게 당신과 나의 관계에 대해 이야기해 주지 않았어요. 그냥 우연히 알게 된 것이죠. 그래서 하는 말인데, 과연 당신이 고월산장에 머물 자격이 있다고 생각하는 건가요? 과연 당신이 내 앞에서 나에게 충고를 할 수 있다고 생각하는 건가요? 정말 그렇다면 당신은 참으로 창피함을 모르는 사람이군요. 또한 나의 생모가 그런 사람이란 사실은 나를 더욱 비참하게 만들고요. 저 같으면 떠나겠어요. 괜한 고집 피우지 않고! 마침 서쪽 길도 열려 있네요. 가볼게요.”

고소요는 할 말을 마치자마자 자후가 미처 대답할 사이도 없이 자리를 떠났다. 자후가 그런 고소요를 멍하니 바라보고 있다가 나직한 한숨과 함께 중얼거렸다.

“역시 피는 속일 수 없는 건가? 그 차가운 성정은 꼭 나를 닮았구나.”

서연은 기이한 주머니를 가지고 있었다. 푸른색과 붉은색, 그리고 검은색의 세 개의 주머니를 꺼내 든 서연은 수시로 숲에서 기어다니는 벌레들을 잡아 주머니 안에 넣었다. 송추월은 호기심 어린 표정으로 서연의 행동을 지켜보고 있었는데, 가끔 서연이 그 벌레들을 입에 넣을 때에는 자연스럽게 얼굴이 찡그려졌다.

"아, 오늘은 수확이 제법 되네요."

한참 동안 허리를 숙이고 벌레를 잡던 서연이 만족한 표정으로 주머니 입구를 조이며 말했다.

"끝났습니까?"

"네. 오늘은 이 정도로 끝이에요."

"그 벌레들, 약재로 쓰이나요?"

"그렇죠. 이 녹산은 무척 괜찮은 곳이에요. 숲이 깊어 귀한 약재들이 많네요."

"그렇군요. 벌레 잡는 게 끝났으니 저기 계곡에 가서 좀 쉴까요?"

송추월이 손을 들어 산비탈 아래 작은 계곡을 가리켰다.

"그래요. 가요."

서연이 고개를 끄덕이고는 훌쩍 신형을 날려 날랜 다람쥐처럼 계곡으로 내려갔다. 송추월 역시 서연의 뒤를 따라 신형을 날렸다.

계곡에 도착한 두 사람은 신발을 벗고 계곡물에 발을 담근 채 바위에 걸터앉았다. 햇살이 계곡 위쪽에서 숲을 통해 들어오고 있었고, 계곡 안에는 작은 피라미들이 한가롭게 노닐고 있었다.

　두 사람은 숲과 맑은 계곡이 주는 청량한 기운에 몸을 맡기고 휴식을 취했다. 둘 사이에 어떤 대화도 이루어지지 않았지만, 한 공간에서 함께 자연의 정제된 기운을 호흡하는 것으로 대화를 나누는 것 이상의 교감을 나누고 있었다. 인생은 가끔 그렇게 말보다는 한 공간에 있다는 것, 같은 공기를 호흡한다는 것만으로도 누군가와 깊은 교감을 나눌 수 있는 선물을 주기도 한다.

　그러나 또 시간은 그들이 항상 그곳에 머물러 있는 것을 허락지 않는다.

　"가죠."

　송추월이 해가 자신들의 머리 위에 떠오른 것을 발견하고는 말했다. 그러자 서연도 툭툭 털고 자리에서 일어났다. 어쩌면 한평생을 그 자리에서 머물러도 좋을 시간이었지만 둘은 별 미련 없이 계곡을 떠났다.

　송추월과 서연이 방책이 있는 곳에 도착했을 때 마침 노두령에 자리 잡은 고월산장의 고수들이 방책 앞으로 몰려 나와 있었다.

　"무슨 일이죠?"

　서연이 조금 놀란 표정으로 물었다.

　"아마도 고월산장주를 기다리는 모양이에요."

　"아, 고 장주께서 오신다고 했지요?"

그제야 아침에 전령이 왔다 간 것을 떠올린 서연이 입을 열었다.

"마침 저기 오는 모양이군요."

송추월이 손을 들어 노두령 비탈 아래로 이어지는 산길을 가리켰다. 산길은 어젯밤 치열한 격전이 치러졌던 전나무 숲을 관통하고 있었는데 그 숲길을 통해 고월산장주와 일단의 무리가 모습을 드러내고 있었다.

"장주!"

고흘수가 방책 앞에 도달한 고모수에게 고개를 숙여 보였다.

"아우, 수고하셨네."

"덕분에 어렵지 않게 노두령을 확보했습니다."

"고생했네. 무룡이 간 남쪽 산길도 확보했으니 이제 녹산은 고립에서 벗어나게 됐네."

"저들의 움직임은 어떻습니까?"

"모든 일은 예상대로 진행되고 있네. 저들은 남쪽 관도의 객잔으로 모이기 시작했어. 노두령에서 후퇴한 자들도 그곳으로 이동했네."

"물러갈까요, 반격할까요?"

"모르지. 반격에는 나름대로 준비를 하고 있네. 일단 기다려 보세."

"알겠습니다."

"노두령의 상황은 어떤가?"

“나쁘지 않습니다. 저들이 순순히 물러간 덕에 고스란히 진지를 얻었으니까요.”

“알겠네.”

흡족한 표정으로 고개를 끄덕인 고모수가 문득 한쪽에 서 있는 황종보와 자후 등 외부에서 온 고수들을 발견하고는 그쪽으로 걸음을 옮겼다. 그리고는 먼저 황종보에게 말을 건넸다.

“덕분에 일이 잘 끝났네. 고맙네.”

“허허, 사형도 참, 우리가 어디 그런 인사치레할 사입니까?”

“그리 말해주니 더 고맙군. 모두 감사드립니다. 여러분의 도움으로 지난밤 우린 녹산의 포위를 풀었습니다. 이제 강호에 고월산장이 결코 녹록지 않다는 것을 알렸으니 혁가장과의 싸움은 지금까지완 다르게 진행될 겁니다.”

“강호에 사람을 내보내야 하는 것 아닙니까?”

황종보가 물었다.

“그럴 필요는 없을 걸세. 이 녹산을 주시하는 자들이 한둘이 아니었으니 소문은 금세 퍼질 걸세. 며칠 기다려 보세. 그동안 고월산장을 돕기를 꺼리던 사람들이 움직이는지. 만약 그들이 움직인다면 이 싸움은 우리의 승리로 끝날 수 있을 걸세.”

고모수의 말에 그동안 침묵을 지키고 있던 자후가 입을 열었다.

“그렇다면 걱정이군요.”

자후가 입을 연 것이 의외였을까, 아니면 마음에 들지 않았던 것일까. 고모수가 대답없이 자후를 응시했다.

"강호의 고수들이 고월산장을 위해 움직일 거라 예상한다면 혁가장에선 그 이전에 다시 전세를 뒤집으려 할 테니까요."

자후가 말을 이었다. 그러자 황종보가 고개를 끄덕였다.

"정말 그럴 수도 있겠는데요? 사형, 준비를 하는 것이……."

"그 생각은 이미 하고 있네. 그리고 그들이 강호의 고수들이 움직이기 전에 뭔가 행동을 취할 것이란 것은 분명하네. 문제는 그들이 어떤 식으로 반격을 할 것인가라네. 해서 녹산 주변의 경계를 철저히 하고 있는 중이네."

"그렇다면 다행이군요."

"하지만 아무리 방비를 철저히 한다 해도 녹산은 넓지. 그동인 지들의 수작을 보자면 어떤 암수를 쓸지 모르는 상황이네."

"전면전을 벌일 수도 있지 않을까요?"

이번에는 어느새 뒤로 다가선 고흘수가 입을 열었다.

"전면전을?"

"비록 녹산의 포위를 뚫었다고는 하지만 전력을 보자면 여전히 저쪽이 우세합니다. 그러니 이 기회에 단판을 지으려 들 수도 있습니다."

"음… 그렇기는 하지만… 전면전을 펼치면 양쪽 모두 손실이 무척 클 텐데, 과연 노련한 혁후경이 그런 무리수를 둘까? 그들의 최종 목적이 이 서압록이 아닌 요동무림이라면……."

"하지만 이 싸움에서 본 장에 밀린다면 서압록조차도 잃게 되니까요."

고흘수의 말에 고모수가 고개를 끄덕였다.

“듣고 보니 그럴 수도 있겠군. 대비를 해야겠어, 아우.”

“예, 장주!”

“노두령에 최소한의 사람만 남기고 장원으로 사람들을 물리게.”

“알겠습니다, 장주!”

노두령이 갑자기 분주해졌다. 고모수가 노두령을 잠시 방문하고 돌아간 이후 노두령을 점령하기 위해 왔던 고월산장의 고수들은 다시 노두령을 떠날 준비를 하기 시작했다.

노두령에 남는 인원은 일곱, 적이 역습을 해오면 노두령을 지켜내기에는 턱없이 부족한 숫자였지만 고월산장의 고수들은 혁가장이 빼앗긴 거점을 찾는 것보다 정면으로 승부를 걸어올 거라 예상했기에 녹산에 퍼져 있는 고수들을 다시 장원으로 끌어모으기로 결정했다. 당연히 송추월 역시 노두령을 떠나 녹산 남동쪽 기슭에 자리 잡은 고월산장으로 돌아갔다.

그리고 고모수의 결정이 옳았던 것이 곧 드러났다. 송추월이 고월산장으로 돌아온 후 하루가 지나지 않아 세 명의 혁가장 고수가 고월산장을 방문했던 것이다.

“놈이군!”

송추월은 한눈에 그를 알아봤다. 혁지광. 어찌 그를 잊을 수 있을까. 오 년이 더 된 일이지만 송추월은 그날의 일을 어제 일처럼 낱낱이 기억하고 있다.

　혁지광이 이끄는 혁가장의 고수들이 불현듯 밀어닥쳐 대호채의 수십 명 목숨을 한순간에 앗아간 그 일을 송추월은 절대 잊을 수 없었다. 자신의 눈앞에서 피를 흘리며 쓰러져 가던 대호채의 산적들과 그 식솔들. 그들 중에는 송추월보다 어린 아이도 있었다.

　다행히 송추월은 대호채의 활동이 도를 넘는다고 느끼는 순간부터 미리 탈출구를 만들어 친구들과 함께 혁가장의 공격에서 살아남을 수 있었지만 그와 그의 네 친구를 제외한 대호채의 식솔 중 살아남은 사람은 전무했다.

　바로 그 일, 대호채의 참사를 일으킨 장본인이 지금 송추월의 눈앞에 있었다.

　혁지광은 오만한 표정으로 말에 올라 고월산장의 정문을 통과했다. 그의 곁에 두 명의 노고수가 따르고 있었는데, 그들은 혁지광과는 달리 계속해서 주위를 경계하며 무척 위축된 모습을 보이고 있었다.

　"어서 오시오."

　고월산장에서 혁지광을 마중한 사람은 고무룡이었다. 수십 명의 고월산장 고수들이 장원 곳곳에서 고무룡과 혁지광의 만남을 주시하고 있었다. 물론 고월산장을 돕기 위해 달려온 강호의 고수들 역시 두 사람을 흥미롭게 바라보고 있었다.

　"또 보게 되는구려."

　혁지광이 말 위에서 고무룡을 내려다보며 말했다. 그 도도한 표정은 마치 그가 이 싸움의 승리자라도 된 듯했다.

"어쩐 일이오?"

고무룡이 차게 물었다. 성정이 유순하기로 유명한 고무룡이었지만 혁지광에 대해서만큼은 싸늘하기 이를 데 없었다.

"아버님의 전갈을 전하러 왔소."

여전히 말 위에서 혁지광이 대답했다.

"말하시오."

"장주를 직접 뵙고 말씀드리고 싶소."

마치 너는 내 상대가 아니라는 듯한 혁지광의 말투다. 강호에선 이미 고무룡의 명성이 혁지광을 넘어선 지 오래지만 혁지광은 스스로를 여전히 고무룡의 경쟁자로 생각하고 있는 모양이었다. 그런 혁지광의 모습에 고무룡이 냉소를 흘리며 대답했다.

"그렇소? 그럼 따라오시오. 그러려면 아마도 말에서 내려야 할 거요."

본래 아무리 적이라 하더라도 상대의 문파를 방문하는 경우에는 일단 말에서 내려 정문을 통과하는 것이 예법이다. 그런데 혁지광은 말을 탄 채 장원에 들어왔음은 물론, 고무룡을 상대하는 내내 말에서 내리지 않았으니 그의 행동은 강호의 예법에 크게 어긋나는 일이었다. 고무룡은 바로 그런 혁지광의 행동을 꼬집은 것이건만 혁지광은 불편한 기색을 내보이며 말했다.

"장주께서 나와주실 수는 없소?"

순간 고무룡의 얼굴에 노기가 서렸다. 감히 혁지광 정도가 고월산장의 장주를 오라 가라 할 수는 없는 일이었다. 그가 아무리 안하무인의 성정을 지니고 있다 하더라도 고모수를 나오라고 하는 건 도가 넘는 행동이었다.

　고무룡이 천천히 돌아서서 혁지광을 응시했다. 순간 혁지광의 몸이 움찔했다. 고무룡의 시선이 너무도 날카로워서 단번에 날아올라 자신의 심장에 검을 꽂아 넣을 것처럼 보였기 때문이다.

　"지금 아버님을 밖으로 불러내겠다는 거요?"

　고무룡이 차갑게 물었다. 그러자 혁지광이 그제야 자신이 너무 큰 욕심을 부렸다는 것을 깨달은 듯 잠시 당황한 빛을 보이다가 이내 말에서 내렸다.

　"물론, 고고하신 고월산장주님을 이 후배가 밖으로 불러낼 수야 없겠지요. 당연히 내가 들어가 봬야지요. 갑시다."

　혁지광이 서둘러 이 불편한 상황을 모면하려는 듯 먼저 걸음을 옮겼다. 그런 혁지광을 노려보던 고무룡이 천천히 혁지광의 뒤를 따랐다.

　고모수를 만나기 위해 본청에 든 혁지광은 채 이각이 되기 전에 다시 밖으로 나왔다. 그리곤 기다리고 있던 두 명의 혁가장 무사와 함께 뒤도 돌아보지 않고 말을 달려 고월산장을 떠났다. 직후 고월산장이 움직이기 시작했다.

第三章
혼강의 대치

第三章

화마경

"배수의 진이라는 건가?"

황종보가 나직한 목소리로 중얼거렸다. 송추월은 황종보와 함께 혼강이 내려다보이는 작은 야산에 올라 있었다. 그들 곁에는 양산종의 젊은 고수들이 따르고 있었는데, 모두의 시선은 혼강을 따라 펼쳐진 드넓은 초원에 세워진 푸른색 진영을 향해 있었다.

혁가장의 고수 이백여 명이 혼강을 넘어 강변 초지에 진영을 구축한 것이 하루 전의 일이다. 앞서 혁가장주 혁후경은 자신의 아들 혁지광을 고월산장에 보내 혼강변에서의 대회전을 제의했다. 오 년 동안 끌어온 이 지루한 싸움을 이번만큼은 끝내자는 제의였다. 물론 그 속내는 녹산의 포위망이 무너진 후 강호의 고수들이 고월산장의 저력을 인정하고 고월산장으로 몰려들기 전에 이 싸움의 승부를 내려는 계산이 깔려 있었다.

그런 속내가 있는 제의였으므로 고월산장 쪽에서 굳이 혁가장의 제의를 수락할 이유는 없었다. 오히려 시간을 벌어 강호의 고수들을 좀 더 고월산장 쪽으로 끌어들인 후 혁가장과 정면 승부를 벌이는 것이 고월산장으로서는 유리한 일이었다.

그러나 고월산장주 고모수는 혁가장의 제의를 수락했다. 고모수라는 사람이 술수를 부려 싸움을 이끄는 사람이 아닐뿐더러 일단 도전해 온 적을 회피할 인물도 아니기 때문이었다. 물론 그 내심에는 새롭게 가세한 양산종 후예들에 대한 기대가 깔려 있기도 했다.

송추월이 보건대 이번에 고월산장으로 온 여덟 명의 양산종 고수들의 무공은 심상치 않았다. 지난번 노두령에서의 싸움에서도 양산종 고수들의 무공은 고월산장의 무사들이나 혁가장의 무사들과는 다른 경지를 보였다. 그들은 단 여덟 명에 불과했지만 그들의 무공은 거의 모두가 고무룡 정도는 아니더라도 그와 비슷한 경지에 근접하고 있었다.

지금까지 오 년 동안 고월산장이 세불리함에도 불구하고 혁가장의 공세를 이겨냈던 것에는 고무룡의 역할이 절대적이었다. 고무룡은 자신의 아버지인 고월산장주를 넘어서는 무위를 발휘했고, 그런 그의 활약으로 고무룡은 급기야 서압록을 넘어 요동의 후기지수 중 그 상대를 찾기 어려운 고수라는 평가를 받고 있는 실정이었다.

　그런데 그런 고무룡에 버금가는 여덟 명의 고수가 고월산장에 새롭게 합류했다. 이는 곧 숫자에서는 여전히 혁가장이 우세한 상황이지만 그 내면을 들여다보면 고월산장이 결코 뒤로 물러설 이유가 없는 힘을 가지게 됐다는 것을 의미했다. 더군다나 강호의 싸움이란 결국 절대고수의 존재가 그 승패를 가르게 마련. 양산종 고수들의 합류는 그래서 고월산장과 혁가장의 싸움에 중요한 변수로 작용하게 될 터였다.

　혁가장에서 아쉬운 것은 그런 양산종 고수들의 존재를 제대로 파악하지 못하고 있다는 것이었고, 그렇기에 혁후경은 녹신에서의 후되에도 불구하고 여전히 우세하다고 판단되는 전력을 제대로 활용하기 위해 고모수에게 혼강변에서의 대회전을 제의했던 것이다.

　"배수의 진이 뭡니까?"

　산적으로 살아온 송추월이 진법에 대해 알 리 없다.

　"배수의 진도 모르나?"

　"뭐… 진법을 배운 적이 없으니까요."

　"음, 자넨 생각보다 무식하군."

　"말씀하지 않으셔도 알고 있습니다."

　송추월의 퉁명스런 대답에 황종보가 빙그레 미소를 지으며 말했다.

　"농이네. 배우지 않았으면 모를밖에. 에, 배수의 진이라… 강을 등지고 진을 쳐 퇴로를 스스로 끊는 진법을 말하는 걸세."

“퇴로를 스스로 끊는다……. 결국 죽기 살기로 싸우겠다는 말이군요.”

“그렇지. 죽을 자리에서 승리를 구한다는 결의를 다지는 진법인데, 기실은 함부로 쓸 진법은 아닐세. 한 번 몰리면 모두 고기밥이 되어야 하니까.”

“혁가장주가 제법 강단이 있는 사람이란 건가요?”

“뭐, 그렇지도 않은 것 같네.”

“그런 위험한 진을 친 사람이 강단이 없단 말인가요?”

“배수의 진을 치려면 제대로 쳤어야지.”

“무슨 문제가 있나요?”

송추월의 물음에 황종보가 손을 들어 혁가장의 진영 위쪽으로 펼쳐진 강변의 초원을 따라 손가락을 움직였다. 그리고 그 손은 초원 위쪽 무성한 수림에서 멈췄다.

“저길 자세히 보게.”

황종보의 말에 송추월이 눈을 가늘게 뜨고 숲을 살폈다. 그러자 언뜻언뜻 숲에 가린 강변 안쪽에서 거무스름한 것들이 물길에 일렁이는 것이 보였다.

“밴가요?”

“맞아. 배네.”

“배를 숨겨두고 있었군요.”

“그러니 제대로 된 배수진이 아니지. 퇴로를 완전히 끊은 게 아니니까.”

“그럼 제대로 배수진을 치게 만들어주면 되겠네요.”

“무슨 말인가?”

“저 배들을 지키는 자들이 많지 않을 것 아닙니까?”

“배를 전소시키자는 말인가?”

“그렇죠.”

송추월의 말에 황종보가 고개를 저었다.

“그리 좋은 생각이 아니네.”

“왜요? 저 배들을 없애 버리면 혁가장의 사기가 크게 떨어
질 텐데요?”

“그렇긴 하지만 다르게 생각하면 배가 없어지면 정말 저들
이 죽을 각오로 싸울 수도 있다는 말이 되지. 지금이야 배를
숨겨두었으니 최악의 경우 혼강을 건너 퇴각할 수 있다는 마
음을 가지고 있을 걸세. 다시 말해 죽을 각오까지는 아니란 말
이지.”

“그렇게 되나요?”

“본래 병법에 적을 칠 땐 퇴로를 열어두고 치라는 말이 있
네. 퇴로가 있는 자들은 절대 자신의 목숨을 함부로 걸지 않는
법이니까.”

“궁지에 몰리면 쥐도 고양이를 문다는 것이군요.”

“맞네. 바로 그런 이치지.”

황종보가 고개를 끄덕였다. 송추월로서는 이런 대규모의 싸
움은 처음 겪어보는 일이라 황종보가 하는 말 하나하나를 새
롭게 머릿속에 담아가고 있었다.

“그런데 고 장주께서는 왜 우릴 이 산으로 보낸 겁니까?”

황종보가 양산종의 젊은 고수들을 이끌고 이 야산에 오른 것은 고월산장주 고모수의 요청에 의한 것이었다. 애초에 송추월은 이 일행에 포함되어 있지 않았으나 황종보가 애써 송추월을 동행시켰다.

"만약의 경우 전면전이 시작되면 혁가장의 측면을 쳐달라는 게 고 사형의 부탁이었네."

"겨우 우리만으로요?"

"중요한 것은 숫자가 아니네. 기세지. 그리고 우리가 적의 측면을 친다고 해서 저들의 목을 벨 필요는 없네. 단지 적의 진영을 흩어놓기만 하면 되는 거지. 우리가 저들의 진영을 측면에서 뚫고 지나가면 그것만으로도 저들은 큰 혼란에 빠질 걸세."

"그런가요?"

"나중에 두고 보면 알 걸세. 그리고 우리가 이 야산에 오른 이유 중 다른 이유도 있네."

"뭡니까?"

"혁가장주는 음흉한 사람이네. 앞에서는 정면 대결을 이야기해 놓고 뒤로 다른 일을 꾸밀 수 있는 사람이란 말일세. 어둠을 틈타 고수들을 움직여 비어 있는 고월산장을 급습할 수도 있고, 산을 돌아 고월산장 고수들의 후미를 칠 수도 있지. 우린 그걸 감시해야 하네."

"흠, 그렇군요. 확실히 이 일은 제법 중요하겠군요."

"내 생각엔 어떤 식으로든 분명 그는 술수를 부릴 걸세. 그걸 감시하기 위해선 이 야산이 제격이지."

"밤에는 어찌합니까?"

"남쪽으로는 우회하는 길이 없으니 우회를 한다면 혼강을 거슬러 북상하겠지. 그러니 밤에는 혼강 쪽으로 내려가 있어야 할 걸세."

"위험하겠군요."

"싸움터에서야 위험은 항상 상존하는 법이니까. 일단 며칠 이곳에서 지내야 할 것 같으니 간단히 머물 준비를 하세."

황종보가 양산종의 젊은이들을 보며 눈짓을 하자 양산종의 젊은이들이 서둘러 은밀한 장소를 찾아 머물 곳을 만들기 시작했다

혁가장 고수들이 혼강 강변에 진영을 구축한 것이 하루 전, 반면 고월산장의 고수들은 혁가장의 진영과 일백여 장 거리를 둔 곳에 바쁘게 진지를 구축하고 있었다. 고월산장 진영 뒤쪽으로는 녹산으로 이어지는 산줄기들이 일어서 있어서 고월산장의 진영이 혁가장의 진영보다는 조금 높은 곳에 위치해 있었다. 양쪽 진영의 모양새로 보자면 고월산장이 유리한 곳에 자리를 잡았다고 할 수 있었다.

그러나 대신 혁가장은 그 진영 앞쪽에 거대한 망루를 세워 저지(低地)의 불리함을 극복하고 있었다. 망루의 높이는 대략 십여 장. 그 높이에서는 고월산장의 진영이 한눈에 바라다보였다.

　다행인지, 아니면 혁가장주에게도 강호의 눈은 무서운 것인지 고월산장의 고수들이 진영을 구축하는 동안 혁가장은 어떤 움직임도 보이지 않았다. 그리하여 고월산장 쪽도 해가 서쪽으로 기울기 시작할 때쯤에는 혼강의 노을을 보며 자신들의 진영을 완성했다.

　양쪽의 진영이 모두 탄탄하게 자리를 잡자 갑작스런 침묵이 찾아들었다. 두 진영의 중앙에 펼쳐진 초지는 바람에 쓸릴 뿐 평화로웠고, 양쪽 모두에선 어떤 공격의 움직임도 일어나지 않았다.

　그러나 그 고요가 오래갈 것이라고 생각하는 사람은 아무도 없었다. 하지만 어쨌든 고월산장의 진영이 구축된 날만은 사람들이 고요한 평화 속에서 밤을 맞이했다. 양쪽 진영에선 밥을 짓기 위해 불을 피웠고, 어스름이 찾아드는 어둠 속에서 밥 짓는 흰 연기가 피어올랐다. 가히 평화로운 밤이었다.

　야산에 올라 있는 송추월 등은 황종보의 말처럼 밤이 되자 야산의 서쪽 비탈을 타고 강변으로 내려갔다. 그들은 최대한 은밀하게 강 상류 쪽에 숨겨놓은 혁가장 배들이 있는 숲으로 다가갔다.

　"이번엔 정말 싸움이 끝나는 걸까?"

　송추월 등이 배가 숨겨져 있는 곳에서 이십여 장 떨어진 곳까지 접근했을 때 문득 앞쪽에서 사람의 목소리가 들려왔다.

　"이번에야말로 끝이 나겠지."

“우리가 이기겠지?”

“그야 당연한 일이지. 우리 쪽의 숫자가 고월산장보다 배는 되는데 설마 지겠나?”

“하지만 고월산장 고수들의 무공이 워낙 뛰어나지 않던가? 이번에도 녹산의 포위망이 허물어졌고.”

“아무리 그래도 한 손이 열 손을 당해내지 못하는 법이라네. 더군다나 이번엔 이런 평지에서 정면으로 마주했으니 당연히 우리 쪽이 유리하겠지.”

“그렇겠지?”

“아암, 이번에 혼강을 넘은 고수들은 우리 혁가장에서도 내로라하는 사람들이란 말이야. 자네와 내가 이렇게 배나 지키고 있는 것만 봐도 알 수 있지 않은가?”

“하긴 사실 우리 실력도 어디 내놔도 빠지는 것은 아닌데……”

“에이, 한편으론 아쉬워. 이번 기회에 공을 세우면 좀 더 출세할 수 있을 텐데 말이야.”

“그러게 말일세. 앞으로 우리 혁가장이 요동무림의 중추 세력이 되면 더더욱 높은 지위로 갈 수 있는 길이 열릴 텐데.”

“이렇게 배만 지키고 있어서야 어디 그런 기회가 올까. 더군다나 이 배들을 쓸 일은 거의 없을 것이고.”

“그야 당연한 일이지. 배를 쓰게 되면 결국 우리 혁가장이 싸움에서 패한다는 말이 되는 건데 그러면 안 되지.”

어둠 속에서 들려오는 두 사람의 목소리가 점점 커졌다. 비록 경계를 서고 있다고는 해도 그들은 누군가 자신들을 염탐할 거란 생각은 전혀 하고 있지 않은 모양이었다. 그런데 그때 불쑥 생경한 목소리가 들려왔다.

"뭣들 하는 것이냐? 번을 서면서 그렇게 큰 목소리로 잡담을 하다니."

"어, 어르신!"

"깊은 밤에는 소리가 더 멀리까지 퍼져 나간다는 걸 모르는 것이냐? 더군다나 이곳은 싸움터다. 분명 고월산장 쪽에서도 사람을 움직여 사방을 살필 텐데 우리가 여기 있다는 걸 적에게 알리기라도 할 생각이더냐?"

"죄, 죄송합니다, 어르신. 용서해 주십시오."

"조심들 해라. 오래 걸릴 싸움이 아니니 그동안만 고생하도록 해. 이 싸움이 끝나면 너희들의 고생을 잊지 않으마!"

"감사합니다, 어르신!"

"좋아. 그건 그렇고, 강을 거슬러 오를 수 있는 작고 날랜 배를 한 척 준비하거라."

"예?"

"못 들었느냐? 배를 준비하라고 하지 않느냐?"

"배는 왜……?"

"그것까지 너희들이 알 것 없다. 서둘러라."

새로 등장해 배를 요구하는 자의 목소리에선 제법 연륜이 느껴졌다. 추상같은 명에 수다를 떨고 있던 자들이 부지런히 움직이기 시작했다. 그리곤 잠시 후,

“준비를 마쳤습니다.”

“날랜 배겠지?”

“그렇습니다. 그런데 사람이 많이 탈 수는 없습니다.”

“얼마나 탈 수 있겠느냐?”

“많이 타야 칠팔 명 정도. 더 타면 위험합니다.”

“상류로 거슬러 오를 수 있는 배겠지?”

“노꾼이 좋다면…….”

“누가 배를 잘 몰지?”

“장초가 제법입니다.”

“장초? 어딨느냐?”

“자고 있습니다.”

“데려와라!”

노인의 말에 다시금 잠깐의 소란이 일었다. 그리고 다시 새
로운 자의 목소리가 들려왔다.

“찾으셨습니까, 어르신!”

“오냐. 네가 배를 제법 잘 몬다지?”

“뭐, 배 모는 것에 있어서는 남들에게 뒤지지 않습니다.”

“좋다. 배를 몰고 혼강 상류로 오를 수 있겠느냐?”

“어디까지입니까?”

“녹산 북쪽까지다.”

“뭐, 그 정도라면 가능합니다. 녹산을 둘러서는 물길이 유하
니 오르는 데 큰 어려움은 없을 겁니다.”

“좋다. 그럼 준비하고 있거라. 자시에 출발할 거다.”

"알겠습니다."

새로운 자의 대답을 끝으로 숲에 침묵이 찾아왔다. 누군가의 발길이 장내를 떠나는 소리가 잠시 들렸다. 황종보가 손을 들어 일행을 뒤로 물렸다. 송추월과 양산종의 젊은이들이 황종보의 신호에 맞춰 혁가장의 배들이 모여 있는 곳으로부터 멀어졌다.

"무슨 일일까요? 밤에 배를 띄우다니?"

양산종의 젊은 후예 석정이 적과의 거리가 멀어지자 황종보에게 물었다.

"사형의 걱정대로 저들이 혼강을 타고 올라 녹산 후미를 통해 고월산장에 잠입하려는 것 같군."

"하지만 작은 배 한 척에 탈 수 있는 인원이 겨우 칠팔 명이라지 않습니까? 겨우 그 인원으로 뭘 할 수 있겠습니까? 주력이 혼강에 나와 있다고는 해도 고월산장엔 여전히 수십여 명의 고수가 남아 있는데……."

"사람 수가 문제가 아니지. 가는 자들이 어떤 자들인가가 문제네. 더군다나 그들의 목적이 고월산장을 점령하는 것이 아니라 불을 지르거나 혼란을 일으키는 것이 목적이라면 사람이 많이 필요한 것도 아닐세. 일단 고월산장에 불이라도 난다면 혼강에 나와 있는 고수 중 일부를 뒤로 물릴 수밖에 없을 것이고, 당연히 고월산장의 문도들이 동요할 걸세. 그런 상태에서 동요하는 고월산장을 치면 혁가장은 일거에 승리를 거둘 수 있을 걸세."

"그렇다면 역시 그들을 막아야겠군요."

"그래야겠지."

"우리만으로 가능할까요?"

이번엔 묘아란이 걱정스런 표정으로 물었다. 그러자 황종보가 고개를 저었다.

"저들이 어떤 자들을 보내는지 알 수 없으니 지금으로선 확신할 수 없네. 해서 말인데, 아란 자네는 지금 즉시 고월산장주를 찾아가 이 일을 알리게. 우린 이곳에서 배를 타고 움직이는 자들을 추격하겠네. 우리 힘이 달리더라도 그들이 상륙하는 지점에서 최대한 시간을 벌 테니 아란 자네가 고월산장의 고수들을 데려오시게."

"알겠습니다, 어르신."

"좋아, 그럼 어서 떠나게."

황종보의 재촉에 묘아란이 서둘러 장내를 벗어났다.

송추월과 양산종의 고수들은 자리를 숲의 북쪽으로 옮겼다. 어차피 상대가 움직일 방향을 아는 이상 굳이 적의 진영을 살피고 있을 이유가 없었다. 송추월과 양산종의 고수들은 물길이 크게 굽이도는 지점에서 걸음을 멈췄다.

바깥쪽 물살이 급하기 때문에 강변 안쪽으로 붙어야만 상류로 올라갈 수 있는 지점. 이 지점을 통과하려면 반드시 송추월 등의 눈에 띌 수밖에 없었다. 일단 상류로 올라가는 길목에 먼

저 도달한 일행은 숲에 몸을 숨기고 혁가장 고수들이 탄 배가
오기를 기다렸다.

그렇게 반 시진 정도의 시간이 흘렀을 즈음 강의 하류에서
부터 한 척의 배가 상류로 올라오기 시작했다. 강을 거슬러 오
르고 있었지만 배의 모양과 배를 모는 자의 뛰어난 기술 때문
인지 배는 하류로 물살을 따라 내려가는 것처럼 빠르게 움직
이고 있었다. 마침 하류에서 상류로 바람이 불어 배에 세운 흑
색의 돛이 바람의 힘을 강하게 배에 전하고 있기도 했다.

"여기서 칠 겁니까?"

배가 등장하자 송추월이 황종보를 보며 물었다. 그러자 황
종보가 고개를 저었다.

"물에 있는 자들을 공격하긴 쉽지 않네. 일단 배를 따라 상
류로 올라가세. 그런 뒤 저들이 상륙하는 지점에서 저들의 발
을 묶으세."

황종보의 말에 송추월이 고개를 끄덕였다.

그렇게 일각 정도 흘렀을까. 송추월 등이 지키는 길목을 혁
가장의 배가 통과했다. 거리가 가까워지자 비록 밤이라도 배
위에 탄 혁가장 고수들 모습이 제법 또렷하게 눈에 들어왔다.

노를 젓는 자까지 모두 일곱 명의 인물, 흐릿한 달빛에 비치
는 모습을 보면 모두 중년 이상의 모습을 하고 있었다. 개중
셋은 배 가운데 앉아 있었고, 나머지 사람들은 배의 앞과 뒤쪽
에서 서서 사방을 감시하고 있었다.

"가세."

혁가장의 배가 눈앞을 통과해 북쪽으로 멀어지자 황종보가
자리에서 일어나 강변을 따라 움직이기 시작했다.

혁가장의 배는 대략 한 시진 정도 강을 더 거슬러 올랐다.
상류로 갈수록 물길이 급해져 배를 몰아가기가 점점 더 힘들
어졌기 때문에 한 시진을 올랐어도 기실 이동한 거리는 그리
많지 않았다. 덕분에 송추월 등의 추격은 한결 수월했다.
촤아악!
한순간 물결 소리가 거세졌다. 그러자 상류로 거슬러 올라
가던 혁가장의 배가 기우뚱거리기 시작했다.
"더는 못 가겠는데요?"
양산종의 고수 공공이 입을 열었다.
"그럴 것 같군."
황종보가 대답을 하는 사이 멀리 배 위에서 웅성거리는 소
리가 들려오더니 혁가장의 배가 방향을 틀어 강변으로 다가오
기 시작했다. 송추월 등의 걸음도 빨라졌다.

"약속한 지점인가?"
부지런히 배에서 내린 사람 중 흰 수염이 길게 자란 자가 입
을 열었다.
"조금 더 가야 합니다. 뱃길이 약속 지점까지 닿지 못했습니
다."
"음, 얼마나 가야 하는가?"

"대략 이각 정도면 도착할 겁니다."

"그럼 가지. 이미 밤이 깊었으니 서두르세. 날이 밝기 전에 일을 끝내야 하네."

"알겠습니다, 어르신."

배에서 내린 혁가장 고수들이 배를 뭍으로 끌어올려 나뭇가지로 덮어놓고는 순식간에 숲 속으로 사라졌다.

녹산 북쪽은 혼강의 상류와 이어진다. 녹산을 크게 서쪽으로 휘돈 혼강은 녹산 북쪽에 다시 모습을 나타내는데, 급하기가 격류와 같아서 배를 몰아 올라오는 것이 불가능했으므로 여기까지 뱃길이 이어지지 않는 곳이었다.

그 녹산 북쪽의 산비탈을 따라 산길이 외롭게 이어져 있었다. 길은 격류로 꿈틀대는 혼강까지 이어져 있었는데, 아마도 산짐승들이 물을 마시러 다니는 길인 듯 보였다.

그런데 산짐승이나 다녀야 할 그 길 위에 한순간 사람의 발이 나타났다. 산에서 사람은 짐승보다 느린 것이 보통인데 산길에 나타난 사람의 발은 날랜 짐승보다 빨랐다. 마치 길 위에 바짝 엎드린 낙엽 위를 떠가듯이 불쑥 나타난 사람의 발은 바람처럼 산길을 따라 혼강변으로 달려나갔다.

그렇게 얼마나 달렸을까. 문득 발의 주인 앞에 혼강이 한 구비 치면서 만들어놓은 작은 소가 나타났다. 소 주변으로는 수천 년 물길에 깎여 기이한 형상으로 변한 바위들과 강가의 찬 바람을 쐬며 자란 소나무 숲이 둘러싸고 있었다.

사내는 그 소나무 숲으로 뛰어들더니 주변을 두리번거리기 시작했다. 그러자 잠시 후 사내의 기대에 걸맞은 목소리가 들려왔다.

"오셨는가?"

목소리와 함께 한쪽 소나무 뒤에서 칠 인의 무사가 모습을 드러냈다. 모두 중년이 넘고 칼날 같은 기도를 흘리는 자들, 바로 혁가장의 진영에서 배를 타고 혼강을 거슬러 오른 바로 그들이었다.

"어르신!"

순간 산길을 타고 내려온 사가 숲 속에서 나타난 자의 얼굴을 달빛에 확인하고는 얼른 고개를 숙였다.

"자네가 아심인가?"

노고수가 사내를 보며 부드러운 목소리로 물었다.

"그렇습니다, 어르신."

"음, 많이 변했군."

"어려서 고월산장에 들어왔으니 못 알아보실 겁니다."

"얼마만이지?"

"어르신을 뵌 것은 칠 년 만이지요. 소장주님은 간혹 뵈었습니다만……"

"음, 그렇군. 자넬 고월산장에 넣자고 할 땐 소장주의 의견에 반대했었는데 이렇게 되고 보니 잘한 일인 것 같군."

"소장주님은 함께 오시 않으셨습니까?"

아심이라 불린 사내가 시선을 돌려 노인 뒤에 서 있는 여섯 고수를 살피며 물었다. 그러자 그중 한 명이 앞으로 나서며 대답했다.

"형님 대신 내가 왔네."

"아, 둘째 도련님이 오셨군요. 오랜만에 뵙습니다."

"그래, 이 년 만이군. 형님을 따라 예전에 한 번 봤었지?"

"맞습니다. 이렇게 다시 뵈니 기쁘기 그지없습니다."

"나 또한 그렇다네. 그동안 수고 많았네."

"수고는요. 소장주께서 제 가족들을 돌봐주신 은혜에 비하면 아무것도 아니지요."

"아닐세. 그동안 자네 덕에 고월산장과의 싸움을 유리하게 이끌 수 있었네. 그런데 지난번엔 어찌 된 건가?"

"아, 그 갑작스런 출행 말입니까?"

"그래. 덕분에 우린 녹산의 포위망을 풀 수밖에 없었네."

"그 일은 저도 어쩔 수 없었습니다. 그날의 기습은 고월산장의 일부 수뇌들만 알고 있었을 뿐 아니라 워낙 급박하게 진행되었기에 제가 그 일을 눈치챘을 때는 이미 너무 늦어 있었습니다."

아마도 고월산장의 고수들이 녹산의 길목을 지키고 있던 혁가장 고수들을 공격한 일을 두고 하는 말들인 것 같았다. 사내의 말에 이번엔 처음 입을 열었던 노고수가 다시 입을 열었다.

"지난 일이야 어쩔 수 없는 것이고, 지금 고월산장의 사정은 어떤가?"

"고월산장은 지금 텅텅 비어 있습니다. 물론 삼십여 명의 무사가 남아 있기는 하나 모두 평무사들이라 어르신과 혁가장의 고수 분들을 감당할 수 없을 겁니다.”

“물건들은?”

“고월산장 인근에 준비해 두었습니다. 삽시간에 고월산장을 불태울 수 있을 겁니다.”

“좋아, 일이 성공하면 내일 이 싸움을 끝낼 수 있을 걸세. 앞서게.”

노고수의 말에 아심이라 불린 사내가 노고수에게 고개를 숙여 보이고는 신형을 돌려 온 길로 되돌아가려 했다. 그런데 그때,

팟!

“누구냐?”

한줄기 파공음이 이는 순간 노고수의 입에서 노성이 터져 나왔고, 그의 검이 무서운 속도로 움직였다. 그러자 노고수의 검에 검은 물체들이 부딪치며 불꽃을 일으켰다.

캉!

“누구냐?”

노고수가 닥쳐든 암기를 쳐내고는 다시 한 번 암기가 날아온 방향을 향해 소리쳤다. 그러나 암기가 날아온 방향에선 어떤 대답도 들려오지 않았다. 그사이 다른 혁가장 고수들도 서둘러 도검을 빼내 들고 노고수를 중심으로 사방을 경계하기 시작했다.

“혁후량이라고 했던가요?”

송추월이 검을 빼 들어 서연이 날린 암기를 쳐낸 노고수를 달빛 아래 살펴보며 말했다.

“맞네. 녹산으로 가던 관도의 그 객잔 앞에서 무룡 그 친구와 비무를 했던 바로 그자네.”

황종보가 대답했다.

“제법 거물을 움직였군요.”

“뭐, 고월산장을 기습하는 일이 만만한 것은 아니니까. 비록 주력이 혼강에 나가 있다고 해도 말이야.”

“그런데 이젠 어쩌죠?”

양산종의 후예 공공이 황종보를 보며 물었다.

“뭘 어째. 이곳에서 할 수 있을 만큼 저들의 발을 묶어야지. 아란이 고월산장주에게 이 일을 알리러 갔으니 곧 고월산장의 고수들이 올 거야.”

“저들을 제압할 수는 없을까요?”

이번엔 다른 양산종의 젊은 고수인 석정이 물었다.

“글쎄. 아마도 쉽지는 않을 걸세. 혁후량도 혁후량이지만 나머지 여섯도 결코 만만해 보이지 않거든. 일단은 서연 자네의 신세를 좀 지세.”

그러자 손에 암기를 가득 들고 있던 서연이 고개를 끄덕였다.

“알겠어요, 어르신. 하지만 제 암기에도 한계가 있어요.”

“그땐 결국 직접 나서야겠지. 하지만 우리 목적은 시간을 끄는 것이니까."

　황종보의 말에 서연이 대답없이 고개를 끄덕였다. 그때 더 이상 암기의 공격이 없자 혁가장의 고수 둘이 조심스럽게 앞으로 걸어나왔다. 순간 서연의 손이 여지없이 휘둘러졌다.

　파아앗!

　"엇!"

　"창!"

　준비를 하고 있었지만 서연의 암기술은 무척 뛰어나서 혁가장 고수들 입에서 다급한 헛바람이 새어 나왔다. 그리곤 가까스로 암기를 막아낸 혁가장 고수들이 서둘러 혁후량 등이 있는 곳으로 물러났다.

　"모습을 보여라!"

　두 명의 수하가 뒤로 물러나자 혁후량이 눈을 부라리며 노성을 터뜨렸다. 그러나 송추월 등은 여전히 입을 닫고 혁가장의 고수들을 바라보고 있을 뿐이었다.

　적은 대답없고 암기는 매서웠다. 조급해지는 것은 당연히 갈 길이 바쁜 혁가장의 고수들. 그중에서도 혁후량의 얼굴에는 초조한 빛이 역력했다. 혁후량은 오늘 일이 고월산장과의 싸움에서 얼마나 중요한지 잘 알고 있었다. 그 일의 중요함 때문에 자신이 직접 이 일을 맡고 나선 것이다.

　그런데 이렇게 고월산장에 접근도 못해보고 시간을 보내다가는 결국 이 일은 실패하고 말 것이 분명했다. 아니, 어쩌면 이미 일은 그르쳤는지도 몰랐다. 숨어서 암기를 날리는 자들

이 고월산장의 고수들이 아니라고 장담할 수 없기 때문이었
다. 그나마 다행인 것은 숨어 있는 자들이 암기를 쓰고 있다는
점. 본래 고월산장의 고수 중 암기를 쓰는 자가 있다는 소리를
들어보지 못한 혁후량이다.

"고월산장에서 나왔느냐?"

여전히 대답없는 어둠 속을 향해 혁후량이 재차 소리쳤다.
그러나 어둠 속에선 대답이 없다.

송추월은 계속해서 자신들이 있는 곳을 향해 소리치고 있는
혁후량을 보며 실소를 흘렸다. 생각해 보면 지금 혁가장 고수
들의 앞을 막을 고수들이 누가 있겠는가? 당연히 고월산장밖
에 없다. 그걸 굳이 확인하겠다고 고집을 피우는 혁후량의 행
동은 기실 쓸데없이 정력을 허비하는 것이었다.

"오냐. 대답이 없다면 직접 잡아 무릎을 꿇리고 듣겠다."

혁후량의 목소리가 다시 들려왔다.

"직접 나설 모양입니다."

양산종의 고수 석정이 들고 있던 기이한 형태의 도끼를 바
로 잡으며 말했다. 석정은 천부옹이라고 불리는 덕황의 제자
이기에 그 역시 부법에 통달한 인물이었다.

"그가 나선다면 우리도 준비를 해야지."

황종보가 슬쩍 걸음을 옮겨 혁후량이 있는 방향을 가리고
있는 바위 위로 올라서며 말했다. 바위에 올라선 황종보가 자
세를 낮추고 혁후량이 날아드는 순간 반격을 가할 준비를 했
다.

여전히 숲 속에서 대답이 없자 혁후량이 고개를 돌려 혁가장 고수들에게 눈짓을 했다. 혁가장 고수 중 둘이 혁후량 뒤에 따라붙었다. 혁후량이 한순간 호흡을 내뱉더니 번개처럼 허공으로 솟구쳐 올라 송추월 등이 있는 곳으로 날아들었다.

팟!

순간 서연의 손에서 다시 세 개의 암기가 날았다. 세 개의 암기는 숲으로 날아드는 혁가장 고수 셋을 향해 날아갔는데, 암기에서 파공음이 일어나는 순간 혁후량 등 삼 인의 혁가장 고수들이 일제히 도검을 휘둘렀다.

까깡!

어둠 속에서 불꽃이 일며 다시금 날카로운 소성이 숲을 울렸다. 뒤이어 암기를 쳐낸 혁후량 등이 어느새 송추월 등이 있는 곳 오 장 안쪽으로 접근해 들어오고 있었다. 송추월과 석정, 그리고 공공이 서연을 지나쳐 앞으로 달려나갔다. 어느새 혁후량의 신형은 황종보가 숨어 있는 바위 위를 지나치고 있었다. 그 순간 바위 위에 납작 엎드려 있던 황종보가 태산처럼 일어났다.

쿠우웅!

말아 쥔 황종보의 두 주먹에서 강력한 파공음이 일어났다. 그러자 뿌연 흑무에 휩싸인 황종보의 주먹이 혁후량의 하체를 노도처럼 쓸어갔다. 갑작스런 황종보의 공격에 혁후량은 감히 반격을 하지 못하고 허공에서 재빨리 몸을 틀었다.

펑!

순간 강력한 파열음과 함께 황종보의 주먹이 혁후량의 허벅지 바로 옆을 타격했다.

"헛!"

혁후량의 입에서 다급성이 터져 나오며 허공에 뜬 그의 신형이 크게 흔들렸다. 그러자 황종보가 재차 몸을 틀며 이번엔 강력한 각법을 시전했다.

황종보의 발이 아래에서 위로 기이한 형태로 움직이더니 흔들리는 혁후량의 목덜미에 꽂혀들었다.

"놈!"

순간 혁후량의 입에서 노성이 터져 나왔다. 그의 손에 들린 검이 번개처럼 움직여 자신의 목덜미를 파고드는 상대의 발을 베어갔다. 아무리 강한 손발이라도 맨몸으로 날카로운 검을 상대할 수는 없는 일. 황종보가 상대의 목덜미 한 자 앞까지 다가간 발을 급히 거둬들이며 이번에는 손바닥으로 혁후량의 옆구리를 부드럽게 밀어냈다.

쿵!

부드럽게 밀어낸 황종보의 손에서 예상외로 무척 둔탁한 타격음이 일어났다.

"음!"

혁후량의 입에서 묵직한 신음성이 흘러나왔다. 동시에 그의 신형이 훨훨 뒤로 날아가 본래 자신이 날아올랐던 곳에 떨어져 내렸다.

차창!

그사이 송추월은 혁후량을 따라 몸을 날린 혁가장 고수 중 한 명을 상대하고 있었다. 상대는 도를 사용하는 자였는데 도를 쓰는 법이 괴이하기 이를 데 없어 송추월도 처음에는 상대의 괴도에 잠시 당황할 수밖에 없었다.

초로의 나이로 보이는 노인의 도에서는 한 번 휘둘러질 때마다 귀곡성이 흘러나왔는데, 듣는 사람으로 하여금 본능적으로 두려움을 느끼게 만드는 귀곡성에 송추월은 순간순간 인상을 씨푸릴 수밖에 없었다.

'뭐 이런 괴이한 자가 다 있지?'

노인의 얼굴은 더더욱 괴이했다. 두 눈에는 거의 눈동자가 없었으며 얼굴에 난 자상들은 마치 싸움의 바다에서 살아 돌아온 자 같았다. 도법 역시 살기로 가득 차 있었다. 한 수 한 수에 맺힌 살기가 송추월의 소름을 돋게 만들었다.

그러나 괴이한 모습도 시간이 지나면 익숙해지는 법. 상대와의 겨룸이 이십여 초에 이르자 송추월은 서서히 상대의 도법에 익숙해져 가기 시작했다.

그리고 그즈음이 되자 이젠 오히려 상대가 송추월의 검법에 당황하기 시작했다.

송추월의 검법은 무혼검. 상례를 따르지 않는 괴이함으로 따지자면 괴도를 쓰는 상대보다 더하면 더했지 모자라지 않는 송추월의 무혼검이었다. 더군다나 괴도를 쓰는 노인의 도법은 시간이 지나면서 송추월의 눈에 익어갔지만 송추월의 검법은 시간이 지나도 전혀 노인에게 익숙해지지 않았다. 결국 싸움의 양상은 그렇게 두 사람이 상대의 도검에 익숙해지는 시간의 차이만큼 벌어지기 시작했다.

차차창!

송추월의 검이 무서운 속도로 노인을 향해 밀려갔다. 노인은 급히 도를 휘둘러 송추월의 검을 막아냈지만 계속해서 뒷걸음질을 쳐야 하는 것은 어쩔 수 없었다.

송추월의 검이 불쑥불쑥 예상치 못한 곳을 파고드는 통에 처음 살기를 가득 머금고 움직이던 노인의 도에서는 서서히 살기가 사라지고 이제는 송추월의 검을 막는 데 급급한 지경에 처해 있었다.

"어린놈이 놀랍구나! 나 조만영을 이렇게 곤란하게 만들다니."

한순간 송추월로부터 멀어진 노인이 차가운 눈빛으로 송추월을 노려보며 말했다. 그러자 송추월이 무심하게 물었다.

"끝까지 승부를 볼 생각이시오?"

"어린놈이 예의가 없구나."

"훗, 죽고 사는 일이 걸린 마당에 무슨 예의씩이나!"

"고월산장에 너와 같이 불량한 놈이 있다니 이상하구나."

"왜? 내가 고월산장이 아니라 혁가장에 어울리는 사람 같소?"

"후후, 그렇다면 혁가장으로 배를 갈아타겠느냐?"

"이미 늦었소. 난 중도에 배를 갈아타는 사람이 아니거든."

송추월이 씩 미소를 지었다. 그리고 다음 순간 송추월의 신형이 하늘로 치솟았다. 동시에 세 번의 칼질을 해댔다.

파파팟!

송추월의 검이 어둠을 뚫고 빛처럼 괴도의 노인을 향해 닥쳐들었다.

"음!"

괴도 노인의 입에서 침중한 소리가 흘러나왔다. 검은 순식간에 노인의 사혈을 노렸다. 순간 노인의 신형이 팽이처럼 돌았다. 어둠이 노인의 몸을 따라 함께 소용돌이를 일으켰다.

차아앙!

송추월의 검이 검은색 연무의 기둥으로 화한 괴도 노인과 충돌했을 때 소름 끼치는 마찰음이 일어났다. 순간 송추월이 세 걸음 뒤로 물러났다. 그러자 신형이 보이지 않을 정도로 빠른 속도로 회전하던 괴도 노인이 그 틈을 타 십여 장 뒤로 물러났다.

송추월은 더 이상 노인을 쫓지 않았다. 노인이 물러선 자리는 혁가장 고수들이 진을 치고 있는 곳이었다. 그러니 더 이상 쫓아봐야 적의 반격을 부를 뿐이었다.

차창!

그때 날카로운 소음과 함께 다시 한 명의 혁가장 고수가 훌쩍 신형을 날려 뒤로 물러났다. 그를 물러나게 만든 사람들은 양산종의 후예인 석정과 공공. 두 사람은 어렵지 않게 혁가장 고수를 물리쳤는지 낯빛이 평온하기 그지없었다.

　그렇게 한 번의 공세를 실패로 끝낸 혁후량의 얼굴에 난감한 기운이 서렸다. 그러나 그의 공격이 온전히 실패로 끝난 것은 아니었다, 적어도 어둠 속에서 암기를 날린 자들의 정체는 드러났으니까.

第四章
격돌
第四章

화마경
화마경

"당신은……!"

혁후량은 황종보를 똑똑히 기억하고 있었다. 황종보 등 양산종의 후예들이 고무룡을 따라 녹산으로 들어갈 때 객잔을 근거로 길을 막고 있던 혁후량이었다. 그가 혁가장 고수들과의 비무에 나섰던 황종보를 기억하지 못할 리 없었다.

그리고 시간이 조금 더 흐르자 눈 밝은 혁후량은 오늘 밤 자신들 앞길을 막아선 인물들이 당시 고무룡을 따라온 자들임을 깨닫게 되었다. 결국 혁가장의 기습적인 이동을 고월산장은 놓치지 않고 있었던 것이다. 다행이라면 이들의 숫자가 다섯이라는 것. 반면 혁후량이 이끄는 혁가장의 고수는 마중 나온 간자까지 합쳐 모두 여덟. 더군다나 자신이 이끌고 있는 자들은 혁가장 내에서도 손꼽히는 고수들이었다. 첫 격돌에서 뒤로 물러나기는 했지만 아직 일의 성패를 가늠하기에는 이른 상황이었다.

"또 보는구려."

황종보의 목적은 시간을 끄는 것이었다. 적의 숫자가 많음은 황종보에게도 부담이었다. 물론 숫자가 적다고 이쪽이 패한다고 할 수는 없지만 적어도 고수들의 싸움에서 세 명의 차이는 결코 적은 것이 아니었다. 대화를 할 수 있다면 최대한 오래 끄는 것이 좋았다.

"과연 그날 고무룡이 모시고 온 분들은 보통 분들이 아니었구려."

"그저 잔재주나 팔고 다니는 사람들이외다."

"후후후, 그 잔재주나 파는 사람들에게 밀린 나는 뭐가 되는 것이오?"

"그건 우리가 운이 좋은 것이겠고."

"고월산장과는 어떤 사이요?"

"보시는 대로 그들의 싸움을 대신해 줄 정도의 관계는 되오."

"고월산장을 위해 목숨을 걸 수도 있소?"

"대놓고 목숨을 내놓으라면 생각해 봐야겠지만 뭐 이렇게 싸우다 보면 목숨이 위험해질 때도 있을 거란 생각은 하오."

황종보의 대답에 혁후량이 눈을 가늘게 뜨고 황종보를 노려보다가 경고하듯 끊어서 말했다.

"물러나시오."

"건 힘들 것 같은데……. 이 일은 우리가 맡은 일이라서."

"길을 막는다면 분명 목숨을 걸어야 할 거요."

"죽고 사는 문제는 부딪쳐 봐야 아는 것이고."

"우리에겐 시간이 많지 않소."

혁후량의 말은 일단 싸움이 시작되면 전력을 다해 목숨을 노리겠다는 의미였다.

"각오하고 있소. 하지만… 내 생각에는 그대들이 온 길을 되짚어 물러가는 것이 더 좋을 것 같소. 기실 우리가 이곳을 막아섰다는 것은 결국 고월산장에 딩신들의 소식이 전해졌다는 의미 아니겠소? 그러니 이대로 고월산장으로 향해봐야 함정에 빠질 뿐일 기요."

황종보의 말에 혁후량의 표정이 살짝 변했다. 확실히 가능성이 충분한 일이었다. 그러나 다음 순간 혁후량의 얼굴에 한 줄기 미소가 지어졌다.

"아니, 내 생각은 다르오. 그대들은 아마 우리의 움직임을 미처 고월산장에 전하지 못했을 것이오. 만약 그랬다면 그대들만 나서서 우릴 막았을 리가 없지. 이보다 훨씬 더 치밀한 함정을 팠을 거요. 그러니… 아, 그대는 시간을 끌고 있었군."

혁후량이 한순간 황종보의 의도를 눈치챘다.

'확실히 노련한 늙은이군.'

송추월은 찰나에 이쪽의 속내를 파악하는 혁후량을 보며 내심 감탄했다. 그리곤 슬며시 검을 쥔 손에 힘을 줬다. 일단 이쪽의 속내가 드러난 이상 저들은 싸움을 서둘 터였다.

"승부를 낸다. 생사결이다!"

혁후량의 입에서 다부진 목소리가 흘러나왔다. 그러자 혁후량을 따라온 혁가장의 고수들이 일제히 도검을 빼 들고 송추월 등을 향해 다가왔다.

"난 귀도 조만영이라고 한다. 혹 들어보았느냐?"

송추월을 향해 다가온 회색 동공의 고수가 물었다. 송추월에 의해 한 번 패퇴했던 자치고는 지나치게 여유로운 모습. 아마도 앞서 일어났던 후퇴는 우연으로 치부하고 있는지도 몰랐다.

"이거 미안해서… 난 강호에 나온 지 얼마 되지 않아 그런 이름 모르오."

정말 송추월은 귀도 조만영이라는 이름을 몰랐다. 아니, 그뿐만이 아니라 그가 알고 있는 무림인은 손으로 꼽을 만큼 적었다.

"무림 초출이라……. 누구에게 검을 배웠나?"

"그것까지는 알 것 없을 것 같고."

송추월이 검을 들어 올렸다. 이미 한 번 대적한 상대다. 더군다나 그 기괴한 괴도의 움직임은 더 이상 두려운 대상이 아니었다. 송추월은 이 승부에 자신이 있었다.

그러나 만약 강호의 사정에 밝은 누군가가 송추월의 자신감을 알았다면 송추월의 오만을 비웃었을 것이다. 왜냐하면 귀도 조만영은 결코 강호초출의 애송이에게 무시당할 인물이 아니었기 때문이다.

요동에서 귀도 조만영의 악명은 타의 추종을 불허한다. 그의 귀도는 한 번 움직일 때마다 어김없이 사람을 죽였다. 그의 손에 죽어간 무림고수만도 수십여 명. 그러면서도 그는 강호공적이 되지 않았는데, 그건 그가 항상 정당한 대결을 통해서 상대를 꺾었기 때문이다. 무림이란 곳은 그것이 정당하고 합당한 이유에서 시작된 대결이라면 천인혈도 용납하는 곳이 아니던가.

그러니 그런 귀도 조만영이 등장했다면 적어도 송추월 정도 나이대의 무림인은 오금이 저려야 정상이다. 그러나 송추월은 귀도 조만영을 몰랐고, 그의 도에 죽어간 사람의 숫자도 몰랐다. 그가 아는 것은 그 스스로 경험한 귀도 조만영의 괴이한 도법뿐이었다. 그리고 그가 경험한 조만영의 도는 이제 송추월이 충분히 감당할 수 있는 수준의 것이었다.

"목숨을 걸어야 할 거다."

조만영이 차가운 눈빛을 흘려내며 말했다.

"칼을 들었으니 목숨을 거는 거야 당연한 일 아니겠소?"

송추월이 쓸데없는 말을 지껄인다는 듯 심드렁하게 대답했다. 순간 귀도 조만영의 신형이 사라졌다.

스슷!

송추월의 귀에 귀도 조만영이 만들어내는 미세한 소음이 들

려왔다. 눈보다 귀가 먼저 귀도 조만영의 접근을 알아챈 것이
다.

팟!

송추월이 허공으로 신형을 띄워 올렸다.

웅!

순간 어둠 속에서 불쑥 튀어나온 조만영의 도가 송추월의
발아래를 스치고 지나갔다. 송추월은 자신의 아래를 스쳐 지
나가는 귀도 조만영을 보며 가볍게 검을 휘둘렀다.

쐐애액!

순간 송추월의 검이 회초리처럼 휘어지며 귀도 조만영의 등
을 가격했다.

"흡!"

귀도 조만영의 입에서 다급성이 터져 나왔다. 동시에 그의
몸이 빙글 한 바퀴 회전했다. 송추월의 검이 그런 귀도 조만영
의 몸을 아슬아슬하게 스치고 지나갔다.

펄럭!

귀도 조만영의 옷자락이 송추월의 검에 베여 밤바람에 펄럭
였다.

"역시 만만찮은 놈이구나."

귀도 조만영의 입에서 다부진 목소리가 흘러나왔다. 그리고
는 신중하게 두 손으로 도를 들어 송추월의 공격을 기다렸다.

'수세로 나오신다.'

귀도 조만영도 이젠 송추월의 실력을 인정한 모양이었다.

자신보다 강한 자를 상대할 때는 언제나 기습을 노려야 승부를 볼 수 있다. 강한 자에게 무턱대고 공격을 가하다가는 자신도 모르는 사이에 목을 내놓아야 하는 경우가 비일비재하다. 조만영이 수세로 돌아선 것은 약자가 강자를 상대할 때의 정석으로 돌아간 것이다.

그러나 귀도 조만영의 선택은 그를 아는 사람들이 보았다면 경악했을 만한 것이었다. 요동제일의 살도가 수세를 취하다니, 그것도 이제 겨우 이십을 갓 넘은 애송이 앞에서.

송추월도 함부로 조만영을 공격하지 않았다. 일단 수세로 돌아서자 조만영은 테신처럼 단단해 보였다. 그가 귀도를 떨쳐 내며 공격할 때의 빈틈이 더 이상 보이지 않았던 것이다.

'길어지겠어.'

귀도 조만영이 일단 방어를 하기로 생각했다면 이 승부가 빨리 끝날 가능성은 거의 없었다. 하지만 승부가 길어진다고 해서 송추월에게 나쁠 것은 없었다. 송추월 일행의 목적은 이들을 제압하는 것이 아니라 발을 묶는 것이었으므로.

창!

송추월이 가볍게 검을 휘둘렀다. 적을 베겠다는 의미는 아니었다. 단지 적이 여유를 찾지 못하게 만들기 위함이었다. 예상대로 송추월의 검을 번개처럼 쳐낸 조만영이 재빨리 뒤로 물러나 다시 방어 자세를 취했다. 확실히 더 이상 공격에 욕심을 내지 않는 모습이었다.

그렇게 송추월과 귀도 조만영이 성급한 승부를 욕심내지 않는 동안 다른 곳에서는 치열한 싸움이 전개되고 있었다. 승부의 추는 어느 쪽으로도 기울지 않고 있었다. 비록 혁가장 고수들의 숫자가 많기는 했지만 양산종의 후예들은 하나같이 뛰어난 고수들이라 숫자의 적음을 충분히 만회하고 있었다.

특히 황종보의 무공은 무서워서 적수공권으로도 혁후량을 능히 상대함은 물론 중간 중간 다른 자들의 공격도 받아넘기고 있었다.

싸움이 길어질수록 초조해지는 것은 혁후량이었다. 애초의 계획은 오늘 밤 중으로 녹산을 넘어 고월산장에 불을 질러 적을 혼란에 빠뜨리는 것이었다. 그러나 이대로라면 고월산장에 불을 지르기는커녕 자신들의 안위도 장담할 수 없는 지경이었다.

혁후량이 더욱 답답한 것은 황종보는 제쳐 두고라도 다른 젊은 녀석들의 무공이 너무도 뛰어나다는 점이었다. 오늘 혁후량을 따라온 혁가장의 고수들이 하나같이 노련한 자들임에도 불구하고 그들은 이 젊은 녀석들 중 하나도 베어 넘기지 못하고 있었다. 그중에서도 혁후량을 가장 곤혹스럽게 만드는 것은 귀도 조만영의 행동이었다.

오늘 혁후량을 따라온 혁가장의 고수 중 가장 믿을 만한 고수를 꼽으라면 혁후량 자신과 귀도 조만영이라고 할 수 있었다. 귀도 조만영의 살명은 요동을 넘어서는 것으로서 그 살명만으로 보자면 오히려 혁후량 자신을 뛰어넘는 명성을 지닌 인물이었다.

　그런데 그런 귀도 조만영이 두 명도 아니고 한 명의 젊은 놈에게 막혀 수세에 몰리고 있었다. 귀도 조만영이 본래의 실력을 발휘하지 못한다면 이 싸움은 결코 빨리 끝날 수 없었다.

　"그만 물러남이 어떻소?"

　문득 근심에 빠져 있던 혁후량의 귀에 황종보의 목소리가 들렸다. 그러자 혁후량이 한차례 검을 휘둘러 황종보를 뒤로 물러나게 한 후 훌쩍 신형을 날려 황종보에게서 멀어졌다.

　"잠시 싸움을 멈추시오!"

　뒤로 물러난 혁후량이 장내의 싸움을 멈춰 세웠다. 그러자 송추월과 싸우던 귀도 조만영도 훌쩍 신형을 날려 송추월에게서 멀어졌다. 송추월은 그런 귀도를 군이 쫓지 않았다.

　"도대체 이 친구들은 어디서 데려온 사람들이오?"

　싸움이 멈추고 다시 서로 간에 십여 장의 거리가 확보되자 혁후량이 황종보에게 물었다. 그로서는 이 젊은 무사들의 배경이 의혹스러운 모양이었다.

　"이보시오, 혁 노사. 고월산장은 사실 강호에 숨은 지인들이 많소. 고월산장이 지금껏 혁가장과의 싸움에서 수세에 몰렸던 것은 고월산장주가 강호의 친구들을 자신의 싸움에 끌어들이지 않으려 했기 때문이오. 나와 이 친구들 역시 고월산장과는 적지 않은 인연이 있는 사람들인데, 고월산장이 녹산에 고립된 이후에나 고월산장주로부터 도움의 요청을 받았던 것이오. 그리고 이제 고월산장주가 본격적으로 강호의 친구들에게 도움을 청하기 시작했소. 혁 노사, 이 싸움은 결코 혁가장이 이길 수 없소. 그러니 돌아가서 혁가장주를 설득하는 것이 어떻겠소?"

황종보의 충고는 진지했다. 혁후량 역시 그동안 드러나지 않았던 고수들을 조우하자 고월산장의 저력을 새삼스레 깨닫고 있었으므로 황종보의 충고를 가볍게 넘기지 못했다.

"고월산장의 저력이 무섭다는 것은 익히 알고 있었소. 하지만 혁가장도 그에 걸맞게 철저히 준비를 했소. 이 싸움은 여전히 혁가장의 손에 달려 있소."

"정말 그렇게 생각하는 거요?"

"그렇소."

"참으로 걱정스런 판단이구려. 고월산장을 위해 천하에서 고수들이 몰려들어도 과연 그런 생각을 할 수 있을지 의문이구려."

"우린… 그전에 싸움을 끝낼 것이오."

"지금 혼강에서의 승부를 말하는 것이오?"

"그렇소. 우리도 녹산의 포위를 푸는 순간 고월산장을 돕기 위해 강호의 고수들이 몰려올 거란 건 예상하고 있었소. 하지만 싸움은 고월산장의 조력자들이 녹산에 닿기 전에 끝날 거요."

그러자 황종보가 고개를 저었다.

"혁 노사, 혼강에 나와 있는 고월산장의 전력은 결코 녹록지 않소. 승부를 쉽게 내지 못할 거요. 차라리 과거의 잘못을 인정하고 지금이라도 고월산장과 화해를 하느니만 못할 거요."

"아니, 혁가장이 고월산장 앞에 무릎을 꿇는 일을 절대 없을 거요.”

혁후량이 단호하게 말했다. 그러자 황종보가 고개를 저으며 말했다.

“알겠소. 나야 제삼자의 입장에서 혁가장에 이래라저래라 명령을 내릴 수는 없는 입장이오. 하지만… 적어도 오늘은 그냥 물러가시오. 아마도 조금 있으면 고월산장의 고수들이 도착할 것이오.”

황종보의 말에 혁후량의 얼굴빛이 변했다. 그는 황종보의 표정에서 황종보가 허언을 하는 것이 아니라는 걸 읽어냈다.

“우릴 추격하지 않을 거요?”

혁후량이 조심스레 물었다.

“물론 그대들이 돌아가겠다면 디 이상의 충돌은 없을 거요. 길을 막는 것은 몰라도 돌아가는 그대들을 제압할 능력이 있는 것도 아니고.”

여전히 숫자는 혁가장의 고수들이 많았다.

황종보의 말에 혁후량이 잠시 생각에 잠겼다가 고개를 끄덕였다.

“좋소. 우린 그만 돌아가겠소.”

“잘 생각했소. 안녕히 가시오.”

황종보가 짧게 작별 인사를 대신해 말했다.

“돌아갑시다.”

혁후량이 고개를 돌려 혁가장의 고수들을 보며 말했다. 그러자 혁가장 고수들이 하나둘 신형을 돌리기 시작했다.

“다음에 꼭 다시 한 번 승부를 결하고 싶군.”

신형을 돌리는 혁가장 고수들 사이에서 문득 귀도 조만영이 송추월을 돌아보며 말했다.

“좋으실 대로.”

“내 이름을 기억해 두게.”

“귀도 조만영, 머릿속에 새겨두지요.”

송추월이 가볍게 미소를 지었다. 그런 송추월을 살기 어린 눈으로 노려본 조만영이 훌쩍 신형을 날려 장내를 벗어났다.

“정말 그대로 보내는 겁니까?”

양산종의 후예 공공이 황종보를 보며 물었다.

“아니면 쫓아가서 생사결을 하겠나?”

황종보가 퉁명스레 묻자 공공이 대답을 하지 못했다. 그러자 황종보가 차분한 목소리로 말했다.

“우리가 저들의 행보를 막기는 했으나 저들을 완전히 제압하는 것은 쉬운 일이 아닐세. 자칫하면 우리 중 누군가가 상할 수도 있어. 난 그런 일은 원치 않네. 사실 우리가 고월산장과 깊은 인연이 있다고는 해도 이 싸움은 우리의 싸움이 아니네.”

“알겠습니다, 어르신.”

공공이 순순히 황종보의 말에 순응했다.

“자, 우리도 이동하세. 저들이 정말 돌아가는지는 확인해야 하니까.”

황종보가 말을 하고는 서둘러 혁가장 고수들이 움직인 방향

으로 걸음을 옮겼다. 송추월과 양산종의 후예들 역시 황종보
의 뒤를 서둘러 따라붙었다. 그러나 그렇게 조용히 마무리 지
어질 것 같던 싸움은 결코 조용히 끝날 운명이 아니었다.

　송추월과 양산종 후예들은 멀찍이 떨어져서 혁가장 고수들
이 강을 따라 내려가는 것을 지켜보고 있었다. 급류 소리에 묻
혀 숲을 움직이는 양쪽의 발소리는 크게 일어나지 않았다.
　강을 따라 내려가던 혁가장 고수들이 한순간 걸음을 멈췄
다. 그리고는 나뭇가지로 가려놓았던 배를 숲에서 끌어냈다.
혼강이 다시 완만한 흐름을 보이고 있는 지점이었다.
　숲에서 배를 끌어낸 혁가장 고수들이 배를 강으로 밀어 넣
었다. 그리고는 서둘러 배에 오르려는 순간,
　팟!
　"큭!"
　"누구냐!"
　거의 동시에 한줄기 파공음이 일었고, 혁가장 고수 한 명이
화살을 맞고 쓰러졌다. 순간 혁가장 고수들이 도검을 빼 들고
사방을 경계하며 강변으로 다시 올라섰다.
　"설마 약속을 지키지 않은 것이냐?"
　혁후량이 숲을 보며 외쳤다. 아마도 자신들을 공격한 것이
송추월 일행이라고 판단한 모양이었다. 그러나 당황한 것은
송추월 일행도 마찬가지였다.
　"누구죠?"

송추월이 어리둥절한 표정으로 물었다.

"하마도 고월산장의 고수들이 도착한 모양이군."

황종보가 강 하류와 이어진 숲을 보며 말했다. 황종보의 예상은 정확했다.

"약속? 누가 무슨 약속을 했단 말이오?"

어둠을 뚫고 나타난 사람은 송추월의 눈에도 익은 사람이었다. 고흘수. 고월산장의 장주 고모수의 아우이자 고소요의 친부인 고흘수가 어둠 속에서 십여 명의 고월산장 고수를 이끌고 모습을 드러냈다. 그리고 특이하게도 고월산장 고수들의 손에는 작은 철궁들이 들려 있었다.

"고흘수! 당신이었군."

혁후량이 자신의 예상과 달리 황종보가 아닌 고흘수와 고월산장 고수들이 모습을 드러내자 탄식을 흘리며 중얼거렸다. 황종보라면 모를까, 고흘수는 절대 자신들을 그냥 놓아 보내지 않을 사람이었다. 더군다나 고월산장의 고수들 손에는 강전을 뿌릴 수 있는 철궁이 들려 있었으니 배를 타고 강으로 나간다 해도 공격받는 것은 마찬가지일 터였다. 물론 배에 탈 여유도 주지 않겠지만.

"혁 노사셨구려."

고흘수도 혁후량을 알아봤다. 혁후량을 알아본 그의 표정엔 대어를 낚았다는 흥분이 일렁였다. 반면 고흘수와 달리 혁후량의 표정은 심각하기 이를 데 없었다.

"이 밤에 그댈 볼 줄은 몰랐구려."

혁후량이 낮게 말했다.

"나도 그렇소이다. 혁 노사께서 야밤을 틈 타 기습에 나설 줄은 생각지도 못했소이다."

"지금 비웃는 것이오?"

혁후량의 노기에 고흘수가 빙긋 미소를 지었다.

"먼저 혼강변에서의 대회전을 제안한 쪽은 혁가장이었소. 그런데 이런 암계를 쓸 줄은 몰랐소이다."

"암계라……. 이 또한 싸움의 일부분일 뿐이오. 생사존망을 건 싸움을 하는데 어찌 암계 운운하는 거요."

"그게 비로 혁가정와 고월산장의 자이오. 고월산장은 강호에서 징도를 벗어난 석이 없소. 혁가장이 서압록의 패자가 되지 못하는 것은 바로 정도를 버리고 사도를 택했기 때문인 것이오. 어쨌든, 오늘 고월산장은 큰 손님을 모시게 되었구려."

고흘수의 말에 혁후량이 가늘게 눈을 떴다.

"그 말은 지금 날 고월산장으로 데려가겠다는 말이오?"

"그렇소. 스스로 찾아온 손님을 어찌 접대하지 않겠소?"

"내가 거절한다면?"

"아마 가셔야 할 거요."

고흘수가 딱딱하게 얼굴을 굳히며 말했다. 그건 협박이었다. 절대 이곳에서 혁가장의 고수들을 놓아 보내지 않겠다는 의지가 고흘수의 말에서 묻어났다.

"우릴 고월산장으로 데려가는 것은 결코 쉽지 않을 것이오."

혁후량 역시 순순히 고월산장의 고수들을 따라갈 인물은 아니었다. 혁후량의 말이 끝나는 순간 번개처럼 도검을 들어 올린 혁가장 고수들이 고월산장의 고수들을 마주하고 섰다. 화살 공격을 받아 크게 다친 한 명을 제외하고 일곱 명의 혁가장 고수를 열 명의 고월산장 고수가 에워쌌다.

"우린 어쩌죠?"

고월산장 고수들과 혁가장 고수들이 대치하는 상황을 숲에서 지켜보고 있던 양산종의 후예 중 석정이 황종보에게 물었다. 그러자 황종보가 한숨을 쉬며 대답했다.

"일이 이쯤 되고 보면 애초에 혁가장의 사람들이 자신들의 진영으로 돌아가는 것은 어렵다고 봐야지. 기왕 고월산장으로 끌려갈 바에야 피를 적게 흘리는 것이 좋겠고."

"그럼……?"

"가서 거들자고. 빨리 제압하는 게 피를 흘리지 않는 방법이지."

황종보가 말을 마치고는 자신이 앞서서 고월산장의 고수들과 혁가장 고수들이 대치한 곳으로 걸음을 옮겼다.

창!

시작은 고흘수와 혁후량의 격돌이었다. 두 사람 모두 고월산장과 혁가장에서 손가락에 꼽히는 고수들이라 그 검을 쓰는 기세가 범상치 않았다.

일단 싸움이 시작되자 그들은 번개처럼 신형을 움직이며 서로의 사혈을 노리기 시작했다. 두 사람의 싸움과 동시에 고월산장의 고수들과 혁가장 고수들 사이에도 일전이 벌어졌다.

싸움은 일방적으로 진행됐다. 수적으로도 고월산장의 고수들이 많을뿐더러 이곳에 온 고월산장 고수들의 무공은 혁가장 고수들을 압도하고 있었다. 더군다나 혁가장 고수들은 앞서 송추월 등과의 격전을 치른 탓에 많이 지쳐 있었다. 그래서 송추월 등이 고월산장 고수들을 돕고자 나서기는 했지만 기실 그들이 할 일은 거의 없었다.

"그대로 놔둬도 되겠는데요?"

공공이 황종보를 보며 말했다.

"그렇군. 생각보디 뛰어난 사람들이 왔군. 석 노사가 올 줄은 몰랐군."

황종보가 석 노사라고 부른 사람은 송추월도 알고 있는 인물이었다. 추부경과 더불어 고월산장의 오래된 가신 중 한 명인 석다산이 바로 그였다. 석다산은 비록 가신이었지만 고월산장에서 고모수 못지않은 존중을 받는 사람이었다. 고 씨 혈족은 아니지만 대대로 고월산장을 지켜온 고월산장의 또 다른 주인이라고 할 수 있는 인물이 석다산이었다.

장내에서 혁후량을 상대하는 것은 고흘수였지만 기실 석다산의 무공은 고흘수보다도 강하다고 알려져 있었다.

그런 석다산의 존재는 혁가장의 고수들에겐 악몽과도 같았다. 애초부터 수적으로 불리한 싸움에 석다산 같은 고수를 상대해서는 도저히 승산이 없는 혁가장 고수들이었다.

'그도 왔군.'

송추월의 눈에 또 한 명의 눈 익은 사람이 보였다. 무쇠로 된 장창을 휘둘러 폭풍처럼 적을 몰아치는 굴강한 젊은 사내, 산동악가 출신의 악전이었다.

악전의 창술은 명불허전. 그의 창술은 그가 강호에서 손꼽히는 무가인 산동악가 출신임을 여지없이 보여주고 있었다. 악전의 무공은 고월산장의 수뇌인 고흘수나 석다산에 비해서도 그리 뒤지지 않아 보였다. 그렇게 절정의 고수들이 등장한 싸움은 이내 그 승패가 결정됐다.

"악!"

서로 도검을 겨루기를 이각여. 한순간에 혁가장 고수 하나가 비명을 지르며 강물에 처박혔다. 죽은 것은 아니지만 더 이상 검을 쓸 수 없는 치명적인 부상을 입은 모습이었다.

"건져 올리게. 저러다 죽겠네."

황종보가 물에 빠져 허우적대는 혁가장 고수를 가리키며 말했다. 그러자 석정과 공공이 얼른 달려가서 물속에 처박힌 혁가장 고수를 끌고 나왔다.

"걱정 마시게. 자넬 죽일 생각은 아니니까."

물에 젖은 채 두려움에 떨고 있는 혁가장 고수를 보며 황종보가 부드러운 말투로 말했다. 그러자 뒤에 있던 서연이 앞으로 나섰다.

"상처를 봐줄게요."

혁가장 고수는 옆구리에 길게 검상을 입고 있었는데 그 상

처로부터 끊임없이 피가 흘러나오고 있었다. 혁가장 고수는
정신이 혼미한 상태였으므로 서연의 손길을 거부할 수도 없었
다. 서연은 능숙한 손길로 혁가장 고수의 상처를 돌봤다.

"윽!"

정신이 혼미한 상태임에도 혁가장 고수는 서연이 상처를 건
드리자 신음성을 흘렸다.

"이래야 상처가 빨리 진정돼요. 아파도 참아요!"

서연의 말투가 매정하고 단호하다. 하지만 그녀의 손길은
더더욱 매정했다. 상대의 고통을 개의치 않고 손을 쓰는 서연
이었다. 그러길 얼마, 거짓말처럼 혁가장 고수의 상처에서 배
어 나오던 피가 멈췄다. 더불어 벌어졌던 상처도 어느새 서연
의 손에 의해 꿰매져 있었다.

"이젠 괜찮을 거예요, 무리하게 힘을 쓰지 않으면."

서연이 손을 털며 자리에서 일어났다. 그녀의 손은 피로 물
들어 있었다. 그러나 그 피는 사람을 죽이는 피가 아닌 살리는
피였다. 그래서 그녀의 손에 물든 피가 송추월은 조금도 혐오
스럽지 않았다.

송추월이 훌쩍 신형을 날렸다. 그리곤 재빨리 옷을 살짝 찢
어내어 강물에 적신 후 다시 서연의 곁으로 다가왔다.

"씻어요."

서연은 스스럼없이 송추월이 내민 젖은 천을 받아 들고는
손에 묻은 피를 닦아냈다.

"얼추 싸움이 끝나는 것 같군."

문득 송추월의 귀에 황종보의 목소리가 들렸다. 송추월이 고개를 돌려보니 과연 혁가장의 고수들 대부분이 고월산장의 고수들 앞에 무릎을 꿇고 있었다. 남아서 반항하는 사람은 셋. 그중 한 명은 혁후량이었고, 다른 한 명은 괴도 조만영, 그리고 나머지 한 명은 삼십대 전후의 젊은이였다.

"과연 괴도 조만영이군."

황종보가 감탄사를 흘려냈다. 괴도 조만영은 고월산장의 노가신 석다산을 상대하고 있었는데, 그는 석다산을 상대로 해서도 크게 밀리지 않고 있었다. 그런데 그런 괴도 조만영과 석다산의 싸움은 사람들에게 다른 한 사람을 주목하게 만들었다. 바로 앞서 괴도 조만영을 상대했던 송추월에 대한 관심이었다.

"송 소협의 무공은 정말 대단하구려."

문득 양산종의 후예인 석정이 송추월을 보며 말했다.

"무슨 말입니까?"

싸움에 섞이지도 않은 자신의 무공을 칭찬하는 석정의 말에 송추월이 의아한 표정으로 되물었다.

"내가 알고 있기로도 고월산장의 노가신이신 석 노사의 무공은 강호일절이오. 그런 석 노사가 승부를 내지 못하는 자를 물러서게 만들었으니 송 소협의 무공은 아마도 우리가 상상하는 것 이상인 모양이오."

괴도 조만영을 두고 하는 말이었다.

"운이 좋았지요."

"하하, 무림의 승패가 어찌 운에 의해 결정되겠소이까? 송 소협의 실력이 뛰어난 것이지. 이제 보니 우린 강호의 일대 잠룡을 곁에 두고도 몰라봤던 것 같소이다.”

“그렇게까지야…….”

송추월이 석정의 계속된 칭송에 당황하며 말꼬리를 흐렸다. 그러자 곁에서 서연이 말을 거들었다.

“맞아요. 지난번 전욱 대협과의 비무도 그랬지만 오늘 저 괴도 조만영이라는 자와의 대결은 정말 대단했어요. 다시 봤어요.”

서연이 송추월의 눈앞에 얼굴을 쑥 들이밀며 말했다. 송추월은 서연의 기세에 두세 걸음 뒤로 물러난 후 겸연쩍은 표정을 지으며 시선을 피했다. 그러면서도 한편으로는 자신의 무공이 정말 그렇게 내단한 것인가 하는 득의감이 가슴 한쪽에서 일어났다.

그런데 그렇게 사람들의 관심이 잠시 싸움을 벗어나 송추월에게 쏠려 있을 때 문득 장내에서 누군가의 외침 소리가 들려왔다.

“난 가겠소!”

고함을 친 사람은 괴도 조만영이었다. 그가 한마디 고함을 지르고는 훌쩍 허공으로 치솟더니 풍덩 혼강의 물속으로 뛰어들었다. 그리곤 이내 물속으로 자취를 감췄다. 아마도 물속으로 들어가 하류로 내려가고 있음이 분명했다. 고월산장의 고수들이 활을 겨눠 조만영을 찾았지만 조만영은 좀체 물 위로 얼굴을 내밀지 않았다. 그도 그럴 것이, 무림의 고수들은 물속에서 호흡을 않고도 오랫동안 버틸 수 있으므로 일단 물속으로 뛰어든 조만영을 찾는 것은 거의 불가능한 일이었다. 더군다나 시간은 깊은 밤이 아닌가.

그런데 조만영이 물속으로 신형을 감추던 순간 갑자기 다른 한 명의 혁가장 고수, 삼십대 전후의 젊은이도 번개처럼 물속으로 뛰어들었다.

"숙부, 먼저 갑니다!"

젊은이의 말이 채 끝나기도 전에 그의 신형이 물속으로 자취를 감췄다.

"숙부?"

황종보가 고개를 갸웃했다. 그러자 곁에서 석정이 입을 열었다.

"혁후량을 숙부라 부를 사람이라면 혁가장의 혈손 중 한 명이란 이야기군요."

"그렇군. 그런데 다른 사람들은 모두 도주해도 혁후량 저 사람은 도주하지 못하겠군."

황종보의 말처럼 조만영이나 젊은 혁가장의 고수와는 달리 혁후량은 강으로 도주가 불가능해 보였다. 물론 그가 도주한 두 사람보다 무공이 약하기 때문은 아니었다. 단지 그의 퇴로를 싸움을 끝낸 고월산장의 고수들이 단단히 막고 있었기 때문이다.

"그만합시다!"

문득 혁후량과 치열한 싸움을 벌이고 있던 고흘수가 뒤로 물러나며 말했다.

"후욱! 후욱!"

고수 혁후량의 입에서 거친 호흡이 흘러나왔다. 고흘수와의 싸움이 얼마나 치열했던지를 보여주는 모습이었다.

혁후량은 그렇게 잠시 호흡을 골랐다. 더 이상 장내에서 이어지는 싸움은 없었다. 괴도 조만영과 젊은 혁가장의 고수는 물속으로 사라졌고, 다른 혁가장의 고수들은 이미 고월산장의 고수들에게 제압된 상태였다.

더군다나 혁후량의 주위에는 도검을 빼 든 고월산장의 고수들이 빙 둘러 포위하고 있었다. 혁후량이 싸움을 승리로 이끌거나 혹은 도주할 길은 어디에도 없었다. 고흘수의 말대로 싸움은 끝나 있었고, 혁후량은 시류를 읽을 줄 아는 사람이었다.

"문도들의 목숨을 보장하겠소?"

혁후량이 물었다.

"당연히, 고월산장은 항복한 적을 베지 않소."

고흘수가 고개를 끄덕였다. 그러자 혁후량이 만감이 교차하는 표정으로 잠시 하늘을 응시하다가 이내 고개를 끄덕였다.

"좋소. 고월산장으로 가겠소."

"잘 생각했소. 이 싸움이 끝나면 다시 혁가장으로 돌아갈 수 있을 거요."

"아니. 아마도 형님께서 날 데리러 올 것이오."

다시 말해 싸움은 결국 혁가장의 승리로 끝나고 혁가장주 혁후경이 자신을 구해줄 거란 말이었다.

"두고 봅시다."

고흘수가 여유있는 미소를 지으며 대답했다. 그리고는 혁후량을 둘러싼 고월산장의 고수들을 보며 명을 내렸다.

"정중하게 모셔라!"

고흘수의 명에 고월산장의 고수 중 하나가 재빨리 혁후량에게 다가가 혈도를 제압해 공력을 폐했다. 그러자 혁후량이 순식간에 힘없는 노인의 모습으로 변했다.

"하류까지는 혁 노사가 타고 오신 배로 모시겠소."

고흘수가 혁후량에게 말을 건네고는 고월산장의 고수들에게 눈짓을 했다. 그러자 고월산장의 고수들이 서둘러 혁후량을 배에 태웠다.

"부상자도 함께 데려가야 할 것 같네."

혁후량이 배에 오르자 황종보가 고흘수에게 다가서며 말했다.

"사형, 수고하셨습니다."

고흘수가 가볍게 황종보에게 고개를 숙여 보였다.

"사제가 직접 올 줄은 몰랐군."

"산장을 급습하려 한다면 고수들일 거라 생각했습니다. 다행히 사형께서 저들을 막아주시어 늦지 않았습니다."

"저들을 사로잡았으니 기선은 제압한 셈인가?"

"그렇다고 할 수 있지요. 내일 아침이면 소식이 우리 쪽 형제들과 저쪽 사람들에게도 전해질 겁니다. 그럼 양측의 사기가 달라지겠지요."

"시작이 좋군."

“모두 사형 덕분입니다. 전 일단 배를 타고 돌아가겠습니다.”

“그리하게. 배가 작으니 우린 온 길로 되돌아가도록 하겠네. 처음 자리를 잡았던 야산에 있겠네.”

“한 번 암계를 썼다 실패했는데 다시 암계를 쓰겠습니까? 진영으로 가시지요.”

“아닐세. 그 야산은 자리가 좋아. 저들의 움직임을 한눈에 볼 수 있네.”

“하면 다른 사람을 보내지요. 사형께서 고생하실 일은 아닌 것 같습니다.”

“아닐세. 애초부터 싸움이 시작되면 저들의 측면을 뚫는 일을 맡은 것이니까. 단순히 혁가장을 감시하는 일은 아니잖은가?”

“그렇군요. 그 일이라면 역시 사형만 한 분이 없지요.”

“가게. 늦었네.”

“알겠습니다. 모두들 오늘 수고하셨소이다. 장주님을 대신해 감사드리오.”

고흘수가 송추월 등 젊은 무인들을 향해 포권을 해 보였다. 송추월 등도 그런 고흘수를 향해 가볍게 포권으로 응답했다.

“가자. 나머지 사람들은 산길을 따라오라!”

배에 탈 수 있는 인원은 한정되어 있었다. 그 때문에 고월산장의 고수들 중 일부는 배에 오르지 못하고 산길을 따라 이동해야 했다.

고월산장의 고수들은 마치 처음부터 배를 탈 사람과 산길로 돌아갈 사람이 정해져 있었던 것처럼 순식간에 패가 갈라졌다. 그중 한 패가 고흘수를 따라 배에 올랐다.

고흘수가 타자 배는 이내 혼강을 따라 내려가기 시작했다. 처음 혁가장의 고수들을 태우고 혼강을 거슬러 올랐던 배가 이젠 그들을 사로잡은 고월산장의 고수들을 태우고 하류로 내려가고 있었다.

혁가장의 고수들과 고월산장의 고수들을 태운 배가 시야에서 사라지자 송추월과 양산종의 후예들, 그리고 배에 타지 못한 고월산장의 고수들이 천천히 움직이기 시작했다. 그들은 혼강을 곁에 두고 강과 맞닿아 있는 산기슭을 따라 하류로 내려갔다.

한 시진의 이동 끝에 날이 밝아오기 시작했다. 그즈음에서 고월산장의 고수들은 송추월 등과 헤어졌다. 송추월과 양산종의 후예들은 혁가장의 배들이 숨겨져 있는 숲을 지나쳐 그들이 숙영지를 꾸려놓은 야산에 올랐다.

일행이 숙영지로 돌아왔을 때는 눈부신 햇살이 숙영지를 비추고 있었다. 하룻밤의 치열한 격전이 끝나고 어느새 평온이 찾아들고 있었다. 그 평온 속에 일행은 미뤄두었던 잠을 청했다.

쪼르릉쪼르릉!

송추월이 긴 잠에서 깨어난 것은 산새들이 소리 높여 짝을 부르는 소리 탓이었다. 아니, 어쩌면 더 이상 잠을 잘 수 없을 만큼 충분한 휴식을 취한 몸이 스스로 깨어났는지도 몰랐다.

몸은 개운했다. 해는 어느새 서쪽으로 지고 있었다. 자는 동안 하루 낮이 지난 것이다. 송추월은 잠자리에 들었던 천막을 벗어났다. 그러자 눈앞에 넓게 펼쳐진 혼강변의 초지가, 그 초지의 가운데를 구렁이처럼 흘러가는 혼강이, 그리고 검은색과 푸른색으로 이뤄진 고월산장과 혁가장의 진영이 눈에 들어왔다. 적어도 눈에 보이는 풍경으로는 아름다운 정경이었다.

황종보는 비탈 위에 위태롭게 서 있는 바위 위에 올라 있었다. 그는 팔짱을 낀 채 혁가장의 진영을 유심히 바라보고 있었다. 아니, 그 뒤쪽 혼강의 흐름을 살피고 있는지도 몰랐다.

"깨어 계셨군요."

송추월이 황종보의 뒤쪽으로 다가서며 말을 건넸다. 그러자 황종보가 미소를 지으며 고개를 돌렸다.

"누군가는 저들을 날피고 있어야 하니까. 이럴 때는 늙은이가 필요한 법이지. 늙은이는 잠이 없거든."

"뭐 특별한 변화가 있나요?"

"아무래도 어젯밤 일어난 일에 대한 반응은 있는 것 같군. 혁가장 진영의 움직임이 크게 줄어들었네. 그건 곧 혁가장 무사들의 사기가 떨어졌다는 말이겠지."

"어떻게 나올까요?"

"글쎄. 향후의 일은 혁가장주의 배포에 달려 있겠지."

"무슨 말씀이신지?"

"그가 배포가 큰 사람이라면 건곤일척의 승부를 노릴 것이고, 배포가 작은 인간이라면 이즈음에서 물러나 고월산장에 화해를 요청할 거야."

"어떻 것 같습니까?"

"예측하기 힘들군. 난 솔직히 그를 잘 모르거든. 하지만 그의 결정이 오래 걸리진 않을 걸세. 알다시피 그에겐 시간이 많지 않으니까. 시간을 끌수록 고월산장을 돕기 위해 모여드는 사람들이 많을 테니까. 보게. 오늘 또 천막이 두 채 늘었지 않은가?"

황종보가 손을 들어 고월산장 진영 뒤쪽을 가리켰다. 그러고 보니 하루 새 고월산장 진영의 천막이 두 채 늘어 있었다.

"정면 승부면 사람들이 많이 상하겠군요."

"그렇겠지. 그런 모험을 할 인물인지는 잘 모르겠군. 그의 생각이 서압록이 아닌 요동에 가 있다면 쉽지 않은 선택이겠지. 더군다나 정면 승부에서 패한다면 혁가장의 존속이 어려울 터이고."

"일단은 기다려 봐야겠군요."

"지금으로선."

황종보가 고개를 끄덕였다.

황종보의 말처럼 혁가장주 혁후경의 결정은 오래 걸리지 않았다. 그 다음날 고소요가 송추월 등이 있는 곳으로 올라와 혁가장주 혁후경의 결심을 전했다.

第五章
일전(一戰)
第五章

화마경

“정수(定數) 대결?”

황종보가 물었다.

“그렇습니다, 어르신.”

고소요는 언제나처럼 차갑다. 그렇다고 양산종의 큰어른인 황종보를 무시하는 것은 아니었다. 단지 그녀의 대답이 무미건조할 뿐이었다.

‘충격에서 어느 정도 벗어난 것인가?

황종보와 이야기를 나누고 있는 고소요를 보며 송추월은 내심 한숨을 내쉬었다. 그녀의 독선적인 행동에 질린 한편으론 그런 그녀를 항상 걱정스럽게 생각하기도 한 송추월이었다. 그런데 오늘 보니 고소요는 다시 예전의 그녀로 되돌아간 듯 보였다. 그녀의 냉정함에선 차가운 이성이 느껴졌다. 그렇다면 더 이상 걱정할 필요는 없다. 그녀는 스스로를 지켜 나갈 테니까.

"비무를 하자는 말인가?"

"비슷하지만 다른 면도 있지요."

"다른 면이라면?"

"일대일의 대결이 아니라 집단으로 겨루자는 말이니까요. 동일한 숫자의 고수들을 내어서."

고소요의 말에 황종보가 고개를 갸웃했다.

"그건 좀 이상하군. 저들은 숫자가 많고 이쪽은 무공 강한 고수가 많다. 그런데 정수를 정해 집단으로 대결하자니……."

"무슨 꿍꿍이가 있지 않겠습니까?"

곁에서 석정이 말을 꺼냈다.

"허허벌판인 혼강변이다. 술수를 부리기 어려운 곳이지."

"그렇다고 혁가장주가 스스로 패배를 자초하는 방법을 선택했을 리는 없지 않습니까?"

"그렇긴 하지만… 장주께선 뭐라시던가?"

"아버님께선 혁가장주의 제의를 받아들이셨습니다."

"그래? 하긴 거절할 이유가 없지."

"해서 양산종의 후예 분들을 청하셨습니다."

"흠, 이곳은 저들에게 맡기고?"

황종보가 고개를 돌려 고소요와 함께 야산으로 올라온 다섯 명의 고월산장 무사를 보며 물었다.

"그렇습니다."

"좋아. 뭐, 이 한 판의 대결로 승부가 갈리면 그 또한 나쁠 것 없는 일이지. 모두 내려갈 준비를 하게."

황종보의 말에 양산종의 고수들이 서둘러 짐을 챙겨 하산 준비를 하기 시작했다.

풀은 언제나 서쪽에서 동쪽으로 머리를 뉘였다. 강을 등지고 있는 혼강의 초원은 강 쪽에서 불어오는 바람에 일렁이는 풀들이 파도를 이루고 있었다. 그 초원 위에 고월산장의 고수들이 바람을 맞으며 섰다.

송추월은 양산종의 후예들과 함께 진영의 인쪽 끝사락에 서 있었다. 애초에 이 일전에 나설 것이라고는 생각지 못했으나 고무룡은 똑같은 부탁을 두 번 했다. 그 부탁이 결국 송추월을 서입록을 놓고 겨루는 이 한판의 싸움에 서게 했다.

"소요를 다시 한 번 부탁하세."

고무룡은 싸움에 앞서 송추월을 찾아와 다시 고소요를 부탁했다. 더 이상 보호가 필요없을 것 같다는 송추월의 말에 고무룡은 고개를 저었다.

"그건 모르는 일일세. 겉으로야 평정을 되찾았다지만 속마음이야 누가 알겠는가? 생사가 오가는 결전이 시작되면 다시 이성을 잃을 수 있을 걸세. 자네 말고는 부탁할 사람이 마땅치 않군."

송추월은 기실 고무룡의 부탁을 거절하고 싶었다. 송추월 자신이 누군가를 보호한다는 것은 어울리지 않는 일이라고 생각하고 있을 뿐 아니라, 또한 누구라도 자신은 자신이 책임져야 하는 곳이 무림이라고 생각하는 송추월이었다. 더군다나 고소요는 무척 보호하기 곤란한 여인이기도 했다.

그러나 송추월은 고무룡의 청을 거절하지 못했다. 그에게 있어 고무룡은 조금 독특한 의미를 지니는 인물이었다. 고무룡은 그가 살아오는 동안 보았던 사람들 중에 가장 존경할 만한 인물이었다. 그런 고무룡의 부탁을 굳이 거절하고 싶지 않은 송추월이었다.

그래서 송추월은 다시 고소요 옆에 섰다. 다행인 점은 고소요도 양산종의 후예들이 있는 곳에 자리를 잡았다는 것. 양산종 후예들의 실력을 알고 있는 송추월로서는 제법 의지가 되는 위치였다.

고월산장과 혁가장 양쪽에서 내보낸 고수들의 숫자는 각기 삼십, 도합 육십 명의 고수가 혼강변 풀밭으로 나섰다. 그런데 전장에 나선 혁가장 고수들의 대형이 기묘했다.

혁가장 고수들은 언뜻 보면 앞뒤 분간 없이 난잡하게 서 있는 듯 보였는데 기실 자세히 살펴보면 긴 뱀의 모양을 하고 있었다.

"진법인가?"

송추월의 곁에서 황종보가 중얼거렸다.

"진법이라뇨?"

송추월이 황종보를 돌아봤다.

"저들의 진형을 보게. 우후죽순 서 있는 것 같지만 기실은 장사진 형태를 이루고 있네. 저들이 정수 대결을 집단으로 벌이자고 한 이유를 알겠군."

"진법을 믿고 정수 대결을 벌이자고 했다는 말입니까?"

"그런 것 같네. 그런데 장사진 형태를 취하고는 있지만 그 모양이 독특하군."

"관병들의 싸움도 아니고 고수들의 싸움에 진법이 도움이 되겠습니까?"

"그건 모르는 소리네. 물론 진법이란 것이 수천, 수만 명이 모이는 관병들의 싸움에서 큰 위력을 발휘하는 것은 사실이지만 기실 무림의 진법은 또한 그만의 독특한 면이 있다네. 특히니 진법의 대가가 펼치는 환진(幻陣)의 경우에는……."

"환진은 또 뭡니까?"

"사람의 눈을 속이는 변화를 일으키는 진을 환진이라 하네. 그건 관병들이 쓰는 진법과는 다른 진법이지. 일단 환진이 발동하면 그 위험은 거친 풍랑 속에 맨몸으로 들어가 있는 것과 같다고 할 수 있네. 아마도 저들 중 진법에 통달한 자가 있는 것이 분명해. 조심해야 할 걸세."

"이쪽엔 진법을 아는 사람이 없습니까?"

"종성께서 진법에 조예가 있기는 하지만 과연 저들의 진법을 파훼할 수 있을지는 모르겠군."

황종보가 고개를 돌려 종성 흠무를 바라봤다. 양산종의 종성 흠무 역시 신중한 눈으로 혁가장의 진영을 살피고 있었다. 그때 고월산장 진영의 중앙에 서 있던 고무룡이 빠르게 움직여 흠무 곁으로 다가왔다. 그리곤 흠무의 귀에 뭔가를 얘기하자 흠무가 고개를 끄덕이고는 재빨리 진영 중앙의 고모수 곁으로 다가갔다. 아마도 고모수가 혁가장의 무사들이 형성한 진법에 관해 도움을 얻고자 흠무를 청한 모양이었다.

그러는 사이 혁가장 무사들 사이에서 화려한 금포를 입은 노고수가 앞으로 나섰다. 그의 곁에는 역시 화려한 옷차림의 혁가장 수뇌들이 늘어서 있었는데, 그중 한 명의 얼굴에 송추월의 시선이 멎었다. 혁지광이었다.

'오늘 저놈의 목을 따?'

문득 송추월의 마음속에 혁지광을 향한 살의가 일었다. 혁지광같이 가문의 보호 속에 들어앉아 있는 자를 손봐줄 기회는 사실 그리 많지 않다. 하지만 난전이 벌어지면 누군가 혁지광을 지키는 것이 부담스러울 터였다. 그렇다면 오늘이 과거 혁지광이 대호채에서 벌였던 살겁에 대한 혈채를 갚을 더없이 좋은 기회였다.

'쩝, 문제는 고 소저군.'

송추월이 입맛을 다시며 고소요를 바라봤다. 혁지광을 향해 움직이면 필히 고소요에게서 멀어질 테고, 그리되면 고무룡과 약속을 지키지 못할 수도 있었다.

송추월이 혁지광을 상대하는 문제를 놓고 고민에 빠져 있는 사이 앞으로 나선 혁가장의 장주 혁후경이 고모수를 보며 입을 열었다.

"오랜만이구려, 고 장주."

서압록의 패권을 놓고 다투는 고월산장과 혁가장이었지만 기실 싸움이 시작된 이후 두 문파의 수장이 서로 얼굴을 맞댄 것은 오늘이 처음이었다. 그동안 싸움에 나선 것은 그들의 수하들이었다.

"그렇구려. 오 년이 넘었구려."

"그러게 말이외다. 우리가 이렇게 오랫동안 얼굴을 보지 못할 거라곤 미처 생각지 못했소이다. 고월산장의 저력에 새삼 찬사를 보내는 바이오."

혁가장주의 얼굴에선 이 싸움을 승리로 이끌 자신감이 묻어났다. 아마도 그들이 형성하고 있는 진법에 대한 믿음이 대단한 모양이었다.

"겨우 제집 하나 지키는 것에 찬사를 받을 줄은 몰랐구려."

고모수가 차분한 어투로 대꾸했다.

"제 아우는… 잘 있겠지요?"

고월산장의 배후를 치려다 사로잡힌 혁후량에 대한 이야기인 듯했다.

"물론 그는 잘 있소. 아마도 오늘의 싸움이 끝나면 만나게 되지 않겠소?"

"물론 그렇겠지요. 못난 형이지만 아우를 남의 집에 오래 놓아둘 수는 없는 법이니까."

여천히 자신감에 차 있는 혁후경. 그런 혁후경의 곁에 서 있는 혁가장의 고수들 역시 자신만만한 표정이었다. 특히나 혁가장의 소장주 혁지광은 이미 승리를 거둔 듯한 오만한 자세로 고월산장의 고수들을 지켜보고 있었다.

"기왕 이리된 것, 승부를 봅시다."

고모수가 여전히 차분한 목소리로 개전을 제의했다. 그러자 혁후경이 고개를 저으며 말했다.

"아, 물론 오늘 혁가장과 고월산장의 싸움을 피할 수 없을 것이오. 하지만 그전에 내가 고 장주께 강호의 저명하신 고수 한 분을 소개시켜 주고 싶은데……."

고모수의 눈이 가늘어졌다.

"어떤 고인이 혁가장을 방문하셨기에 혁가장주께서 직접 소개를 해주시겠다는 것이오?"

고모수의 질문에 혁후경이 기다렸다는 듯 입을 열었다.

"아마 고 장주께서도 이분을 만나게 된 것을 큰 기쁨으로 생각하실 것이오. 어르신!"

혁후경의 입에서 어르신이라는 말이 흘러나왔다. 그렇다면 적어도 그가 소개하겠다는 사람은 혁후경이나 고모수보다 배분이 높은 사람임을 뜻한다. 더군다나 도도한 혁후경이 정중하게 예의를 차리는 것으로 보아서는 대단한 명성을 지닌 인물이 분명했다.

혁가장 고수들이 좌우로 물러났다. 그러자 그 사이를 뚫고 한 명의 노인이 천천히 걸어나왔다. 그런데 노인의 모습이 기이했다. 거의 꼽추라고 보아도 될 만큼 굽은 등, 눈동자가 보이지 않을 정도로 깊이 들어간 눈, 백발에 팔은 무릎까지 내려와 젊어서는 원인(猿人)이라 놀림을 받았을 생김새를 지닌 노인이었다.

"저자는……!"

문득 송추월의 곁에서 황종보가 놀란 음성을 흘렸다.

"아는 사람입니까?"

송추월이 황종보를 돌아보며 물었다.

"그를 직접 본 적은 없지만… 저 생김새대로라면 짐작 가는 사람이 있기는 하네. 그런데, 음… 그가 어떻게 혁가장에?"

황종보가 고개를 갸웃했다.

"위험한 자입니까?"

"무서운 사람이네."

"누굽니까?"

"내 짐작으로는 독심호리 심온인 듯싶으이."

'독심호리 심온? 못 들어본 이름인데… 어떤 자지?'

강호 소식이 짧은 송추월에겐 생소한 이름이다. 그러니 저 괴이한 노인이 어떤 능력을 지니고 있는지, 왜 그를 황종보조차도 꺼려 하는지를 알 수 없었다. 그사이 괴노인은 어느새 혁후경의 곁에 다가섰다. 그러자 혁후경이 고모수를 보며 물었다.

"고 장주께서는 혹 이분이 누구신지 알겠소?"

혁후경의 물음에 고모수가 잠시 괴노인을 바라보다 여전히 침착한 어조로 대답했다.

"내 짧은 소견으론 혹 어른께선 초원의 현자로 불리는 심 노사가 아니신가 싶소이다만……."

순간 괴노인이 숙이고 있던 고개를 들었다. 여전히 등은 굽고 고개만 든 터라 그의 모습이 더욱 기이해 보였다. 그런데 그런 그의 입에서 그 외양보다 더 기이한 목소리가 흘러나왔다.

"끼끼끼… 이 늙은 괴물을 알아보다니 과연 고월산장주께선 안목이 높으시군. 그런데 이 늙은이더러 현자라니 당치 않은 말씀. 남들처럼 그냥 독한 여우라고 부르면 되오."

독심호리 심온이 입을 열자 금세 그의 나이가 십여 세는 젊어진 듯 보였다. 그의 외모는 괴이하면서도 쇠락한 늙은이로 보였지만 그의 목소리는 사기그릇이 깨지듯 카랑카랑하기 이를 데 없었다.

"과연 심 노사셨군요. 후배가 인사드립니다."

고모수가 독심호리 심온을 향해 정중하게 포권을 해 보였다. 그러자 독심호리 심온이 얼굴을 일그러뜨리며 미소를 지었다.

"고월산장의 장주께선 사람을 대할 때 예법에 어긋남이 없다고 하더니 과연 사실이었구려."

"어르신을 이곳에서 뵈올 줄은 몰랐습니다."

"클클클, 나도 내가 두 문파 싸움에 끼어들 거라곤 생각지 못했소. 하지만 본시 거래는 붙이고 싸움을 말리랬다고 두 문파의 싸움이 오 년을 넘었고, 강호의 정세는 불안할뿐더러 이대로 두었다가는 두 문파가 양패구상을 면치 못할 것 같아 이렇게 내가 오지랖 넓게 나서게 된 것이오. 본시 내가 이 서압록 출신이라 서압록 무림이 공멸하는 것을 원치 않소이다."

그러자 고모수가 눈을 가늘게 뜨며 독심호리 심온에게 물었다.

"어르신께선 어떤 가르침을 이 후배에게 주시겠습니까?"

"음, 난 두 가지 조언을 장주께 하고 싶소."

"경청하겠습니다."

고모수가 가볍게 고개를 숙여 보였다. 그러자 심온이 천천히 고개를 끄덕이고는 차분한 목소리로 입을 열었다.

"먼저 난 두 문파가 이렇게 상쟁할 것이 아니라 힘을 합치는 게 어떨까 하는 조언을 하고 싶소."

그러자 고모수가 침중한 표정으로 말했다.

"물론 어르신의 조언이 이치에 맞다고 할 수 있습니다. 하지만 우리 두 문파는 이미 오 년 동안 적지 않은 혈원을 쌓았고, 또한 이 싸움의 시작은 어디까지나 혁가장의 욕심에 의해 시작된 일이라 결국 이 일을 푸는 것은 혁가장의 몫일 겁니다. 그런데 과연 혁가장주께서 과거의 일을 사과하고 고수들을 거둘 의사가 있겠습니까?"

고모수의 질문에 심온이 고개를 저으며 말했다.

"아아, 세상사라는 것이 다 그렇듯이 지난날의 잘잘못을 따져서 무엇 하겠소. 그래서는 어떤 거래도 성사될 수가 없는 법이외다. 대저 일이 되게 하려면 과거의 원한 같은 것은 일단 묻어두어야 하는 법이오."

"좋습니다. 과거의 원한은 그렇다고 치고, 그렇다면 과연 혁

가장에서 더 이상 고월산장을 도발하지 않겠다는 약속을 할
수 있겠습니까?"

고모수의 질문에 심온이 빙그레 미소를 지었다.

"역시 하나하나 풀어가면 답이 나온다니까. 보시오, 벌써 과
거의 원한 문제는 해결된 것이 아니겠소? 장주, 장주께선 고월
산장주의 말을 어떻게 생각하시오?"

심온이 고개를 돌려 혁후경을 바라봤다. 그러자 혁후경이
한줄기 의미심장한 미소를 흘리며 말했다.

"물론 한 가지 조건만 허락된다면 혁가장은 앞으로 고월산
장에 어떤 도발도 하지 않을 것이며 당장 고수들을 물릴 생각
이 있습니다."

"흠, 좋소. 점점 이야기가 풀려가는군. 그래, 혁가장주께선
어떤 조건을 원하시오?"

심온이 재차 묻자 혁후경이 도도한 빛을 흘리며 말했다.

"당금 요동무림은 큰 변화를 겪고 있습니다. 요동삼문을 중
심으로 요동무림이 하나로 뭉쳐 사패에 대응할 수 있는 세력
을 형성하자는 의견이 오가는 상황이고, 실질적으로 요동삼문
간에는 이 문제에 대해 무척 깊은 논의가 있는 것으로 알고 있
습니다."

"음, 그건 나도 알고 있소. 요동에는 은자들이 많아 일단 요
동무림이 하나의 세력으로 묶이면 아마도 사패를 넘어서는 힘
을 가지게 될 것이오."

"맞습니다. 또한 요동삼문이 나섰다면 이 일은 거의 성사된

것이나 마찬가지지요. 그렇다면 서압록의 문파들도 결국 그 세력에 들어가게 될 것입니다."

"그 또한 당연한 말, 서압록 또한 요동무림이니."

"그런데 작금의 상황으로 보면 서압록의 문파들이 그 모임에 들어간다 해도 결국 들러리밖에는 되지 못할 겁니다. 왜냐하면 서압록의 문파 그 어느 곳도 요동삼문에 비견할 수는 없기 때문이지요."

"맞소. 고월산장이든 혁가장이든 요동삼문에 비할 수는 없을 거요."

"그렇게 되면 서압록의 무림인들은 결국 그 모임에서 칼받이 노릇이나 하게 될 겁니다. 난 서압록의 무림인들이 그런 수모를 당하는 걸 두고 볼 수 없습니다. 해서 난 서압록의 무림이 통합된 요동무림에 들기 전 단단한 하나의 세력으로 뭉쳐 요동무림에서 우리의 위치를 정당하게 요구할 수 있는 힘을 가져야 한다고 생각해 왔지요."

"음, 혁가장주의 말은 지극히 타당하고, 대저 그런 모임에서 힘이 없으면 결국 다른 사람들의 뒤치다꺼리나 하다 죽게 마련이오."

독심호리 심온이 연신 혁후경의 말에 맞장구를 쳤다. 두 사람은 고모수를 상대하기 전 충분히 말을 맞춰놓았을 터다. 고모수는 두 사람의 모습을 지그시 바라보고 있었고, 고월산장의 고수들은 그 뒤에서 혁후경의 말에 콧방귀를 뀌고 있었다. 그러거나 말거나 혁후경과 심온의 말잔치는 계속됐다.

　"해서 난 오래전부터 고월산장에 서압록의 무림도 하나로 뭉쳐야 한다고 말해왔던 것입니다. 지금이라도 고월산장이 내 뜻을 받아들인다면 오늘 당장 혼강에 나와 있는 본 장의 고수들을 물릴 뜻이 있습니다."

　혁후경의 말이 끝나자 독심호리 심온이 고모수를 건네다 보며 물었다.

　"혁가장주의 뜻은 이렇다는구려. 고 장주의 생각은 어떻소?"

　심온의 물음에 고모수가 차분한 목소리로 입을 열었다.

　"물론 서압록의 무림이 요동무림의 통합에 대비해야 한다는 혁가장주의 말에는 이 사람도 동의합니다."

　"오호, 뜻이 하나로 모이니 오늘은 과연 제대로 된 답을 얻어낼 수 있겠구만!"

　"하지만! 그 방법에 있어서는 결코 동의할 수 없지요."

　"방법에 문제가 있다는 말이오?"

　"그렇습니다. 지금까지 혁가장이 서압록의 결속을 다진다는 명분하에 한 일을 돌아보면 과연 혁가장주가 진심으로 서압록 형제들을 위하고 있는 것인지 아니면 혁가장 하나만의 이익을 위해 서압록을 제패하려 하는 것인지 의심하지 않을 수 없습니다."

　"어떤 면에서 그렇소?"

　"혁가장이 서압록의 결집을 요구한 것이 대략 오 년, 고월산장과 싸움이 시작된 시점이라고 할 수 있지요. 그런데 본래 그

런 결속이란 것은 서로 대화를 나누고 뜻을 모아 화합을 이뤄
내야 제대로 힘을 발휘할 수 있을 것입니다. 그런데 지금까지
혁가장은 자신들의 뜻에 반하는 문파들에겐 가차없이 칼을 들
이댔지요. 해서 무너진 중소 문파의 수만도 십여 곳. 더불어
혁가장주는 스스로 그 모임의 우두머리가 되어 다른 문파들
위에 군림하려 하고 있습니다. 과연 이런 행동이 순수한 목적
에서 서압록의 통합을 원하는 사람의 행동이겠습니까?"

　고모수의 질책에 혁후경이 슬쩍 시선을 돌려 버렸다.

　"아아, 지금까지 혁가장이 조금 조급하게 일을 진행했다는
것은 나도 알겠소. 하지만 급하게 일을 진행하다 보면 당연히
무리가 따르는 법 아니겠소? 하면 고 장주는 이제 서압록의 통
합을 위해 혁가장이 어찌해야 할 것 같소?"

　"일은 간단합니다. 앞서 말했듯이 혁가장은 지난날 자신들
의 손으로 저지른 혈겁을 서압록의 무림인들에게 사죄해야 할
것입니다. 또한 당연히 서압록의 결집에 있어서도 그 수장이
되어 서압록을 좌지우지하려는 생각을 버려야 할 것입니다."

　"음, 그렇다면 과연 누가 서압록을 이끌어야 한다는 말이
오? 세력을 보자면 오직 혁가장과 고월산장만이 그 일을 맡을
수 있는데 설마 고 장주께서 서압록의 수장 자리를 맡으시겠
다는 말이오?"

　"그 문제는 후일 서압록의 무림인들이 한자리에 모여 논의
해도 늦지 않을 것입니다."

　고모수의 말에 독심호리 심온이 한참 뭔가를 생각하는 듯하

다 혁후경을 보며 물었다.

"혁 장주께선 이 문제에 대해 어찌 생각하시오?"

그러자 혁후경이 여전히 도도한 표정으로 입을 열었다.

"지금까지 고 장주가 한 말은 그야말로 순진하기 이를 데 없는 말이라고 할 수 있습니다. 대저 강호란 곳은 힘이 강한 자가 앞에서 무리를 이끌어야 모든 일이 제대로 돌아가는 법입니다. 강자존의 법칙이 없다면 어찌 그것을 무림이라고 할 수 있겠습니까. 나 혁후경은 지금껏 그 강호의 법칙에 의해 행동해 왔습니다. 그러니 내가 누구에게 무슨 사죄를 한단 말입니까. 더군다나 서압록의 패자 자리를 포기하란 말은 더더욱 받아들일 수 없지요. 혁가장은 서압록 최고의 문파, 혁가장이 아니라면 과연 누가 서압록을 이끌 수 있겠습니까? 혁가장이 혼강에서 물러나는 단 하나의 조건은 바로 고월산장이 혁가장을 서압록의 패자로 인정하는 것입니다."

혁후경의 말에 독심호리 심온이 짐짓 난감한 표정을 지었다. 그리곤 넌지시 고모수를 바라보며 말했다.

"고 장주, 혁 장주의 말도 일리가 없는 것은 아니오. 본래 강호란 힘이 우선하는 곳일뿐더러, 혁가장이 서압록 최고의 문파인 것은 맞는 말이 아니오? 그러니… 이쯤에서 고 장주께서 한발 양보해 주시는 것이 어떻소?"

심온의 제안에 고모수가 생각할 것도 없다는 듯 고개를 저었다.

"애초에 우리 두 문파가 화해를 하는 것은 어려운 일이었지요."

"음, 내 충고를 받아들이지 않겠다는 말이구려. 그것참 안타깝소. 나 심온은 지금 이 자리에 혁가장의 손님으로 와 있소. 그 말은 두 문파가 싸움을 벌이게 된다면 부득이 혁가장의 편을 들 수밖에 없다는 말이오. 난 내가 고월산장의 무사들에게 손을 쓰는 것을 원치 않소. 그럼에도 이 싸움을 계속할 생각이오?"

은근한 협박이 담긴 독심호리 심온의 말이다. 그러나 여전히 고모수는 담담하기 이를 데 없었다.

"어르신께서 부도한 혁가장을 돕는 것이 안타까울 뿐입니다."

오히려 혁가장 편에 선 심온을 은근히 질타하는 고모수였다. 그러자 심온의 표정이 변했다. 지금까지의 온후한 인상은 사라지고 그의 얼굴에 강렬한 독심이 드러났다. 고모수를 바라보는 심온의 눈빛은 냉랭하기 이를 데 없었다.

"이 심온의 충고를 거절하다니… 아쉽소. 지금껏 강호에서 나 심온의 말을 무시하는 사람은 없었는데. 뭐, 하지만 고 장주께서 그리 결정하셨다면 어쩔 수 없는 일이지. 그럼 한판의 싸움은 피할 수 없겠구려."

"각오하고 있습니다."

"좋소. 그럼 결국 오늘의 싸움으로 양 문파의 분쟁을 끝내게 되겠군. 그런데 고 장주!"

"말씀하시지요."

“혹 진법을 알고 계시오?”

“전 부족함이 많아 진법을 잘 모릅니다. 하지만 어르신이 강호에서 손꼽히는 진법의 대가라는 사실은 알고 있지요.”

“하하하, 그렇게 말해주니 고맙소. 솔직히 내 자랑은 아니지만 나 심온은 다른 건 몰라도 진법 하나만큼은 누구보다도 자신있소. 해서 오늘 싸움에 앞서 혁가장의 무사들에게 하나의 진법을 준비시켰소. 혹, 고월산장의 고수 중에 지금 혁가장의 무사들이 펼친 진법을 알아보는 사람이 있소?”

심온의 말에 고모수가 양산종의 종성 흠무를 돌아봤다. 그러자 흠무가 앞으로 나서며 입을 열었다.

“강호의 노기인이신 독심호리 어르신을 뵈어 영광입니다. 전 흠무라는 사람입니다.”

“흠… 그렇소? 그래, 그대가 내 진법을 알아볼 수 있다는 것이오?”

“제 짧은 소견으로는 아마도 장사진을 기본으로 팔괘진을 섞어놓으신 것 같습니다만. 물론 그 안의 변화에 있어서는 어르신의 독특한 묘리가 섞여 있겠지요.”

순간 독심호리의 눈빛이 변했다. 그가 눈을 가늘게 뜨며 흠무를 바라봤다.

“흠무라고 하셨나?”

“그렇습니다.”

“대단하군. 장사진은 진법에 조예가 있는 사람이라면 누구라도 알아볼 수 있지만 그 안의 팔괘진은 발견하기 쉽지

않은 것인데… 더불어 내가 손봐놓은 작은 변화까지 읽고 있
다니……."

　"조금 노력이 필요했지요."

　"그렇다면 이 진의 파훼법도 당연히 생각해 두었겠군."

　"제가 부족하여 미처 그것까지는 생각지 못했습니다."

　"후후후, 그것참 안타깝군. 장주, 저들 중 진법의 고수가 있
으니 지금 바로 싸움을 시작합시다. 저들에게 시간을 줄 하등
의 이유가 없소!"

　독심호리 심온이 급하게 혁후경을 돌아보며 말했다. 혁후경
은 심온이 말을 꺼내기 전에 이미 싸움을 시작할 준비를 마치
고 있었다.

　"시작하라!"

　혁후경의 명이 떨어지는 순간 혁가장의 고수들이 일제히 고
월산장의 고수들을 덮쳐 왔다. 그야말로 눈 뜬 상황에서 기습
을 당하는 꼴이었다. 혁가장 고수들의 움직임은 준비되어 있
는 자들의 모습을 그대로 보여줬다. 가장 먼저 고월산장의 고
수들과 부딪친 곳은 왼쪽 끝에 서 있는 노고수들이었는데, 그
건 마치 뱀의 머리가 먹이를 향해 달려드는 형상과 비슷했다.
반면 오른쪽 끝에 있는 고수들은 슬쩍 뒤로 물러나 만약의 경
우에 대비했는데, 이 또한 뱀이 적을 공략할 때 꼬리가 뒤로 향
하는 것과 비슷한 움직임이었다.

　송추월과 양산종의 고수들은 진의 꼬리 부분을 보고 있었
다. 이쪽에선 왼쪽이고 저쪽에선 오른쪽인 지점이었다.

차차창!

날카로운 격돌음이 송추월의 귀에 들려왔다. 송추월이 검을 빼 들고 사방을 경계하며 시선을 돌리니 싸움이 시작된 반대편 쪽에서 고월산장의 고수들이 단번에 밀리고 있었다.

"고수들을 저쪽에 집중시켜 놓은 모양이군."

황종보가 걱정스런 목소리로 말했다. 이런 대규모 싸움은 기세가 중요하다. 아무리 개개인의 실력이 출중하더라도 일단 기세에서 밀리면 이런 대규모 싸움의 전세를 뒤집는 것은 여간해선 힘든 일이었다.

그런데 그 기세 싸움에서 일단 혁가장이 우세한 위치에 서게 된 것이었다.

"물러난다!"

고모수의 입에서 차가운 명이 흘러나왔다. 적의 검이 날카롭다면 일단 뒤로 물러나 적의 기세를 죽이는 것도 싸움의 한 방법이다. 고모수의 명에 급작스런 적의 공격을 어렵게 막아내던 고월산장의 고수들이 일제히 십여 장 뒤쪽으로 물러났다.

"틈을 주지 마라!"

뒤로 물러나는 고월산장의 고수들을 보며 혁후경이 급하게 명을 내렸다. 일단 잡은 승기를 포기할 수 없었기 때문이다. 혁후경의 명에 혁가장의 고수들이 더욱 성을 내며 물러나는 고월산장의 고수들을 향해 달려들었다.

차차창!

어지러운 도검의 충돌음이 더욱 강렬하게 일어났다. 강력하기 이를 데 없는 혁가장 고수들의 공격에 고월산장 고수들의 진영 한 귀퉁이가 삽시간에 무너지기 시작했다. 뒤로 물러나며 적의 예봉을 피하려 한 계획은 결국 실패했다.

진영이 흐트러진 고월산장 고수들을 향해 혁가장 고수들이 독사처럼 파고들었다. 단단한 진영을 구축한 혁가장 고수들은 흐트러진 고월산장 고수들의 진영을 마음껏 헤집고 다녔다.

"악!"

"컥!"

급기야 고월산장 고수들 입에서 비명 소리가 터져 나오기 시작했다.

"이대로는 어렵겠이!"

황종보가 다급한 목소리를 흘리며 신형을 날렸다. 더불어 고월산장의 수뇌들도 진영이 무너진 곳을 향해 달려들었다. 그런데 그 순간 뱀의 꼬리 모양을 하며 뒤로 물러났던 혁가장 고수들이 마치 전갈의 꼬리가 휘어지듯 포물선을 그리며 고월산장 진영을 쳤다. 송추월과 양산종 고수들이 있는 지점이었다.

"기다리고 있었다!"

양산종의 노고수 임천의 입에서 노성이 터져 나왔다. 동시에 양산종의 젊은 고수들이 일제히 도검을 빼 들고 적을 상대하기 시작했다. 황종보 등 고수 몇 명이 진영이 허물어진 곳으로 이동해 자리를 비웠지만 남아 있는 양산종 고수들의 능력도 대단했다.

카카캉!

일합의 격돌이 벼락처럼 이뤄졌다. 연후 혁가장의 고수들이 주춤하며 뒤로 물러났다. 일단 본색을 드러낸 양산종 고수들의 무위는 그야말로 대단해서 그들이 동시에 펼쳐 내는 무위는 태산같이 무거웠다. 덕분에 독심호리 심온이 고심해서 구성한 혁가장 고수들의 진법은 후미의 패퇴로 크게 흔들렸다. 머리 쪽에서는 여전히 고월산장의 고수들을 몰아치고 있었지만 일단 진의 한쪽이 흔들리면 전체적인 진의 균형이 흐트러져 본래의 위력을 발휘하지 못하게 되는 법이다.

더군다나 진의 머리 쪽 사정도 서서히 변하고 있었다. 황종보와 고모수, 그리고 양산종의 종성 흠무 등이 진의 머리 쪽으로 이동하자 우왕좌왕하던 고월산장 고수들이 힘을 내 혁가장 고수들의 공세를 막아내기 시작했던 것이다.

본래 이런 경우 고수가 빠져나간 후미가 뚫려 더 큰 위험이 닥치게 마련이지만 후미는 양산종 후예들이 단단히 지키고 있었기에 고월산장의 고수들은 위기 속에서도 차츰 안정을 찾아가고 있었다.

그리고 일단 진영이 안정되기 시작하자 서서히 고월산장 고수들의 저력이 드러나기 시작했다. 개개인의 능력으로 볼 때 고월산장의 고수들은 혁가장 고수들을 능가했다. 더군다나 지금은 혁가장주의 제안에 따라 동수의 사람들이 싸움에 참여하고 있었다. 혁가장주로서는 심온의 진법을 믿고 제안한 싸움

이었지만 일단 그들의 첫 번째 공세는 실패로 돌아가고 있었
다.

송추월은 여전히 고소요의 곁을 지키고 있었다. 고소요는
싸움이 시작된 이후에도 적과 충돌하지 않고 있었다. 노두령
때를 생각하면 전혀 다른 사람이 되어 있는 듯 보이는 고소요
였다. 덕분에 송추월 역시 본격적으로 싸움에 뛰어들지는 않
고 있었다. 그저 간간이 찾아드는 적의 검을 막아내는 것이 송
추월이 하는 일의 전부였다.

쿠쿠쿵!

그때 진의 중앙 쪽에서 강력한 빛줄기가 번뜩였다.

"악!"

"앗!"

신음과 경악스런 탄성이 동시에 터져 나왔다. 사람들의 시
선이 일제히 한줄기 빛이 번쩍인 곳으로 향했다.

"오오!"

순간 사람들의 입에서 탄성이 흘러나왔다. 사람들의 시선을
잡아끈 사람은 고무룡이었다.

고무룡은 장검을 손에 들고 허공으로 치솟으며 연신 혁가장
고수들을 향해 검을 뿌려대고 있었다. 그의 검이 한 번 휘둘러
질 때마다 벼락같은 빛줄기가 줄기줄기 흘러나왔다.

더불어 그 빛에 스친 혁가장 고수들이 갈대처럼 쓰러졌다.
개중에 일부는 더 이상 움직이지 못했고, 또 다른 일부는 땅을
기어 고무룡의 검세 아래서 몸을 피했다.

"과연, 인중룡이군!"

누군가의 입에서 감탄사가 흘러나왔다. 고무룡의 모습은 정말 인중룡이라는 말을 들을 만큼 대단했다. 평소 온화하기 이를 데 없는 그의 표정이 오늘은 태산처럼 무거웠고, 간결하던 그의 검로 또한 무척 거칠었다. 아마도 오늘 그는 크게 살계를 열 생각을 하고 있는 것이 분명했다.

지난 오 년간의 싸움을 통해 가장 큰 명성을 얻은 사람은 바로 고무룡이었다. 고월산장은 연신 뒤로 밀려 녹산에 고립되는 처지에 이르렀었으나 그 와중에도 무인으로서 고무룡의 명성은 점점 더 높은 곳으로 올라갔다.

지금에 이르러서 그의 명성은 싸움을 시작한 혁가장주 혁후경보다도, 그런 혁가장을 맞이해 싸우는 고월산장의 장주 고모수보다도 더 널리 알려져 있었다. 그를 시기한 혁지광이 온갖 수단을 다해 그의 명성에 도전했으나 오늘날 혁지광의 이름은 고무룡에 크게 미치지 못하는 것이 사실이었다.

그리고 오늘 그 고무룡이 지난 시간 자신이 쌓아 올렸던 스스로의 명성이 결코 과장된 것이 아니라는 것을 증명하고 있었다.

일단 고무룡의 가공할 만한 무위가 드러나자 일순간 혁가장 고수들의 진영이 크게 흔들렸다. 고무룡의 공격을 받은 혁가장의 진 중심이 마치 벌레 먹은 풀잎처럼 움푹 안으로 들어가 있었다. 이러다가는 자칫 혁가장의 진이 반으로 쪼개질 상황.

"놈, 나와 한번 겨뤄보자!"

혁가장의 진영이 고무룡 단 한 명의 무위에 의해 크게 훼손되려는 찰나, 갑자기 혁가장의 고수들 쪽에서 누군가의 외침이 들려오더니 한순간 한 사내가 검을 휘두르며 고무룡을 향해 날아들었다.

창!

고무룡이 번개처럼 검을 휘둘러 자신을 향해 날아든 사내의 검을 막아냈다. 그러자 사내가 두어 걸음 뒤로 물러났다. 혁지광이었다.

싸움이 갑자기 정지했다. 사람들의 시선이 일제히 고무룡과 혁지광에게로 향했다. 두 사람은 서입록을 내표하는 후기지수들이다. 물론 그 명성으로 보자면 고무룡 쪽이 훨씬 우위에 있었다.

고무룡은 탁월한 무공과 광명정대한 품성으로 스스로 자신의 명성을 쌓아가는 인물이었다. 아마도 이번 혁가장과 싸움이 잘만 끝난다면 그는 요동을 넘어 전 무림에서도 주목받는 영웅으로 성장할 터였다.

반면 혁지광은 처음 그가 이름을 얻었던 대호산 대호채의 토벌 이후 줄곧 그 명성에 스스로 먹칠을 해온 인물이다. 오만한 성품과 거친 행동은 그를 산채를 토벌한 영웅에서 불량한 간웅으로 만들었다. 그럼에도 그는 여전히 영웅의 꿈을 저버리지 못하고 있었다. 더군다나 그는 항상 고무룡과 자신을 비교했다. 그런 그에게 고무룡이 강호의 일대 영웅으로 커가는 것을 지켜보고 있는 것은 무척 고통스런 경험이었다. 그래서 죽도록 고무룡을 따라잡으려 했지만 시간이 지날수록 고무룡의 명성은 혁지광과 차이를 벌리고 있었다.

그런데 이런 명성의 차이를 한순간에 뒤집을 수 있는 기회가 강호에는 존재한다. 서로 간의 맞대결이 바로 그것이다. 강호의 싸움에서 승리한 자는 적이 지니고 있는 모든 것을 얻는다. 명성과 재물과 권력까지. 혁지광은 그 기회가 자신에게 찾아왔다고 생각한 모양이었다. 고무룡이 가진 그 찬란한 명성이 그의 눈을 가렸다. 그래서 그는 무모하게도 그 명성을 향해 도전했다. 그러나 언제나 현실은 냉혹한 법이다, 특히나 욕망에 물든 철없는 사람에게는.

차창!

고무룡이 뒤로 물러난 혁지광을 향해 날아들었다. 고무룡의 검이 쉬익쉬익 소리를 내며 혁지광의 전신을 베어갔다. 혁지광도 이를 악물고 고무룡에 맞섰다.

고무룡의 명성은 혁지광에게는 뿌리칠 수 없는 유혹이었다. 그 명성을 향한 혁지광의 강렬한 욕망이 혁지광에게 평소의 힘보다 더 강렬한 힘을 부어넣고 있었다.

카캉!

혁지광이 정면으로 고무룡과 격돌했다. 두 사람 사이에서 차가운 불꽃이 연이어 터져 나왔다.

그러나 애초부터 이 싸움의 승패는 이미 결정된 것이나 다름없었다. 고무룡은 고수였다. 그가 고월산장주로부터 전수받은 월검은 양산종 최고의 절기 중 하나였고, 그는 월검을 들고

구산선문 중 하나인 수미산문을 찾아 수련했다. 다시 말해 그의 검에는 양산종의 월검과 수미산문의 선기가 결합되어 있었다.

반면 혁지광은 아직 혁가장의 독문 무공조차도 완성하지 못한 상황이었다. 물론 혁지광의 무공이 약한 것은 아니었다. 적어도 요동무림의 후기지수 중 혁지광을 상대할 사람은 그리 많지 않았다. 그럼에도 불구하고 혁지광의 검은 고무룡의 검에 비하면 몇 수 아래에 있었다. 그 무공의 차이를 실감하는 데는 그리 많은 시간이 필요치 않았다.

차창!

다시 한차례 고무룡의 검과 혁지광의 검이 격돌했다. 그러자 이번에는 혁지광의 검이 마지막 충돌과 함께 크게 뒤로 밀려났다. 여실히 드러나는 공력의 차이.

고무룡은 혁지광의 검을 뒤로 쳐낸 후 지체없이 그 빈틈을 찾아들었다.

"헉!"

혁지광의 입에서 당혹스런 헛바람 소리가 흘러나왔다.

삭!

그사이 고무룡의 검이 아슬아슬하게 혁지광의 가슴 부위를 베고 지나갔다.

펄럭!

혁지광의 옷자락이 바람에 휘날렸다. 동시에 그의 가슴 맨살이 사람들 앞에 드러났다.

"이놈!"

혁지광의 입에서 노성이 흘러나왔다. 적의 강함보다 자신이 당한 수모가 더 크게 그를 격동시켰다. 신중함은 사라지고 무모함이 그의 영혼을 지배했다. 그런 검이 고무룡을 당해낼 순 없다.

"핫!"

혁지광이 기합성을 질러대며 고무룡을 향해 달려들었다. 그의 검이 강렬한 기세로 고무룡을 향해 닥쳐들었다. 그러나 그 검에는 세기가 없었다. 고무룡이 눈썹 하나 움직이지 않고 혁지광의 검을 응시하고 있다가 슬쩍 한 걸음을 비켜 혁지광의 검을 뒤로 흘려냈다. 동시에 그의 검이 무서운 속도로 혁지광의 허리를 잘라갔다.

콰악!

고무룡의 일수는 간결하면서도 강력하기 이를 데 없어서 혁지광의 허리는 한순간에 두 동강이 날 것처럼 보였다. 혁지광으로서는 자신의 허리를 잘라오는 고무룡의 검을 막을 방도가 없었다. 그의 신형은 고무룡을 스쳐 앞으로 나아가고 있었고, 지나치게 검에 공력을 많이 쏟아부은 터라 미처 검을 수습해 고무룡의 검을 막거나 혹은 몸을 틀어 방향을 바꿀 수도 없었다.

혁지광의 눈에 그제야 죽음의 공포가 서렸다. 그 짧은 순간, 고무룡의 검이 혁지광의 허리에 닿을 때까지의 순간은 그야말로 눈 깜짝할 사이였지만, 그사이 혁지광은 평생 느끼지 못했던 처절한 공포심을 느꼈다. 죽는다는 것은 그의 나이에 전혀 상상치 못했던 두려운 현실이었던 것이다.

"안 돼!"

혁지광이 애원하듯 소리쳤다. 그런데 그의 간절한 외침이 효과를 발휘했다.

"멈춰랏!"

고무룡의 검이 막 혁지광의 허리를 가르려는 순간 한줄기 빛줄기가 고무룡의 옆구리를 향해 닥쳐들었다. 만약 고무룡이 그대로 혁지광의 허리를 동강낸다면 그 빛은 고무룡의 옆구리를 관통할 것이 분명했다.

팟!

고무룡의 발이 땅을 찼다. 그러자 그의 신형이 급격하게 뒤로 물러났다.

차앙!

동시에 맑은 격돌음이 만들어졌다. 어느새 고무룡의 옆구리에 다가온 빛줄기를 고무룡이 번개처럼 쳐내고 있었다.

"손이 맵구나! 인정이 많다고 소문이 났건만!"

고무룡을 물러나게 한 자가 고무룡과 혁지광 사이에 내려서 차갑게 말했다. 독심호리 심온이었다.

第六章

마기(魔氣)

화마경

독심호리 심온은 싸움에 뛰어들지 않고 있었다. 그는 피가 난무하는 싸움터를 마치 주유하듯 움직이며 싸움의 양상을 살필 뿐이었다. 그의 싸움은 애초에 싸움이 시작되기 전에 끝나 있었다. 혁가장의 고수들에게 준비시킨 진법, 그것이 그가 고월산장을 상대하는 방법이었기에 그 진법을 준비하는 것으로 그의 싸움은 끝났다고 생각한 심온이었다.

그리고 애초에 그는 그것만으로도 충분하다고 생각하고 있었다. 적어도 강호에서, 그것도 강호의 한쪽 귀퉁이를 차지하는 이 서압록에서 자신의 진법을 파훼할 자는 없다고 생각하고 있었던 것이다.

그런데 싸움의 양상은 그가 예상했던 것과는 다르게 진행됐다. 진법은 그의 예상대로 위력을 발휘했지만 그 또한 예상치 못한 것이 있었다. 바로 양산종 후예들의 뛰어난 무공. 양산종 후예들의 무공은 그와 혁가장의 고수들이 준비한 진법을 한순간에 흔들고 싸움을 수세에 몰리게 만들었다.

거기에 더해 두 문파 무사들의 사기에 결정적인 영향을 줄 싸움이 벌어졌다. 고무룡과 혁지광의 대결이 그것이었다. 그 대결의 승패가 팽팽한 이 싸움의 향방을 결정짓게 될 것은 분명했다. 그런데 그 싸움의 승패는 너무도 허무하게 결정됐다. 혁지광은 도저히 고무룡의 상대가 아니었던 것이다.

독심호리 심온은 독한 자다. 그의 독심은 전 강호에 이름이 높아 강호의 무림인치고 그를 만나면 조심하지 않는 자가 없었다. 그리고 본래 독한 자들은 자존심이 특별히 강한 법. 독심호리 심온 역시 마찬가지였다. 그 또한 오만할 정도의 자존심을 가지고 있었다. 그 자존심이 자신이 관여한 싸움의 패배를 순순히 지켜볼 리 없었다.

그것이 그가 혁지광을 구원해 고무룡을 공격한 이유였다.

"생사를 건, 가문의 존립을 건 싸움에 인정이라니… 어르신답지 않은 말씀입니다."

고무룡은 이 강호의 노회한 고수를 담담하게 맞았다. 지금까지 상대했던 혁지광은 제쳐 두고 독심호리 심온을 향해 돌아서며 고무룡이 말했다.

"이놈, 오늘 널 반드시 죽여주겠다."

죽음의 일보 앞에서 살아난 혁지광이 검을 고쳐 들며 고무

룡을 향해 소리쳤다. 순간 독심호리 심온이 싸늘한 목소리로
말했다.

"소장주는 잠시 뒤로 물러나 있게!"

"이건 내 싸움입니다!"

독심호리 심온의 말에 혁지광이 발악하듯 말했다. 순간 독
심호리 심온의 눈에 차가운 기운이 돌았다. 심온이 혁지광을
쳐다보지도 않고 다시 입을 열었다.

"어리석은 것은 싸움에 패하는 것이 아니라 패한 싸움을 인
정하지 못하는 것이네. 그리되면 결국 자신을 망칠 뿐 아니라
가문도 지키지 못하는 법이지. 자네의 싸움은 끝났네. 대신 내
싸움이 시작된 것이지. 난… 내 싸움에 다른 사람이 끼어드는
것을 용납하지 않네. 그것이 소장주 자네라 할지라도 말일세."

심온이 말끝에 슬쩍 시선을 돌려 혁지광을 응시했다. 순간
혁지광은 부르르 몸을 떨었다. 심온의 눈에서 흘러나오는 그
냉정한 기운, 그 속에 깃든 거부할 수 없는 고집. 그제야 혁지
광은 이 노인이 누구인지 문득 떠올렸다. 그는 독심호리 심온
이다. 그렇다면 뒤로 물러날 수밖에 없다.

"어르신의 뜻에 따르지요."

혁지광이 입술을 깨물며 고개를 숙여 보이고는 뒤로 물러났
다.

"잘 생각하셨네. 역시 현명하군."

뒤로 물러나는 혁지광을 보며 심온이 만족스러운 얼굴로 고
개를 끄덕였다. 그리고는 천천히 고무룡을 바라보며 말했다.

“생사를 건 싸움에 인정을 둘 수 없다고 했나?”

“그게 강호의 생리지요.”

“정인군자로 이름난 자네답지 않군.”

“도검을 들고 피를 뿌리는 강호에서 인정이란… 결국 가장 먼저 버리게 되는 가치지요. 특히 이런 싸움터에선!”

“자네의 입에서 그런 소리를 듣게 될 줄은 몰랐군. 여하튼! 그 이치를 알고 있으니 내가 자네를 어찌 상대할지 짐작하리라 생각하네.”

말인즉슨 고무룡의 목숨을 노리겠다는 말이다.

“최선을 다하지요.”

고무룡이 담담하게 말하며 살짝 고개를 숙여 보였다.

싸움은 기이하게 전개됐다. 서른 명씩의 고수가 나선 양쪽의 싸움은 어느 순간 고무룡을 상대로 한 혁지광과 연이어 등장한 독심호리 심온의 싸움으로 변해 있었다.

고월산장과 혁가장의 고수들은 손을 내려놓고 고무룡과 심온의 대결에 집중하고 있었다. 아마도 오늘 싸움의 승패는 두 사람의 대결 결과에 의해 결정될 듯싶었다.

“괜찮을까요?”

양산종의 후예 석정이 걱정스런 표정으로 물었다. 그러자 양산종의 노고수 임천이 고개를 저었다.

“알 수 없네. 무룡 저 친구의 무공이 놀라운 평가를 받는 것은 사실이지만 과연 독심호리의 무공을 넘어설지는 장담할 수 없군. 독심호리는 수십 년 전부터 강호의 강자로 군림해 온 잘세. 그의 명성은 요동을 넘어선 지 오래지.”

“그렇다면 어르신께서는 어렵다고 보시는 거군요.”

“꼭 그런 것은 아닐세. 무공이란 것이 강호에 알려진 명성만으로 고하를 판단할 수는 없는 것이니까. 비록 심온의 명성이 강호에 널리 알려지기는 했으나 기실 그의 명성이 높은 것은 그의 무공보다는 심계에 연유한 바가 크네. 그러니 무공으로선 어떨지 모르겠네.”

임천 같은 고수도 승패를 예측할 수 없다는 듯 고개를 저었다. 그런데 그 순간 심온이 움직였다.

심온의 움직임은 그의 성정만큼이나 괴이했다. 그의 걸음은 분명 사람들의 눈에 잡힐 정도의 속도였으나 그 속도에 익숙해지는 순간 그의 신형은 어느새 고무룡의 바로 앞에 다가와 있었다.

쉑!

심온의 검이 사선으로 그어졌다. 순간 고무룡이 검이 만들어내는 파장에 밀리듯 뒤로 물러났다. 그 찰나의 순간 심온의 검이 한 뼘 차이로 고무룡의 얼굴을 스치고 지나갔다.

슈욱!

심온의 검이 자신의 앞을 스쳐 지나는 순간 고무룡이 침착하게 심온의 어깨에 검을 꽂아 넣었다. 고무룡의 검은 시작은 늦었으나 심온의 어깨에 가까이 가는 순간 눈에 보이지 않는 속도를 냈다.

팟!

순간 심온의 신형이 쾌속하게 회전했다.

삭!

고무룡의 검이 심온의 옷자락을 베고 지나갔다. 심온은 적의 검이 자신의 옷을 베고 지났음에도 불구하고 흔들림이 없었다. 그는 오히려 자신의 옷을 베고 지나가는 검을 차가운 눈으로 응시하고 있다가 검을 잡은 상대의 손을 강하게 베어갔다.

슉!

심온의 검이 무서운 속도로 고무룡의 손목을 쳤다. 짧고 간결하게 휘두른 심온의 검은 여지없이 고무룡의 손목을 베어낼 것처럼 보였다. 그러나 고무룡의 대응 또한 만만치 않았다.

고무룡이 앞으로 전진하던 검을 빙글 돌렸다. 순간 검의 속도가 조금 늦춰지는 듯하더니 그의 손에 검이 한 바퀴 회전하며 다가가는 심온의 검을 막아냈다.

깡!

검과 검의 충돌이 사람들의 영혼을 놀라게 했다. 사람들은 잠시 두 사람의 비무에 빠져 있다 다시 현실로 되돌아왔다. 자신들의 앞에는 죽여야 할 적이 있었고, 각자의 손에는 도검이 들려 있었다. 그러나 누구 하나 먼저 나서서 지금 이 자리에서 자신들이 해야 할 일, 적을 죽이는 일을 시작하지 않았다.

비록 사람들은 현실을 인식했지만 여전히 싸움은 고무룡과 심온에게 미뤄두고 있었다. 그리고 고무룡과 심온 두 사람은

그런 사람들의 기대대로 치열하게 육십 명 고수들의 싸움을
대신했다.

차차창!

혼강의 푸른 강변에 맑고 강렬한 격돌음이 끊임없이 일어났
다. 고무룡과 심온의 대결은 근 백여 초를 넘기고 있었다. 그
럼에도 어느 한쪽 승기를 잡는 사람이 없었다.

대결은 흉험했다. 두 사람의 검은 언제나 상대의 사혈 한 치
앞에서 움직였다. 그러면서도 누구도 상대의 검에 자신의 몸
을 허락지 않았다. 사람들은 점점 너 두 사람의 대결에 빠져들
고 있었다. 두 사람의 대결은 처음과 달리 고월산장과 혁가장
의 싸움을 대신하는 것 이상의 의미를 지니기 시작했다.

그들이 보여주는 무공은 지금 장내에서 고수라고 불리는 사
람들 이상의 수준에 도달해 있었다. 어쩌면 이 싸움에서 승리
하는 자는 요동제일인으로 거론될 수도 있을 만큼 대단한 대
결이 펼쳐지고 있었다.

그런데 두 사람의 싸움이 그렇게 장내 고수들의 영혼을 빨
아들이고 있을 때 그런 두 사람의 싸움을 조금 다른 시선으로
보고 있는 사람들도 있었다. 그중 한 명은 방금 전 싸움에서
물러난 혁지광이었다.

혁지광은 자괴와 분노, 그리고 시기와 살기가 뒤섞인 시선
으로 고무룡과 심온의 싸움을 지켜보고 있었다. 그가 생각할
때 그의 자리는 지금 이곳이 아니었다. 그의 자리는 고무룡과

놀라운 대결을 펼치고 있는 심온의 자리 그곳이어야 했다. 그리고 종국에는 고무룡은 베고 그 스스로가 가장 찬란한 존재가 되어야 했다. 그곳이 바로 그가 원하는 자리였다. 그 자신의 능력과는 상관없이 그는 그것을 원했다.

욕망은 사람의 눈을 멀게 해 스스로의 능력과 위치를 망각하게 한다. 혁지광의 이성은 거의 마비 상태에 도달했다. 사람들이 고무룡의 움직임 하나, 그가 그어대는 검초 하나에 탄성을 흘릴 때마다 혁지광의 이성은 조금씩 그의 머리에서 멀어졌다.

그리고 급기야 고무룡에 대한 열등감은 애꿎게도 심온에 대한 원망으로 발전했다. 그 자리, 자신의 자리를 빼앗은 사람이 심온이라는 생각이 그의 정신을 지배하기 시작했던 것이다.

그리고 그런 심온에 대한 전혀 이치에 맞지 않는 불만이 극에 달했을 때, 그가 자신도 모르게 조용히 움직였다.

'저놈, 뭘 하려는 거지?'

송추월은 싸움이 진행되는 내내 혁지광을 노려보고 있었다. 그가 고무룡에게서 부탁받은 고소요만 아니었다면 아마도 고무룡과 심온의 싸움에 상관없이 혁지광을 공격했을지도 몰랐다. 대호채를 공격해 수십 명의 대호채 식솔들을 잔인하게 몰살한 혁지광에 대한 분노는 그의 부모의 죽음과 얽혀 있는 노성 산음장에 대한 분노 못지않았다. 그런 혁지광을 눈앞에 두고도 손을 쓰지 못하는 현실은 결코 만족스런 상황이 아니었다.

그런데 그런 송추월의 눈에 은밀히 움직이는 혁지광의 모습이 들어왔던 것이다. 송추월의 눈에 비친 혁지광의 모습은 기이했다. 놈은 마치 혼백이 나간 사람처럼 보였다. 아니면 이지를 상실한 광인이라고 해도 좋았다.

혁지광이 한순간 혁가장 고수들 사이로 사라졌다. 송추월은 여전히 혁지광에게서 눈을 떼지 않고 있었다. 그러던 어느 순간 송추월의 눈이 번쩍였다.

'저놈이?'

송추월의 눈에 혁가장 무사들에 가려진 곳에서 차갑게 번뜩이는 화살촉이 들어왔다. 그리고 그 화살촉과 이어진 화살의 끝에는 시위와 화살을 함께 당기고 있는 혁지광의 손이 있었다.

혁지광의 움직임을 눈치챈 사람은 장내에 거의 없었다. 사람들의 시선은 온통 고무룡과 심온이 펼치고 있는 이 강렬한 싸움에 매달려 있었다. 그러니 혁지광이 무슨 짓을 하는지 관심을 보이는 사람은 송추월 말고는 없었다.

더군다나 혁지광의 명 때문인지 화살의 시위를 당기고 있는 혁지광의 주위를 세 명의 혁가장 무사들이 에워싸고 있었기에 장내의 고수들이 혁지광의 모습을 발견하기는 더더욱 어려웠다.

송추월이 가만히 두어 걸음 앞으로 나갔다. 그러자 그의 곁에 있던 고소요와 서연이 의아한 표정으로 송추월을 바라봤다. 두 여인 이외의 사람들은 여전히 고무룡과 심온의 싸움에 빠져 있느라 송추월의 움직임에 신경 쓰지 않고 있었다.

송추월이 재빨리 눈으로 거리를 가늠했다. 송추월은 고무룡과 심온이 싸우고 있는 곳에서 오 장여 떨어진 왼쪽으로 원을 그리며 천천히 움직였다. 그리고 한순간 그는 고월산장과 혁가장 고수들의 경계에 도착했다. 그곳에서 송추월이 걸음을 멈췄다. 고월산장 고수들 진영에서 혁지광과 가장 가까운 곳이었다. 송추월이 걸음을 멈춰 한 호흡을 깊게 하는 순간 혁지광이 시위를 당긴 손에 힘을 풀었다.

땅!

혁지광이 당기고 있던 활시위에서 강력한 파공음이 일었다. 마치 망치로 쇠를 두드리는 듯한 파공음. 순간 시위에 걸려 있던 화살이 빛처럼 혁가장 무사들 사이를 비집고 나왔다. 순간 송추월이 움직였다.

"앗!"

사람들의 입에서 경악스런 외침 터져 나왔다. 혁가장 무리 사이에서 삐져나온 한 대의 강전이 무서운 속도로 고무룡과 심온을 향해 닥쳐들었기 때문이다.

활이 누구를 향하는지는 모호했다. 활은 두 사람 모두를 향하는 것 같기도 했다. 두 사람의 움직임이 워낙 빠르고 신묘해서 그들의 움직임을 예측하고 그중 한 명을 공격하는 것은 거의 불가능한 상황이었다. 그러니 누군가 두 사람을 향해 화살을 날렸다면 그것은 둘 중 한 명을 노렸다기보다는 둘 아무나 맞아도 상관없다고 생각하고 쏘아댄 화살이 분명했다.

고무룡과 심온이 거의 동시에 시선을 돌렸다. 두 사람을 향해 닥쳐오는 검은 물체. 검을 맞대고 있던 두 사람은 서로에게서 검을 거두지도 못한 채 그저 날아오는 화살이 둘 중 한 명에게 꽂히기를 기다릴밖에 방법이 없었다. 만약 이것이 덫이라면 두 사람은 거의 완벽한 덫에 걸렸다고 할 수 있었다.

두 사람의 신형이 정지하는 순간 목표는 정해졌다. 그것이 의도한 것이든 의도하지 않은 것이든 화살은 두 사람 중 한 명을 목표로 정했다. 심온이었다.

심온의 얼굴이 흙처럼 어두워졌다. 검을 빼 화살을 쳐내자니 그 순간 고무룡의 검이 자신의 머리를 두 갈래로 가를 것이다. 그렇다고 이대로 있으면 화살은 분명 그의 심장을 관통할 터였다. 방법은 둘 모두를 피해내는 것. 그러나 고무룡과 화살 그 어느 것도 피해내기가 만만치 않았다. 이런 경우 무림의 고수가 결정할 수 있는 일은 오직 하나, 살을 주는 방법뿐이다.

"핫!"

심온이 재빨리 몸을 아래로 낮췄다. 여전히 검은 고무룡의 검을 막고 있었다. 화살은 아래로 신형을 낮추는 심온의 가슴 부위에서 이젠 심온의 머리를 향해 날아들었다. 이 모든 일은 거의 눈 깜짝할 사이에 일어났다. 자세를 낮춘 심온의 머리가 화살을 피해낼지는 누구도 자신할 수 없었다.

그런데 그 절체절명의 위기, 심온의 머리가 화살에 그대로 꿰뚫리려는 바로 그 찰나에 한 자루 검이 불쑥 허공에서 튀어

나왔다. 그리곤 심온의 바로 눈앞에서 화살을 쳐냈다.

깡!

검에 맞은 화살은 강렬한 파열음과 함께 두 동강이 났다. 순간 화살은 급격하게 힘을 잃었다. 심온이 고개를 젖혔다. 두 동강 난 화살의 앞부분이 힘을 잃은 상태에서도 심온의 뺨을 스치고 지나갔다. 만약 화살이 성했다면 분명 심온의 머리를 꿰뚫었을 터였다.

한순간에 일어난 이 급박하고 기이한 일이 끝났을 때 고무룡이 훌쩍 뒤로 물러났다. 보통의 경우라면 이 기회를 잡아 상대의 숨통을 끊는 공격을 할 수도 있지만, 고무룡은 적어도 그런 기회를 탐하는 사람이 아니었다.

고무룡이 물러나자 심온 역시 훌쩍 자리에서 일어나 삼사장 뒤로 물러났다. 그러자 두 사람이 격전을 벌이던 자리엔 오직 한 사람만이 남게 되었다. 바로 혁지광이 쏘아 보낸 화살을 막아낸 송추월이었다.

"이거… 일이 더럽게 되었군."

심온이 스윽 팔을 들어 소매로 뺨에서 흐르는 피를 닦아냈다. 그리곤 천천히 고개를 돌려 화살이 날아온 방향을 바라봤다. 어느새 혁가장 무사들이 빼곡히 들어서 혁지광의 몸을 가리고 있었다. 혁지광의 모습이 보이지 않으니 화살을 쏜 자의 신원을 확인하기 어려웠다. 그러자 심온이 이번엔 송추월을 바라봤다.

“자넨 누군가?”

심온이 물었다. 자신의 생명을 구해준 사람. 그러니 당연히 목소리가 평소와 달리 부드러울 수밖에 없었다.

“송추월이라 합니다.”

송추월이 덤덤하게 대답했다.

“혁가장의 무사인가?”

적어도 지금 현재 심온은 혁가장 쪽의 인물이었다. 그런 그를 고월산장의 무사가 구했을 리 없다. 그러나 심온의 추측과 달리 송추월은 고개를 저었다.

“고월산장 쪽의 일을 하고 있지요.”

순간 심온이 의아한 눈빛을 흘렸다.

“고월산장 쪽 사람이라고?”

“그렇습니다. 뭐, 어르신과 마찬가지로 고용된 사람이기는 합니다만…….”

“그런데 왜 날 구했나?”

심온이 경계심을 드러내며 물었다. 심온은 심계가 깊기로 유명한 사람이다. 심계가 깊다는 것은 곧 평소 술수를 많이 쓴다는 말이다. 술수를 많이 쓰는 사람은 사람에 대한 의심도 많은 법. 고월산장에 속해 있으면서도 자신을 도운 송추월의 저의를 의심하지 않을 수 없는 심온이었다.

“뭐, 굳이 어르신을 구하려 했다기보다는 화살을 막으려 했다는 것이 맞을 겁니다. 막고 보니 결국 어르신을 구한 거지요.”

그러자 심온은 잠시 생각에 잠겼다가 고개를 끄덕였다.

"그럴듯하군. 결국 자네도 화살이 날 향할 것인지, 고월산장의 소장주를 향할 것인지 몰랐다는 말이군."

"화살이 워낙 빨라야지요. 막아낸 것만도 천행이지요."

송추월이 어깨를 으쓱하며 말했다.

"알겠네. 일단 자네에게 고맙다는 말을 해야겠군. 어쨌든 내 목숨을 구해줬으니 말이야."

"뭐, 우연히 일어난 일이지요."

"우연히 일어난 일이라도 빚은 빚이지. 더군다나 목숨의 빚은 깊은 법이네. 언젠가 이 빚은 꼭 갚겠네."

"그러면 저야 좋지요."

상대의 호의를 굳이 거부할 이유는 없었다.

"그런데… 자네는 무척 뛰어난 친군가 보군."

"무슨 말씀이십니까?"

"이곳에 모인 사람들은 모두 일류 경지에 이른 고수들일세. 그런데 그들 중 누구도 화살을 막을 엄두를 내지 못했네. 그런데 자넨 그 화살을 막아냈어. 그 말은 자네가 이곳에 있는 그 누구보다도 뛰어난 무공을 지녔다는 말이 되는 걸세."

심온으로선 당연한 판단. 그러나 송추월은 이번에도 고개를 저었다.

"그건 그렇지가 않습니다."

"왜 그렇지 않다는 말인가?"

"제가 화살을 막을 수 있었던 것은 처음부터 화살이 쏘아질 거란 걸 알고 있었기 때문이라는 말이지요. 만약 제가 그걸 몰랐다면 저 또한 화살을 막을 수 없었을 겁니다. 물론 그랬다면 어르신은 조금 곤란해지셨겠지요.”

순간 심온의 눈빛이 번뜩였다. 심온이 얼굴을 굳히며 물었다.

“자네가 지금 한 그 말은 다시 말해 화살을 쏜 사람이 누군지 알고 있다는 말이군.”

“아마도.”

“악!”

송추월이 막 혁지광이 숨어 있는 곳을 바라보며 입을 열러는 순간 갑자기 한마디 비명 소리가 들려오더니 혁지광을 가리고 있던 혁가장 무사 한 명이 피를 토하며 쓰러졌다. 그의 뒤에는 혁지광이 피 묻은 검을 들고 서 있었다. 사람들은 이 갑작스런 사건에 놀라 어리둥절한 표정으로 혁지광을 바라봤다. 순간 혁지광이 재빨리 심온을 보며 고개를 숙여 보였다.

“죄송합니다, 어르신. 이자가 그만 주제넘게 어르신의 싸움에 끼어든 모양입니다. 아마도 고월산장의 소장주를 노리고 화살을 쏜 모양인데 어쭙잖은 실력으로 어르신의 목숨을 위험하게 한 모양입니다. 제가 눈치채고 막으려고 했을 때는 이미 화살이 시위를 떠난 이후라…….”

혁지광이 다시 한 번 고개를 조아렸다

‘하, 영악한 놈일세.’

송추월이 혀를 찼다. 이리되면 송추월이 화살을 쏜 자로 혁지광을 지목하기가 쉽지 않았다. 혁가장 입장에서야 혁지광의 검에 죽은 자를 흉수로 지목할 것이 분명했기 때문이다.

"저자가 맞나?"

심온이 송추월에게 물었다. 심온의 질문에 송추월이 혁지광을 바라봤다. 혁지광의 눈에서 위협적인 빛이 흘러나왔다. 무언의 협박을 하고 있는 것이 분명했다. 송추월이 내심 실소를 흘렸다. 하지만 지금의 상황에서 혁지광을 흉수로 지목하는 것도 쉽지는 않았다. 혁지광의 문제는 다음으로 넘겨도 된다.

"글쎄요. 지금 생각해 보니 정확치가 않군요. 아시다시피 혁가장의 무사들은 모두 같은 옷을 입고 있어서… 저자인지, 아니면 다른 자였는지 잘 모르겠습니다. 그러나 혁가장의 소장주께서 자기 문파의 사람까지 죽이며 그를 범인으로 지목했으니 그가 맞지 않겠습니까?"

송추월의 빈정거림에 심온의 얼굴빛이 변했다. 심온은 심계로 강호에 이름을 떨친 자다. 눈치 빠른 늙은 여우가 송추월의 말속에 들어 있는 뼈를 알아채지 못했을 리 없다. 그러나 그 또한 이 자리에서 진정한 흉수를 찾겠다고 나설 수는 없었다. 그건 무척 복잡한 일이 될 것이기 때문이다. 그리고 본래 심온과 같은 자는 일을 항상 은밀하게 처리하는 법이었다.

"그렇군. 혁가장의 소장주가 스스로 범인을 찾아냈는데 의심할 수는 없지."

심온이 날카로운 눈으로 혁지광을 바라보며 말했다. 혁지광이 심온의 눈빛에 흠칫 몸을 떨었으나 애써 담담한 표정을 짓고 있었다.

"그러나… 어쨌든 기분이 썩 좋진 않군. 도움을 주러 온 사람을 향해 활을 날리다니. 그것도 상대와 자신의 문파를 위해 생사결을 하고 있는 사람에게."

심온의 불평에 급히 혁가장주 혁후경이 앞으로 나섰다.

"노사, 사죄드립니다. 제가 불민하여 문도 단속을 잘못했나 봅니다."

지금의 상황에서 심온은 혁가장주에게 누구보다도 중요한 사람이었다. 그러나 혁후경의 사죄에도 심온의 표정은 심드렁했다.

"아아, 뭐, 장주께서 사과하실 일이 있겠소. 혁가장의 문도라 해도 장주가 한 사람 한 사람 붙들고 보살필 수도 없는 일이고, 개중 장주와 다른 생각을 하고 있는 사람도 있을 것이오. 하지만……."

심온이 말꼬리를 흐리며 혁후경을 바라봤다.

"말씀하시지요. 경청하겠습니다."

혁후경이 최대한 몸을 낮췄다.

"어쨌든 혁가장의 누군가는 내가 이 싸움에 관여하는 것을 탐탁하게 생각지 않는다는 것이 드러난 이상 내가 이곳에 있을 이유는 없을 것 같소."

"그게 무슨……?"

"난 이 싸움에서 빠지겠다는 말이오. 이보게!"

심온이 더 이상 혁후경을 상대할 필요가 없다는 듯 고개를 돌려 고무룡을 보며 입을 열었다.

"말씀하시지요."

"난 이쯤에서 이 싸움에서 빠질 생각이네. 보내주겠나?"

"누가 감히 어르신의 행보를 막겠습니까?"

"고맙군. 비록 오늘은 적으로 만났지만 자네와 검을 섞을 수 있어서 반가웠네."

"저 역시 영광이었습니다."

"오늘 검을 섞어보니 과연 자네야말로 무림에서 대협 소리를 들을 만한 인물일세. 나 또한 그리 부르고 싶군. 아마도 앞으로 요동무림은 고 대협에 의해 움직일 것 같군."

"과찬이십니다."

"아니야. 다음에 만나면 오늘의 일은 잊고 술 한잔 기울이도록 하게."

"제가 준비를 하지요."

"좋아. 고맙네. 그리고… 자네!"

심온이 다시 송추월을 바라봤다. 그러자 송추월이 할 말 해보라는 듯 심온을 바라봤다.

"재있는 친구군. 자네도 나중에 한번 보세."

"기회가 되면 그리하지요."

"후후후, 고월산장에 어울리는 친구 같지는 않은데… 아무튼 내가 자네에게 진 빚은 기억하겠네."

송추월이 가볍게 고개를 숙여 보였다. 그러자 심온이 천천히 좌중의 고수들을 돌아보며 소리쳤다.

"이 심온은 지금부터 고월산장과 혁가장의 싸움에서 빠지 겠소! 모두들 무운을 빌겠소! 그럼!"

작별의 말을 던진 심온이 채 그의 말이 사람들 귀에 모두 들어가기도 전에 신형을 날렸다. 허공으로 치솟은 심온은 두어 번 재차 도약을 하더니 순식간에 장내에서 사라졌다. 심온이 사라지자 장내에는 묘한 침묵과 긴장이 감돌기 시작했다.

심온은 장내의 고수 중 한 명에 불과했지만 그가 사라지자 그의 존재감은 그가 있을 때와는 비교할 수 없을 만큼 크게 느껴졌다. 심온이 사라진 혁가장 고수들의 진영은 왠지 모르게 초라했다.

기세는 단 한 순간에 고월산장 쪽으로 넘어왔다. 혁가장의 고수들은 여전히 심온의 도움으로 만들어진 장사진의 형태를 하고 있었으나 진이란 것은 본래 그 진법을 펼친 사람이 있을 때 제대로 된 효과를 발휘하는 법이었다. 심온이 사라짐으로써 혁가장의 진은 본체가 사라진 껍데기와 같은 신세였다. 누군가 강력한 고수가 진의 중심을 파고들면 단번에 와해될 상황인 것이다.

그리고 그런 이치를 누구보다 잘 알고 있는 사람이 양산종의 종성 흠무였다. 흠무는 줄곧 심온이 펼친 혁가장의 진을 파훼할 방법을 고심하고 있었다. 그러나 심온의 진은 신묘하기 이를 데 없어서 진법에 제법 조예가 깊은 흠무조차도 그 파훼법을 쉽게 찾아내지 못하고 있었다. 그런데 심온이 사라지자 흠무는 더 이상 진의 파훼법을 고민할 필요가 없어졌다. 이미 혁가장의 진에서는 아무런 생기도 느껴지지 않았다. 진은 허울뿐인 옷이었다.

흠무가 재빨리 움직여 고월산장주 고모수에게 무슨 말인가를 나직하게 건넸다. 그러자 고모수가 고개를 끄덕이고는 다시 고무룡에게 무엇인가를 지시했다. 그리고는 천천히 시선을 돌려 혁가장주 혁후경을 보며 말을 건넸다.

"계속하시겠소?"

고모수의 말에 혁후경의 볼을 씰룩였다.

"나보고 패배를 자인하고 물러나란 말이오?"

"상황이… 그렇지 않소이까?"

"하하하, 독심호리 그 한 명이 달아나 버렸다고 혁가장이 무너지기라도 한단 말이오? 애초부터 그는 한 명의 손님에 지나지 않았소. 혁가장은 아직도 건재하오. 고월산장을 상대할 힘은 넘치고도 남소!"

혁후경이 짐짓 호기롭게 말했다. 그러나 상황은 그가 말하는 것처럼 좋지 않았다. 가장 문제는 혁가장 고수들의 사기가 크게 떨어져 있다는 것이었다. 어찌 됐든 혁지광과 독심호리 심온이 고무룡에 막혀 물러난 것은 사실이었다. 더군다나 그중 심온은 이미 혁가장에서 발을 뺀 상황. 혁가장 문도들의 사기가 떨어진 것은 당연했다.

혁후경 역시 이런 상황을 모르는 것이 아니었다. 그러나 오늘의 대결은 쉽게 포기할 수 있는 것이 아니었다. 오늘 정수 대결을 요구한 것은 혁후경이었다. 오늘의 대결로 두 가문의 오랜 싸움을 종결짓자는 말은 혁후경 스스로 한 말이었다. 그러니 지금 불리하다고 고수들을 물리는 것은 곧 오 년간의 싸움에서 패했다는 걸 스스로 인정하는 것이 될 터였다.

물론 약속이란 것은 강호에서 공허한 일이다. 지금 뒤로 물러난다고 오 년 싸움의 패배를 순순히 인정할 혁후경은 아니었다. 그러나 만약 그렇게 되면 그와 혁가장은 강호의 신뢰를 잃을 것이요, 요동무림에서 좋은 평판을 얻기 힘들 터였다. 그건 요동무림의 강자가 되고자 하는 혁후경에겐 결코 받아들일 수 없는 일이었다. 어렵더라도 지금 이곳에서 승부를 봐야 하는 이유였다.

혁후경은 노련한 인물이다. 이런 경우 떨어진 사기로 적의 공격을 받으면 혁가장의 고수들은 일거에 무너질 수도 있었다. 선공이 필요할 때였고, 혁후경은 판세를 정확하게 읽고 있었다.

"승부는… 이제부터다! 공격하라!"

혁후경의 일갈에 대부분의 혁가장 고수들이 모여 있는 장사진의 머리 부분이 다시금 고월산장 고수들을 향해 몰려들었다. 그러자 고월산장의 고수들도 지지 않고 혁가장 고수들을 향해 뛰어들었다.

차차창!

거친 도검의 충돌음이 다시금 혼강의 강변을 가득 메웠다. 장사진 머리 쪽의 고수들은 양측에서 가장 강한 고수들로 이루어져 있었기에 싸움은 강렬하지만 팽팽한 균형을 이루고 있었다. 그런데 싸움이 시작된 지 일각 정도가 지났을 때 문득 고무룡이 혁가장 장사진의 후미 쪽으로 이동했다. 본래는 머리 쪽에 있어야 할 사람이.

고무룡의 이동은 송추월의 눈에도 들어왔다. 송추월은 싸움이 다시 시작된 이후 줄곧 고소요 옆에서 사방을 경계하고 있었기에 고무룡의 움직임 역시 쉽게 알아챌 수 있었다. 고무룡은 양산종의 후예들이 압도적인 무위로 혁가장의 무사들을 몰아치고 있는 진의 후미 쪽으로 다가오더니 가만히 서서 혁가장 진영을 살피기 시작했다.

"뭘 하려는 거지?"

송추월이 고개를 갸웃하며 중얼거렸다. 그러자 그때까지 침묵을 지키고 있던 고소요가 입을 열었다.

"진을 뚫을 생각이에요."

"진을 뚫어요?"

"그래요. 오라버니는 혁가장의 진을 뚫어 저들의 진을 와해시킬 생각이에요."

"혼자 말입니까?"

"오라버니에게는 그럴 능력이 있지요."

"뭐, 고 대협의 무공이 대단하긴 하지만……."

"정 걱정이 된다면 돕기로 하죠."

"예?"

"가요."

고소요가 대답도 듣지 않고 고무룡이 있는 곳으로 다가갔
다. 그리고 미처 고소요와 송추월이 도착하기도 전에 고무룡
의 신형이 혁가장 고수들을 향해 질주했다.

콰아아!

고무룡의 검에서 매서운 파공음이 일어났다. 순간 그의 앞
에 있던 혁가장 고수들이 그 기세에 놀라 자신들도 모르게 뒤
로 물러났다.

팟!

한줄기 핏줄기가 허공으로 튀어 올랐다.

"악!"

혁가장의 고수 중 한 명이 비명을 지르며 삼사 장 뒤로 나가
떨어졌다. 그러자 실이 열렸다. 고무룡은 열린 길로 뛰어들었
다.

"미치겠군!"

송추월이 투덜거리며 검을 휘둘렀다.

삭!

그의 검에 누군가의 몸이 베이는 느낌이 전해졌다.

"큭!"

검에 베인 자가 신음성을 흘리며 송추월에게서 멀어졌다.
그러나 송추월은 검에 베인 자를 신경 쓸 여유가 없었다. 고소
요는 한순간도 멈추지 않고 고무룡을 따랐다. 고무룡은 무서
운 무공을 선보이며 혁가장 고수들 사이를 비집고 있었고, 그

뒤를 고소요가, 다시 그 뒤를 송추월이 따랐다.

혁가장의 진영이 크게 흔들리기 시작했다. 심온이 있었다면 진을 변환시켜 진 안에 뛰어든 고무룡 등을 오히려 제압했을 테지만 심온이 없는 이상 혁가장의 진은 그 오묘한 힘을 발휘할 수 없었다.

그리고 오묘함이 사라진 진은 압도적인 고무룡의 무위에 손쓸 틈 없이 와해되기 시작했다.

"놈을 막앗!"

송추월의 귀에 누군가의 찢어지는 듯한 목소리가 들려왔다. 그 순간 송추월은 목소리의 주인공이 누구인지 알아챘다. 혁지광이었다.

시선을 돌리니 혁지광이 서너 명의 고수와 함께 고무룡을 향해 날아들고 있었다.

'어디 쓴맛 좀 보여줄까?'

혁지광이라면 송추월도 지켜보고 있을 수만은 없었다. 고소요를 지키는 일도 지금 눈앞에 나타난 혁지광을 상대하는 일에 비하면 그리 중요치 않게 느껴졌다. 비록 고무룡의 부탁이 있었더라도.

팟!

송추월이 한순간 고소요를 스치며 앞으로 나섰다. 그 매서운 기세에 고소요가 흠칫 놀라며 송추월을 바라봤다. 그사이 고소요를 추월한 송추월이 비스듬히 신형을 날리며 번개처럼 사선으로 검을 그어댔다.

슈우욱!

송추월의 검이 마치 뱀처럼 요사스럽게 움직였다. 수풀에서 갑자기 튀어나온 독사처럼 송추월의 검이 혁지광을 물었다.

"헛!"

혁지광의 입에서 헛바람이 새어 나왔다. 동시에 그가 가까스로 검을 들어 송추월의 검을 막아내며 중심을 잃고 땅에 내려섰다.

팟!

송추월의 검이 연이어 혁지광을 공격했다. 첫 공격을 겨우 막아내기는 했지만 중심이 흐트러진 상태에서 이어지는 송추월의 공격을 혁지광이 쉽게 대응할 수는 없었다.

파팟!

혁지광이 거의 기듯이 송추월의 검세에서 벗어나려 움직였다.

삭!

그러나 그런 혁지광을 송추월의 검은 놓치지 않았다. 섬뜩한 기음과 함께 혁지광의 어깨 아래 등 쪽에서 한줄기 핏줄기가 솟구쳤다.

"악!"

혁지광의 입에서 비명이 터져 나왔다. 아마도 그가 세상에 태어나서 처음으로 질러대는 고통스런 비명일 터였다. 그의 몸에서 피가 흐른 것 또한 아마도 생전 처음일 것이다.

송추월은 끝내야 할 때라고 생각했다. 생각 같아서는 산 채

로 묶어서 대호산으로 끌고 가고 싶었지만, 그래서 대호산에
서 놈의 검에 죽어간 대호채 사람들의 무덤 앞에 무릎 꿇리고
싶었지만 이런 난전 중엔 사치에 가까운 생각이었다, 그저 목
숨을 거두는 것으로 만족할밖에.

"죽어랏!"

송추월이 재차 검을 떨쳐 냈다. 차가운 살기가 송추월의 검
을 휘감았다. 일단 상대의 목숨을 빼앗기로 결심하자 송추월
의 내부에서 뜨거운 무엇인가가 솟구치기 시작했다. 그의 눈
이 흐릿한 적염으로 물들었다. 상대에 대한 살의라고 말하기
어려운, 파괴에 대한 본능이 송추월을 잠식하기 시작했다.

"아!"

혁지광의 눈이 송추월의 눈과 마주쳤다. 순간 혁지광이 탄성
과 함께 부르르 몸을 떨었다. 이자, 자신이 쏘아낸 화살을 막아
일을 방해하고, 심온을 떠나게 만든 이 젊은 놈은 뭔가 달랐다.
결코 거부할 수 없는, 그의 힘으로는 막아낼 수 없는 기운이 이
자의 눈에서 느껴졌다. 혁지광은 그 순간 자신이 파괴되는 것을
피할 길이 없다는 것을 깨달았다, 적어도 그 자신의 힘으로는.

"소장주님!"

송추월의 검이 막 혁지광의 목을 꿰뚫으려는 찰나 누군가의
검이 무서운 속도로 다가와 송추월의 검을 쳐냈다.

깡!

순간 송추월의 검이 아슬아슬하게 혁지광의 목을 비켜갔다.
혁지광의 목은 무사했다. 대신 송추월의 검은 혁지광의 얼굴

에 길게 자상을 만들어내고 있었다.

팟!

혁지광의 뺨에 한줄기 혈선이 만들어졌다. 그사이 혁지광이 본능적으로 땅을 굴러 송추월에게서 멀어졌고, 그 앞을 한 명의 노고수가 막아섰다.

"주인 대신 죽겠다?"

송추월은 여전히 파괴의 기운에 물들어 있었다. 그의 모습은 지옥에서 올라온 야차와 같았다. 그의 앞을 막아선 자, 혁가장의 오랜 가신 이부가 부르르 몸을 떨었다.

"네… 놈……."

이부는 혁가장의 가신들 중 가장 존중받는 인물이다. 대를 이어 혁가상에 머물러 왔고, 그 부공도 혁가장 안에서는 열 손가락 안에 꼽히는 고수였다. 그는 혁가장주 혁후경의 명으로 언제나 혁지광의 곁에 머물렀다.

혁후경도 눈이 있고 귀가 있으므로 혁지광이 강호에 나서면 오만한 성정에 망나니 같은 짓거리를 저지르고 다닌다는 것을 알고 있었다. 그러나 그래도 결국 혁지광은 혁가장을 물려받을 자신의 아들. 혁후경은 그 오만한 아들의 안위를 이부에게 맡기고 있었다. 그것만으로도 혁후경이 이부를 얼마나 신뢰하는지 알 수 있는 일이었다.

그런데 그런 이부조차도 송추월의 이 기이하고 섬뜩한 기운에 당혹해하고 있었다.

"주인 대신 죽겠다면 그렇게 해주지."

송추월이 검을 들어 천천히 이부를 가리켰다.

"마귀 같은 놈이로구나!"

"맞아. 네놈들에게는 마귀가 되어주지. 죽고 싶지 않으면 비켜. 오늘 저 혁가 놈의 머리를 취하는 기념으로 살려줄 테니까."

"어림없는 소리. 소장주님은 내가 지킨다. 지금껏 그 누구도 나를 뚫고 소장주님께 가지 못했다."

"혁가장의 충성스런 개군. 아니, 혁지광의 개인가? 가만, 그렇다면?"

송추월이 고개를 갸웃했다. 그리곤 끈적끈적한 살기를 담은 목소리로 물었다.

"언제나 저놈 곁을 지켰다면… 오 년 전 대호산에도 올랐겠군."

"무슨 헛소리냐?"

"오 년 전 대호산 대호채 토벌 때도 저놈을 호위했을 것 아니냐는 말이다."

"그야 당연히… 네놈은 누구냐?"

이부가 새삼스레 송추월의 정체를 물었다. 그러나 송추월은 이부의 물음 따위는 관심도 없었다. 송추월이 검을 들어 이부를 겨눴다.

"죽을 이유는 따로 있었군. 각오해."

第七章
추격(追擊)

화마경

혁지광은 이미 송추월의 눈에서 사라진 지 오래였다. 그 약
삭빠른 자는 이부가 송추월의 검을 대신 받는 사이 재빨리 혁
가장 무사들 틈으로 사라졌다. 여전히 고월산장과 혁가장 고
수들의 격전이 치열하게 벌어지고 있었지만 더 이상 그 싸움
에서 혁지광의 모습을 발견할 수는 없었다.

대신 송추월의 분노를 고스란히 받아내야 하는 사람은 이부
였다. 이부는 과거 자신이 혁지광을 수행해 대호산에 올랐던
일을 똑똑히 기억하고 있었다. 잊기에는 너무나 많은 피가 흐
른 토벌이었기 때문이다. 그러나 그 대호채 토벌의 기억 속에
서 송추월의 얼굴을 떠올릴 수는 없었다. 당연히 송추월은 당
시 앳된 소년이었을 뿐이니까.

송추월 역시 이부의 얼굴을 기억하지 못했다. 당시 송추월
은 도망가기에 급급해 대호채를 급습한 혁가장 고수들을 일일
이 살피지 못했다. 그러나 이부 스스로 대호산에 올랐다는 것
을 인정한 이상 이자는 혁지광만큼이나 죽을 이유가 충분한
자였다.

이부는 강했다. 혁지광이 비록 혁가장의 소장주라지만, 그
스스로 고무룡에 필적할 만한 무공을 가지고 있다고 자부하고
있었지만, 사실 혁지광의 무공은 이부조차도 능가하지 못하고
있었다.
슈슈슉!
파괴의 기운으로 휘감긴 송추월의 검은 그의 들끓는 마기와
달리 날렵하고 차가웠다. 무혼검의 특성은 분노 속에서도 변
하지 않고 그대로 존재했다.
그런 송추월의 무혼검을 이부는 겨우겨우 받아내고 있었다.
혁지광이었다면 이미 목을 내놨겠지만 이부는 송추월의 검을
이십 초 넘게 받아 넘기고 있었다.
물론 한 초식 한 초식에 그의 목숨이 이승과 저승의 경계를
넘나들고 있기는 했다. 그러면서도 이부는 자신의 목을 송추
월에게 내놓지 않았다.
그런데 기이하게도 시간이 지날수록 송추월은 마음속에서
불같이 일었던 분노가 조금씩 사라져 가는 것을 느꼈다. 그것
은 확실히 기이한 경험이었다. 싸움 중에 일어난 이 마기가 스

스로 사라지는 경험은 일찍이 없었던 일이다.

그리곤 그 치열한 마기가 서서히 가라앉자 오히려 송추월의 검은 더욱더 날카로워졌다. 무혼검이 온전히 그 위력을 드러내기 시작했다.

팟!

왼쪽 어깨를 치며 다가왔던 송추월의 검이 눈 깜짝할 사이에 이부의 오른쪽 허리를 베어갔다.

"헛!"

이부의 입에서 헛바람이 새어 나왔다. 이 무슨 해괴망측한 검법이란 말인가? 초식의 이동이 이렇게 이렇게 난망할 수 있단 말인가? 평생 정공의 검을 익혀온 이부로서는 상상할 수 없는 송추월의 검법이었다. 그리고 그런 기이막측한 송추월의 검이 한순간 힘 빠진 이부의 허리에 긴 검상을 남겼다.

"음!"

이부가 신음성을 흘리며 급히 뒤로 물러났다. 송추월이 시차를 두지 않고 그런 이부의 뒤를 따랐다. 그러면서 냉정하게 검을 휘둘렀다.

팟!

이번엔 이부의 등에서 핏줄기가 솟구쳤다. 송추월은 손에 느껴지는 감촉에서 상대가 제법 깊은 상처를 입었음을 짐작했다. 이부는 허리와 등에 깊은 상처를 입고 황급히 도주했다. 송추월이 그런 이부를 따라붙으려는 순간 갑자기 머리 위쪽에서 기이한 기운을 느꼈다. 송추월의 신형이 핑그르르 회전했다.

따땅!

순간 회전하는 그의 검에 맞아 두 대의 화살이 튕겨져 나갔다.

"놈!"

난전의 와중에서 자신에게 강전을 날릴 자는 한 명밖에 없다. 혁지광. 그러나 주변을 살펴도 혁지광의 모습은 보이지 않았다. 아마도 혁가장 무사들 뒤에 숨어서 화살을 날릴 기회를 찾고 있음이 분명했다.

"굳이 쫓을 필요는 없겠지."

송추월은 무리해서 이부를 쫓지 않았다. 혁지광의 숨은 화살이 무섭기 때문은 아니었다. 자신의 손에 느껴졌던 이부의 부상, 그 깊이로 보건대 이부는 아마도 오래 살지 못할 터였다. 아무리 명의가 와도 자신이 이부에게 남긴 상처를 치유할 수는 없을 것이다. 그러니 송추월이 애써 이부를 추격할 이유는 없었다.

휘익! 휘익!

송추월이 가볍게 검을 좌우로 휘둘렀다. 그러자 좌우에서 달려들던 혁가장 무사 두 명이 놀란 메뚜기처럼 급히 뒤로 물러났다. 송추월이 그 틈을 타 고월산장 고수들 진영으로 넘어왔다.

고소요는 치열하게 검을 휘두르고 있었다. 그러나 송추월이 걱정할 일은 없어 보였다. 고소요의 검은 절제되어 있었고, 그녀의 움직임 또한 주위의 고월산장 고수들과 보조를 맞추고 있었다.

송추월은 싸움에서 한 걸음 뒤로 물러났다. 내면에 끓어오르던 마기도 사라진 지 오래였다. 이젠 좀 더 편하게 이 두 문파의 싸움을 관망할 수 있었다.

싸움의 양상은 서서히 고월산장 쪽으로 기울어지고 있었다. 심온이 빠진 혁가장의 장사진을 고무룡이 관통한 이후 싸움은 일대일, 고수 대 고수의 대결로 진행됐는데 양산종의 후예들이 가세한 고월산장의 진력을 혁가장의 고수들은 버텨내지 못하고 있었다.

"퍽!"

"억!"

시간이 지날수록 싸움터 곳곳에서 터져 나오는 사람들의 비명 소리가 많아지기 시작했다. 그건 곧 싸움이 끝을 향해 달리고 있다는 말이었다. 그리고 비명을 지르는 사람들 중에는 혁가장의 고수들이 압도적으로 많았다.

둑은 한 번 터지면 걷잡을 수 없이 무너진다. 심온이 빠진 후 와해되기 시작한 혁가장의 장사진은 서너 명의 고수가 쓰러지자 이내 무너지기 시작했다.

"하아앗!"

그럴수록 고월산장 고수들의 사기는 높아갔다. 그들의 중심에서 승천하는 용과 같은 신위를 보이고 있는 고무룡의 존재는 고월산장의 고수들에게 무한한 신뢰를 안겨주며 승리에 대한 자신감을 심어주고 있었다.

반면 그런 고무룡의 존재가 혁가장의 고수들에게는 죽음의 사자처럼 느껴졌다. 그리하여 급기야 고무룡의 앞을 막아서는 혁가장의 고수가 전무해졌다. 그가 가는 곳마다 길이 열렸다. 열린 길은 곧 진의 와해를 뜻했다.

고무룡이 두어 번 혁가장 진영을 관통하자 혁가장의 진은 완전히 형체를 잃었다. 그러자 혁가장의 고수들이 일제히 뒤로 밀리기 시작했다.

"물러난다!"

일단 전세가 기울자 혁가장주의 입에서 지체없이 후퇴의 명이 떨어졌다.

"물러난다!"

곳곳에서 혁가장 고수들이 혁가장주의 명을 전했다. 그러자 혁가장의 고수들이 썰물 빠지듯 뒤로 물러나기 시작했다.

"와아앗!"

물러나는 혁가장 고수들을 향해 고월산장의 고수들이 일제히 추격을 시작했다. 곳곳에서 덜미를 잡힌 혁가장 고수들이 쓰러져 갔다. 전장은 순식간에 강 쪽으로 이동했다. 풀이 사람들의 발에 밟혀 맥없이 쓰러져 갔다. 사람의 목숨이 그 풀들보다 더 힘없이 사라졌다.

와아아!

　강변의 초원이 고월산장 고수들의 함성으로 가득 찼다. 싸움에 참여하지 않고 진영에 남아 있던 고월산장 고수들이 군막 앞으로 나와 고함을 치며 싸움을 승리로 이끈 동료들을 독려했다.

　반면 강변에 배수의 진을 펼친 혁가장 진영의 움직임은 난망하기 이를 데 없었다. 그들은 싸움의 패퇴를 미처 예상치 못하고 있다가 자파의 고수들이 메뚜기 떼처럼 물러나자 당황하는 기색이 역력했다. 그러나 그도 잠시, 이내 혁가장 고수들이 하나둘 진영 밖으로 나와 단단한 진세를 구축하기 시작했다. 그 수만도 일백에 이르는 숫자. 일백에 이르는 고수들이 만들어내는 방어진은 단단하기 이를 데 없었다.

　잠시 후 싸움에서 패퇴한 혁가장 고수들이 동료들이 만들어 놓은 방어막 속으로 스며들었다.

　"추격을 멈춰라!"

　적의 진영을 삼십여 장 앞에 두고 고모수의 명이 떨어졌다. 그러자 바람처럼 초원을 누비며 추격에 나섰던 고월산장의 고수들이 일제히 달리던 걸음을 멈춰 세웠다.

　푸스스!

　적막이 초원을 감쌌다. 혁가장 고수들은 모두 물러난 상태였고, 고월산장의 고수들은 지배자의 모습으로 혼강 초원 위에 서 있었다. 그 고월산장의 고수들 틈에 송추월도 서 있었다.

　'이래서 무림인들이 싸움터를 떠나지 못하는군.'

송추월은 불어오는 혼강의 바람 속에서 이루 말할 수 없는 쾌감을 느꼈다. 죽음의 고비를 넘기며 얻어낸 승리, 정복자가 되어 대지에 굳게 선 자존감, 그 모든 것은 송추월이 이전에 경험하지 못한 일들이었다. 고월산장의 고수들이 느끼는 승리의 쾌감은 송추월에게도 그대로 전해지고 있었다. 그리고 그 쾌감이 마약과도 같은 것임을 송추월은 깨달았다. 그래서 강호에는 싸움이 그치지 않는 것이리라.

"혁가장주께 할 말이 있소!"

승리자의 오연함을 드러내며 고모수가 벽처럼 단단한 혁가장의 방어막을 보며 소리쳤다.

"말하시오!"

혁가장주 혁후경의 모습은 보이지 않았다. 대신 방어막 뒤에서 그의 목소리만 들려왔다.

"오늘 싸움의 승패에 승복하시오?"

혁후경의 모습이 보이거나 말거나 고모수가 질문을 던졌다.

"물론, 오늘 이 혁 모가 그대에게 패했음을 인정하오."

"좋소. 그렇다면 그대가 이 싸움을 제안할 때 제시했던 조건을 잊지 않으리라 믿겠소. 내일 아침! 이 혼강에서 혁가장 고수들의 모습이 보이지 않기를 기대하겠소! 편히 쉬시오! 돌아간다!"

고모수가 자신이 할 말만 다 하고는 이내 회군의 명을 내렸다. 그러자 고월산장의 고수들이 일제히 신형을 돌려 그들이 승리를 위해 치달았던 초원을 되짚어 움직이기 시작했다. 단

단한 벽 속에 숨은 혁후경에게선 어떤 말도 흘러나오지 않았
다.

*   *   *

"오늘 밤 필시 저들의 기습이 있을 겁니다."

양산종의 종성 흠무가 단정하듯 말했다. 고월산장주 고모수
의 군막 안, 십여 명의 고월산장 수뇌들이 등불 아래 모여 있었
다.

"어찌 그리 확신히 십니까?"

황종보가 물었다.

"혁후경은 산계에 능한 사람일세. 오늘 비록 그가 수십여 명
의 고수를 잃었다고는 해도 아직 혁가장의 전력은 싸움을 포
기할 정도가 아니네. 그런 자가 약속을 지키고 오늘 밤 강을
건널 리가 없네. 아마도 그는 우리가 승리에 취해 방심했을 거
라 생각하고 기습을 해올 것이네. 그게 혁후경이지."

흠무의 말에 고모수가 고개를 끄덕였다.

"나도 종성의 생각과 같습니다. 아마도 오늘 밤 저들이 마지
막 공격을 해올 겁니다."

"그럼 대비를 해야 하지 않습니까?"

황종보가 물었다.

"그래야지. 오늘로 이 지루한 싸움을 끝내야겠지."

고모수가 다부진 표정으로 고개를 끄덕였다.

"어디로 가는 걸까요?"

군막을 벗어나 혼강변 갈대숲에 몸을 숨기고 이동하면서 서연이 물었다. 송추월을 포함해 양산종의 후예들과 일단의 고수들이 어둠을 틈타 조용히 강 북쪽으로 이동하고 있었다.

"아마도 저들이 기습을 해올 거라 생각한 모양입니다."

묻기는 송추월에게 물었으나 대답은 산동악가의 젊은 고수 악전에게서 흘러나왔다.

"기습이요? 저들이 약속을 깨고 물러나지 않을 거란 말인가요?"

"강호의 약속처럼 허망한 것이 없지요. 혁후경의 심성으로 볼 때 절대 그냥 물러날 인물이 아니지요."

악전이 고개를 저었다.

"그렇군요. 그래서 진영을 비우는 거군요."

서연이 고개를 끄덕였다.

"저들이 예상대로 기습을 해온다면 나쁜 일만은 아니지요."

이번엔 운산문의 고수 전욱이 입을 열었다. 비록 그는 송추월에게 비무에서 패하기는 했으나 이내 그 패배감을 떨쳐 내고 혁가장과의 싸움에서 단단히 한몫을 해내고 있었다.

"전 대협 말이 맞겠네요. 모르고 있을 때야 기습은 위험한 일이지만 알고 있는 이상은 위험할 게 없지요. 오히려 기회가 되겠지요."

"맞습니다. 저들이 오늘 예상대로 기습을 해온다면 이 싸움은 오늘 밤 끝나게 될 겁니다.”

갈대숲을 이동하는 고월산장 고수들 얼굴에는 일종의 홍분 같은 것이 감돌고 있었다. 그건 어쩌면 오늘 밤 이 오 년간의 싸움에 종지부를 찍을 수 있을 거라는 기대감이었다.

스윽스윽!

'바람 참 괴상스럽게 부는군.'

송추월은 갈대숲에 몸을 숨기고 바람에 밀려 썰물 소리를 내는 갈대들의 움직임을 바라보고 있었다. 혼강의 물결은 일정한 흐름으로 바람을 일으켰고, 그 바람이 또한 일정한 간격을 두고 갈대를 밀어대고 있었다.

달은 거의 빛을 뿌리지 못하는 하현달, 어둠이 사위를 장악하고 있었다. 그러나 늘판의 밤은 강과 뭍, 그리고 땅과 하늘의 경계를 선명하게 드러내 고수들의 시야를 밝게 해줬다.

“언제 움직일까요?”

이동을 할 때부터 서연은 송추월의 바로 곁에 붙어 앉아 있었다. 다른 사람에게는 퉁명스럽고 괴팍하기 이를 데 없는 서연이었지만 송추월에게는 언제나 수다스런 여인이었다.

“글쎄요.”

송추월이 고개를 갸웃했다. 갈대의 움직임에 정신이 팔려 있던 통에 서연의 물음에 미처 대답할 준비가 되어 있지 않았다.

“너무 오래 걸리지 않았으면 좋겠네요. 좀 지루해요.”

"그런가요?"

송추월이 여전히 심드렁하게 대답했다.

"흠… 역시 그녀가 없어서 그런가요?"

뜬금없는 서연의 말에 송추월이 서연을 돌아봤다.

"무슨 말입니까?"

"고 소저 말이에요. 언제나 그녀와 붙어 다녔잖아요. 그런데 오늘은 그녀와 떨어져 있어서 그런지 영 송 소협의 기운이 떨어져 보이네요."

"솔직히 말해줘요?"

송추월이 나직한 목소리로 말했다. 마치 은밀한 비밀을 전하는 것처럼. 그러자 서연 역시 고개를 낮추며 말했다.

"말해봐요."

"사실은 아주 좋아요. 편해 죽겠어요. 그동안 무척 힘들었거든요."

"그래요? 난 송 소협이 고 소저를 좋아하는 줄 알았는데요? 항상 곁에 붙어 있었잖아요?"

"그건 고 대협의 부탁이 있었기 때문이고요. 아무튼 그녀가 보이지 않으니 마음이 아주 편해요. 워낙 어디로 튈지 모르는 사람이라 항시 불안했지요."

그러자 서연이 송추월을 빤히 바라보며 말했다.

"이제 보니 고 소저에게 아주 마음이 없지는 않군요?"

"그게 무슨 말입니까?"

뜬금없다는 듯 송추월이 되물었다.

"그녀가 불안해 보였다는 것은 그녀를 걱정하고 있다는 뜻이에요. 그녀가 귀찮았다는 것 역시 송 소협의 마음속에 그녀가 어느 정도 들어와 있다는 의미지요."

"호호, 그건 아닌 것 같은데요?"

"물론 송 소협 자신은 모를 수도 있지요. 하지만 적어도 제 눈에는 그렇게 보이네요."

"흠, 정말 그런 건가? 하긴 고명하신 의원께서 내린 결론이니 그럴 수도 있겠군요."

송추월이 빙긋 미소를 지으며 말했다.

"제 말을 인정하시는 건가요?"

"인정이고 뭐고, 난 골치 아픈 건 질색입니다."

송추월이 손을 저으며 말했다. 그리곤 다시 갈내숲을, 그 너머의 초원을, 고월산장과 혁가장의 진영을 살폈다. 그 순간 그의 눈에 미세한 수풀의 떨림과 검은 그림자들의 움직임이 들어왔다.

'정말 나섰군.'

보지 않아도 그림자들의 정체를 알 수 있었다. 혼강변에서 산 쪽으로 달려가는 그림자들은 분명 혁가장의 고수들일 터였다. 숫자는 어림잡아 일백여 명. 거의 전 전력을 이 기습에 쏟아붓고 있는 혁가장이었다.

파스스스!

혁가장의 고수들이 출행했기 때문일까. 바람의 소리도 변했다. 스산한 강바람이 송추월의 옷깃을 스며들었다.

앞쪽에서 불쑥 종성 흠무의 손이 올라갔다. 기습하는 자들의 측면 공격은 흠무가 지휘하고 있었다.

송추월이 천천히 진기를 끌어올렸다. 팽팽한 긴장감이 장내를 가득 메웠다.

어둠 속에서 혁가장의 고수들이 폭풍처럼 고월산장 진영을 쓸어갔다. 그리고 잠시 후 멀리서 소란스런 소리가 들려왔다. 소리가 들려오는 곳은 고월산장의 진영, 그러나 목소리의 주인공들은 혁가장의 고수들이었다.

혁가장의 고수들이 들이친 고월산장의 진영은 터 비어 있을 것이다. 이른 저녁 고월산장의 고수들은 세 패로 나뉘어졌다. 고모수와 고무룡, 그리고 흠무가 이끄는 세 패의 고수들은 제각기 어둠을 뚫고 은밀히 몸을 숨길 곳을 찾아 이동했다.

고수들이 떠난 고월산장의 진영에는 극히 일부의 고수들만이 남아 혁가장 고수들의 기습을 기다리고 있었다. 그리고 그들조차도 아마 지금쯤은 진영을 벗어나 있을 터였다.

그러니 결국 혁가장이 점령한 것은 고월산장의 빈껍데기뿐, 알맹이가 빠진 껍데기를 점령한 혁가장 고수들의 당황은 곧이어 고월산장 고수들의 반격을 가져왔다.

파아앗!

송추월의 눈에 고월산장의 진영을 뒤덮으며 날아드는 화살 그림자들이 보였다. 마치 비를 품은 먹구름이 몰려오듯 그렇게 산 쪽에서 나타난 화살 무리가 하늘을 날아 고월산장 진영을 향해 날아들었다. 아마도 적을 정면에서 상대하게 될 고모수가 이끄는 고월산장 고수들이 쏘아 올린 화살일 터였다.

파아아!

소낙비 내리는 소리가 수백 장 떨어진 송추월의 귀에도 들려왔다. 연이어 그 화살비를 맞은 자의 비명 소리가 들렸다.

"악!"

"피하라!"

다급한 혁가장 고수들의 목소리가 아련하게 송추월의 귀를 파고들었다.

"갑시다!"

비명의 뒤를 이어 이번에는 흠무의 목소리가 생생하게 송추월의 귀를 파고들었다. 누군가 송추월을 지나쳐 앞으로 뛰어나갔다. 송추월도 한순간 진기를 모아 허공으로 솟구쳤다.

송추월의 몸이 갈대들을 빠르게 스치고 지나갔다. 대략 삼십여 명에 달하는 고수들이 갈대를 눕히며 초원을 질주했다.

이미 싸움은 치열하게 진행되고 있었다. 화살 공격의 뒤를 이어 고모수가 이끄는 고월산장의 고수들이 혼란에 빠진 혁가장 고수들을 덮쳤다. 기세는 완전히 고월산장 쪽으로 기울어져 있었으나 혁가장 고수들은 숫자의 많음으로 불리한 전세를 버티고 있었다.

그러나 그도 잠시 한순간, 남쪽에서 거대한 함성이 일었다.

그리고 일단의 고수들이 바람처럼 혁가장 고수들의 아래쪽을 들이쳤다. 고무룡이 이끄는 또 한 무리의 고월산장 고수들이었다. 더군다나 그 선두에 선 사람은 장내 최고의 고수 고무룡.

"아악!"

처절한 비명 소리와 함께 혁가장 무사들의 진영이 단번에 무너졌다. 고무룡은 양 떼 속에 뛰어든 호랑이처럼 혁가장 고수들을 휩쓸었다. 혁가장 고수들이 낙엽처럼 쓰러졌다. 그런데 그것이 전부가 아니었다. 어느새 흠무가 이끄는 고수들도 혁가장 무사들과 격돌하고 있었다.

남과 북에서 동시에 공격을 받은 혁가장 고수들은 일거에 무너졌다. 진영은 사분오열되었고, 이제 각자 자신의 삶을 찾아야 하는 지경에 처했다. 지금까지 혁가장이라는 이름으로 유지되었던 동질감은 더 이상 존재하지 않았다.

"후퇴하라."

어딘가에서 혁후경의 목소리가 들렸으나 혁가장 고수들은 이미 그 이전부터 자신의 살길을 찾아 달리고 있었다.

사람이란 위급에 처하면 본능적으로 자신이 온 곳, 자신이 머물렀던 곳으로 회귀하려 한다. 가장 안락했던 잠자리를 제공했던 곳, 집으로, 혹은 고향으로.

아마도 혁가장 고수 중 일부는 전장을 벗어나 애초에 그들이 태어나고 자랐던 고향으로 향했을지도 모른다. 그러나 대부분의 혁가장 고수들에게 고향과 집이란 결국 혁가장을 의미했다. 그들은 더 이상 혁가장이라는 집단에 대한 동질감을 상실했음에도 불구하고 본능적으로 혁가장의 진영이 있던 혼강변을 향해 달리기 시작했다. 아마도 그들의 마음은 이미 혼강의 혁가장 진영을 넘어 혁가장이 있는 통화에 가 있을지도 몰랐다. 그러나 일단은 그들이 가야 할 곳은 강변의 혁가장 진영이었다.

"추격한다!"

고모수도 도주하는 적을 그대로 놓아두지 않았다. 고모수 역시 오늘 이 지루한 싸움의 승패를 볼 생각인 모양이었다. 고모수에게서 추격의 명이 떨어지자 고월산장의 고수들이 일제히 갈대숲을 달려 도주하는 혁가장 고수들을 추격하기 시작했다.

"악!"

"살려주시오!"

곳곳에서 혁가장 고수들이 쓰러지고 혹은 검을 버렸다. 혼강의 혁가장 진영에 닿기도 전에 태반의 혁가장 고수들이 혁가장을 버렸다. 죽음으로, 혹은 투항으로.

싸움은 거의 끝나가고 있었다. 혼강변의 진영으로 무사히 도주한 혁가장 고수들과 애초에 혁가장 진영을 지키고 있던 자들을 모두 합쳐 봐야 육칠십에 지나지 않을 터였다. 그 정도 숫자로 일백에 이르는 고월산장 고수들의 공격을 버텨낼 가능성은 없었다.

　송추월은 흠무가 이끄는 무리에 섞여 여유있게 신형을 날리고 있었다. 이런 몰이사냥 같은 싸움은 썩 달가운 것이 아니었다. 적은 거의 반항을 하지 못했다. 곳곳에서 쓰러지는 혁가장 고수들의 생명이 초개와 같았다.

　"오늘로 끝이겠네요."

　오늘 밤 언제나 송추월 곁에 머물렀던 서연이 입을 열었다. 그녀의 시선도 혼란에 빠져 있는 혁가장 진영을 향해 있었다.

　"그럴 것 같군요."

　"차라리 항복을 하지."

　서연이 죽어 넘어가는 혁가장 고수들을 보며 혀를 찼다. 그러자 곁에서 악전이 입을 열었다.

　"혁가장주가 문도들의 목숨을 걱정해 항복할 사람은 아니지요. 그는 아마 혁가장의 문도 모두가 죽어도 항복하지 않을 겁니다."

　"우두머리가 될 자격이 없는 사람이군요."

　"후후, 하지만 그런 사람도 한자리 차지하는 곳이 강호지요. 강호란 곳이 이상해서 악인도 세를 이루는 곳이란 말입니다."

　"결국 그 밑에 모여든 사람들도 똑같은 사람들이기 때문에 가능한 일이겠죠."

　"뭐, 그렇지요. 유유상종이라고."

　악전이 어깨를 으쓱하며 대답했다. 그러는 사이 일행은 어느새 혼강변 혁가장 진영에 도착해 있었다. 추격대의 선두에

는 고모수가 이끄는 고수들이, 남쪽에는 고무룡과 그를 따르
는 고수들이 자리를 잡고 있었다.

"자, 오늘 싸움을 끝냅시다!"

추격대가 혁가장 진영 이십여 장 앞에 도달했을 때 고모수
가 좌중의 고수들을 돌아보며 무거운 얼굴로 일갈했다. 고모
수의 말에 고월산장 고수들의 얼굴에 긴장감이 서렸다. 오 년
싸움의 끝이 될 이 싸움은 또한 지금까지와는 그 의미가 남다
른 것이었다.

"무룡, 앞에 서라!"

고모수가 고무룡을 보며 명을 내렸다. 고무룡이 훌쩍 신형
을 날려 고월산장 고수들 앞으로 나섰다. 그러자 고모수가 연
이어 명을 내렸다.

"형제들, 갑시다!"

고모수의 명이 떨어지는 순간 고무룡의 신형이 날아올랐다.
여의주를 물고 승천하는 청룡처럼 고무룡이 거침없이 혁가장
진영으로 뛰어들었다. 그 뒤를 고월산장의 고수들이 비구름처
럼 따랐다.

'뭐지?'

송추월이 고개를 갸웃했다. 고월산장의 고수들이 혁가장 진
영으로 뛰어드는 순간부터 일은 너무나 수월하게 진행됐다.
막아서는 자들도 극히 적을 뿐 아니라 그들마저도 무공이 그
리 높지 않은 자들이었다.

고월산장의 고수들은 파죽지세로 혁가장 진영을 관통했다. 그리고 드디어 그들이 혁가장 진영을 완전히 점령했을 때 그들은 혁가장 진영이 텅 빈 이유를 알았다.

"도주하고 있었군요."

서연이 송추월 곁에 내려섰다. 송추월은 막 혼강의 중류로 접어드는 일단의 배들을 바라보고 있었다. 크기가 작아 큰 강이나 바다에 나설 수는 없지만 혼강을 가로질러 사람을 나르기에는 충분한 크기의 배 십여 척이 사람을 빼곡히 태우고 혼강을 건너고 있었다.

'이상하군.'

송추월이 다시 고개를 갸웃했다. 왜냐하면 지금 혁가장 고수들이 타고 있는 배는 분명 북쪽 숲에 숨겨두었던, 며칠 전 양산종의 고수들과 함께 숨겨진 것을 발견했던 그 배들일 터다.

당연히 그 배들의 존재는 고모수 등 고월산장의 고수들에게도 전해졌을 것이다. 그런데 그 배들을 그대로 두어 혁가장 고수들이 강을 건널 수 있게 해준 고모수의 의도는 무엇일까? 만약 송추월이었다면, 승리를 확신한다면 싸움이 시작되기 전 고수들을 보내 그 배들을 먼저 전소시켰을 것이다. 그랬다면 혁가장의 고수들은 이 강변에서 몰살을 당하고 말았을 것이다.

"왜 배들을 그대로 두었을까요?"

송추월이 머릿속에 든 의문을 입 밖으로 흘려냈다. 그러자 어느새 다가온 황종보가 입을 열었다.

"본래 적을 공격할 때는 퇴로를 열어주는 법이라네."

"왜죠? 오늘 저들을 몰살시킬 수도 있었을 텐데……."

"그랬겠지. 하지만 그랬다면 저들도 목숨을 걸고 반항했을 것이네. 퇴로가 없는 자들의 반격은 결코 만만치 않았을 거네. 승리를 한다 해도 우리 쪽도 무척 많은 피해가 있었을 것이네. 퇴로가 있었기에, 살 수 있는 다른 방도가 있었기에 저들이 손쉽게 무너진 걸세. 혁가장주가 기실 이 싸움에서 승부를 보려 했다면 애초부터 배를 준비해 두지 말았어야 했을 걸세. 지난번에 한번 말하지 않았나?"

"아, 그렇군요. 그린 말씀을 하셨었군요."

송추월이 그제야 지난번 배수진에 대한 이야기를 나눈 기억을 떠올렸다.

"그러니 애써 저들을 도와줄 필요는 없지 않은가?"

"그렇군요. 하지만 그래서 싸움은 계속되겠군요."

"물론 얼마간은 계속될 걸세. 하지만 곧 끝이 나겠지."

"이번 싸움으로 승부가 결정됐다고 보시는 건가요? 아직도 혁가장에는 적지 않은 고수들이 남아 있을 텐데요?"

"그렇겠지. 하지만 저들은 혁가장으로 돌아가 전력을 추스를 기회가 없을 걸세. 추격은 계속될 테니까. 저들은 혁가장까지 도주하는 동안 전력의 거의 전부를 잃게 될 걸세. 그것이고 사형이 이 혼강변에서 승부를 내지 않은 이유일세. 조금씩 이쪽의 피해는 최소화하면서 저들을 무너뜨리는 거지."

"하지만 저들은 이미 멀리 갔는데……."

"이쪽에서도 다른 준비를 했다네. 보게."

황종보가 손을 들어 혼강 상류를 가리켰다. 그러자 강 위쪽에서 수십 척의 배가 모습을 드러냈다.

"아, 어느새 배를 준비했군요."

송추월이 탄성을 흘렸다. 고모수는 결코 적이 도주하는 것을 넋 놓고 두고 볼 사람이 아니었던 것이다.

배는 이내 고월산장 고수들 앞에 도착했다. 그사이 고모수는 재빨리 사람들을 분류했다. 추격에 나설 사람과 산장에 남을 사람들이 갈렸다. 외부에서 고월산장을 돕기 위해 온 사람들은 자유롭게 자신들의 거취를 결정했다.

그러나 대부분의 외부 고수들은 추격대에 포함되는 것을 선택했다. 그들은 모두 이 싸움의 끝을, 고월산장이 서압록의 패자가 되는 광경을 두 눈으로 보고 싶어했다.

당연히 송추월 역시 추격대 쪽에 섰다. 그 또한 혁지광의 최후가 보고 싶었기 때문이다.

"승선합시다."

추격대를 이끄는 사람은 당연히 고모수였다. 고모수와 고무룡 두 부자는 모두 추격대에 섰다. 보통의 경우 둘 중 한 명은 뒤에 남게 마련인데 이 두 부자는 결코 자신들의 일을 다른 사람에게 미루는 법이 없었다.

추격대의 숫자는 도합 육십여 명. 혁가장의 전력을 생각해보면 지나치게 적은 숫자라고 할 수 있었으나 그 고수들의 면

면과 도주 중인 적을 사냥하는 일이라는 점에선 충분한 숫자
이기도 했다.

　고모수의 말과 함께 사람들이 물결에 출렁이는 배에 승선했
다. 송추월 역시 가볍게 몸을 날려 작은 배 위에 내려섰다. 서
연이 언제나처럼 송추월의 곁에 다가섰다. 십여 척의 배에 나
눠 탄 육십여 명의 고월산장 고수들이 서서히 혼강을 건너기
시작했다.

＊　　　＊　　　＊

　푸른 들이 펼쳐졌다. 장백의 끝자락에서 시작된 초원은 바
다처럼 넓었나. 장백의 산속에서 지냈던 송추월은 바다처럼
넓은 초원을 앞에 두자 한편으로 다른 세계에 온 듯한 느낌에
빠져들었다. 그러나 그런 감상은 그리 오래가지 않았다.

　"놈들입니다!"

　앞서 가던 고월산장의 고수가 뒤를 돌아보며 소리쳤다. 송
추월이 그 소리에 고개를 들어보니 과연 초원 멀리 일단의 무
리가 부지런히 초원을 가로질러 질주하고 있었다. 한눈에 보
아도 혁가장의 무리가 분명했다.

　혁가장의 무리는 혼강을 건너는 순간 서너 패로 갈라졌다.
아마도 혁후경 역시 고월산장의 추격이 있을 거란 걸 예상한
모양이었다. 패를 나눈 혁가장의 무리는 서로 다른 길을 따라
혁가장으로 퇴각하기 시작했다.

　그러자 추격에 나서 혼강을 건넌 고모수도 추격대를 두 패로 나눴다. 추격대의 인원이 모두 육십. 그 인원을 서너 패로 나누면 오히려 적에게 반격을 당할 염려가 있었기 때문이다.
　고모수의 생각은 간단했다. 서너 패로 나뉜 적 중 한두 무리만 제압하면 나머지 도주자들이 혁가장에 들어간다 해도 혁가장에서 충분히 승부를 볼 수 있을 거란 계산이었다. 그리고 기실 그런 고모수의 판단은 현명한 것이었다.
　두 패로 나위어진 고월산장 추격대의 전력은 강력해서 서너 패로 쪼개진 혁가장 무리가 감당할 수 있는 수준이 아니었다. 이미 송추월이 포함된 추격대는 한 패의 혁가장 무리를 제압한 이후였다. 그리고 그들 앞에 또 다른 도주자들이 모습을 드러냈다.
　"대략 이십여 명 쯤 되어 보입니다."
　다시 고월산장 고수의 목소리가 들려왔다.
　"우회해 앞에서 길을 막는다."
　고모수의 명이 떨어졌다. 송추월이 포함된 추격대를 이끌고 있는 사람은 고모수였다. 당연히 다른 한 패는 고무룡이 이끌고 있었다.
　고모수의 명이 떨어지자 고월산장 고수들이 나는 듯이 초원을 질주하기 시작했다.

　도주자는 본능적으로 추격자의 출현을 깨닫는다. 초원을 부지런히 움직이던 혁가장 고수들이 어느새 나타난 고월산장 고수들의 존재를 깨닫고 초원을 질주하기 시작했다. 싸움이란 기이해서 일단 패배를 경험하고 도주를 하기 시작하면 추격하는 자가 단 한 명이라 할지라도 그 추격자는 도주자에게 공포의 대상이 된다. 그래서 간혹 단 한 명의 고수가 수십 명의 적을 몰살하는 일이 벌어지기도 하는 것이 강호였다.

혁가장의 고수들이 그랬다. 그들에게 고월산장의 고수들은 이제 지옥의 사자와 마찬가지였다. 더군다나 추격자의 숫자가 더 많은 상황.

"애초에 패를 나누는 것이 아니었어!"

혁후정의 아우 혁후상이 씹어뱉듯 소리쳤다. 어느새 고월산장의 고수들이 거의 평행선을 그리며 초원을 달리는 모습이 보였다.

"어쩔 수 없는 일 아닙니까. 저들이 패를 나누지 않을 거라고 미처 생각지 못했으니."

혁가장의 가신 중 한 명인 좌가려가 위로하듯 대답했다.

"애초에 형님의 계산이 잘못된 거야. 아직은 우리의 숫자가 더 많은데 패를 나눠 이젠 사냥당하는 꼴이 되었잖은가 말이야."

다시 혁후상이 불만을 쏟아냈다. 이번에는 좌가려 역시 대꾸를 하지 않았다. 그러기에는 상황이 너무도 촉박했다. 어느새 고월산장의 고수들이 길게 원을 그리며 자신들의 앞을 막아서고 있었다.

타탁!

거친 발소리와 함께 혁가장 고수들이 급히 신형을 세웠다.
그들 앞 섭여 장 밖에 고모수가 이끄는 고월산장의 고수들이
날개를 편 독수리와 같은 진형으로 서 있었다.

"다시 보는구려, 혁 노사!"

고모수가 혁후상을 알아보고 말을 건넸다.

"음… 장주가 직접 추격에 나설 줄은 몰랐구려."

혁후상에게도 고모수의 등장은 의외인 모양이었다.

"가문의 일을 다른 사람에게 맡길 수는 없는 일 아니겠소?"

"우릴 어쩔 생각이오?"

혁후상이 두려운 눈빛으로 물었다. 죽음이 코앞에 다가와
있었다. 고모수가 자신들을 죽이기로 결정한다면 살아날 방도
가 없는 상황이다.

"혁 노사에겐 두 가지 길이 있소."

"무엇이오?"

"하나는 이제 그만 검을 내려놓고 고월산장으로 가시는 것
이오."

"항복을 하란 말이구려."

"그렇소."

"다른 하나는 무엇이오?"

"물론, 그럴 일이 없었으면 좋겠지만 이곳에서 생을 마감하
는 것이오. 시간이 길지 않소. 어느 길을 선택하시겠소?"

고모수가 오연한 표정으로 물었다. 고모수의 표정에서 혁후
상이 이 고지식한 고월산장주의 말이 결코 빈말이 아니라는

것을 깨달았다. 혁후상이 잠시 망설였다.

그러나 죽음은 결코 선택할 수 있는 패가 아니다. 간혹 목숨보다 명예를 소중히 여기는 자가 있다고는 하나 그건 아주 극소수의 별종의 인간들에게만 해당되는 일이었다. 혁후상은 그런 별종들과는 거리가 멀었다. 더군다나 그는 혁가장의 사람이 아니던가. 혁가장은 명예보다 실리를 앞세우는 문파. 혁후상은 명예를 위해 이 초원에서 싸늘한 죽음을 선택할 사람이 아니었다.

"좋소. 검을 내려놓겠소."

혁후상이 손에 들었던 검을 초원에 꽂았다. 그러자 그를 따르던 혁가장의 고수들 역시 일제히 검을 버렸다.

'애초에 이길 수 없는 싸움을 시작했군.'

물론 사람 목숨이 무엇보다 중요하다는 것을 누구보다 잘 알고 있는 송추월이었지만 혁가장 고수들이 이렇게 쉽게 항복을 선택할 거라고는 미처 예상치 못한 송추월이었다. 이런 자들이라면 애초에 고월산장과의 싸움에서 이길 수 없었다. 고월산장의 고수들은 명예를 위해 목숨을 버릴 수 있는 별종들이 모여 있는 문파였으니까.

"잘 생각하셨소. 후일 술 한잔 나눌 기회가 있을 거요. 다산!"

"옛, 장주!"

고모수의 부름에 고월산장의 가신 석다산이 앞으로 나섰다.

"혁 노사와 혁가장의 고수 분들을 모시고 고월산장으로 돌아가게."

"알겠습니다, 장주!"

석다산이 고개를 숙여 보였다. 그리고는 재빨리 눈짓을 보내 다섯 명의 고월산장 고수를 추렸다. 석다산의 시선을 받은 고월산장 고수들이 재빨리 움직여 혁후상 등의 검을 회수하고 그들의 혈도를 제압해 공력을 폐쇄했다.

“그럼 산장에서 뵙겠습니다.”

석다산이 고모수를 보며 말했다.

“수고하게. 곧 돌아갈 걸세.”

“무운을 빌겠습니다.”

“가게.”

고모수의 말에 석다산이 다섯 명의 고월산장 고수와 함께 항복한 혁가장의 고수들을 이끌고 온 길을 되짚어 가기 시작했다.

“이제 이렇게 되면 싸움은 거의 끝난 것이군요, 사형.”

멀어지는 석다산과 혁가장 고수들을 보고 있는 고모수 곁으로 황종보가 다가서며 말했다.

“그렇다고 봐야겠지. 이제 삼십 리만 가면 혁가장이니까.”

“결국 그곳에서 끝을 보겠군요.”

“가세. 가서 혁후경을 만나봐야지.”

고모수가 고개를 돌려 서북쪽을 바라봤다. 혁가장이 있는 방향이었다.

第八章
혁가장

화마경

세 개의 산이 동, 서, 북 세 방향을 감싸고 있는 분지. 남쪽으로는 울창한 송림이 펼쳐져 있어 산의 기운이 흘러나가는 것을 막고 있다. 그곳에 거대한 장원 한 채가 자리 잡고 있었다.

장원은 그 담장 둘레만도 수백여 장. 장원 안에는 작은 동산과 개울까지 흐르고 있었다. 분지를 채우고 있는 것은 장원만이 아니었다. 장원 주위로 크고 작은 기와집과 초옥이 늘어서 있었고, 초옥들 밖으로는 만석은 능히 거둘 수 있는 밭이 펼쳐져 있었다.

성곽만 있다면 한 채의 성이라 해도 전혀 이상할 것이 없는 이 위풍당당한 모습의 장원이 혁가장이다.

장백 인근의 요충지라 할 수 있는 통화와 불과 십여 리 남짓

거리에 있는 혁가장은 서압록 최고 명문의 무가라는 세간의 평에 어울리지 않게 오늘 혼란에 빠져 있었다.

서압록을 벗어나 요동무림의 거두를 꿈꿨던 혁가장주 혁후경이 혼강의 대회전에서 패배하고 돌아온 것이 오늘 새벽. 오랜 길, 밤잠을 설치며 돌아온 혁가장의 수뇌들이 미처 휴식을 취하기도 전에 혁가장에 이르는 관도를 지키는 혁가장의 문도들이 득달처럼 달려들어 고월산장 추격대의 출현을 알린 것이 이각 전이었다.

혁가장은 일대 혼란에 빠졌고, 개중 장원 밖에서 소작인으로 살아가는 사람들 일부는 난리를 피해 짐을 싸들고 정든 초가를 떠나기도 했다. 들리는 소문에 의하면 고월산장의 고수들은 정도(正道)를 지켜 불필요한 패악질을 하지 않는다고 하지만 소문을 어찌 믿을 것인가. 검 든 무인이 마음 한번 바꾸면 목숨이 사라지는 곳이 강호. 안전한 곳으로 피하는 것이 상책이라 생각하는 소작인들의 걸음이 바쁘게 움직이고 있었다.

그렇게 피난을 떠난 소작인들이 미처 산으로 들어가기도 전에 남쪽 송림에서 이어진 관도 위에 일단의 사람들이 모습을 드러냈다. 고모수를 위시한 고월산장의 추격대였다.

"왔느냐?"

고모수가 북쪽 길을 통해 송림에 도착한 고무룡을 맞이했다.

"아버님!"

고무룡이 고모수 앞에 고개를 숙였다.

"어찌 되었느냐?"

"한 무리를 주살했으나 한 무리는 놓쳤습니다."

"음… 그렇다면 역시 혁가장주가 이끄는 자들이 장원으로 들어간 모양이군."

"남쪽으로 이동한 자들은 어찌 되었습니까?"

"두 무리 모두 제압했다. 혁후상이 있더구나."

"대어군요. 어찌하셨습니까?"

"순순히 검을 내려놓기에 산장으로 보냈다."

"잘됐군요. 나중에라도 이용할 수 있는 인물이지요."

"좋아, 그럼 이제 끝을 보자."

고모수가 호기롭게 말하고는 일행의 선두에 나서서 천천히 혁가장을 향해 걸음을 옮기기 시작했다.

파파팟!

한순간 혁가장의 정문 앞에 일단의 무사들이 도열했다. 대략 오십여 명의 인원이었는데, 그들 중 일부는 무가의 식솔답지 않게 두려움에 몸을 떨고 있었다.

저벅저벅!

두려움의 침묵에 휘감긴 혁가장의 무사들 사이로 몇 개의 발걸음 소리가 들리더니 혁가장주 혁후경이 모습을 드러냈다. 그의 곁에는 소장주 혁지광과 혁가장의 수뇌들이 서 있었는데, 웬일인지 혁가장을 돕기 위해 모여들었던 외부의 고수들은 눈에 띄지 않았다.

혁후경이 문도들 앞 오 장여 앞으로 나서서 천천히 도열해 있는 문도들을 돌아봤다. 그리고는 침울한 표정으로 중얼거렸다.

"못 믿을 게 사람이라더니 결국 모두들 떠났구나."

"외부에서 온 자들을 믿은 게 잘못이지요. 죽일 놈들! 제 놈들에게 건넨 금자가 얼마인데!"

혁지광이 노기를 흘리며 이를 갈았다.

"어찌 그들 잘못이겠느냐? 본래 강호란 곳은 침몰하는 배에 동승하는 자가 없는 곳이니라."

"침몰이라뇨? 혁가장은 절대 망하지 않습니다!"

혁지광이 여전히 오만에 가득 찬 목소리로 소리쳤다. 그러자 혁후경이 고개를 저으며 달래듯 말했다.

"지광아, 지금부터 내가 하는 말을 잘 듣도록 하거라."

"네, 아버님."

"장부가 큰일을 도모하려면 반드시 시련이 찾아온다. 대업을 성취하고 못하고는 그 시련을 이겨내느냐 아니냐에 달려 있다. 오늘 우리 혁가장은 큰 위험에 처했다. 일이 잘못되면 멸문을 당할 수도 있을 것이다. 이건 냉엄한 현실이다."

"아버님, 어찌 그런 말씀을!"

"아니다. 현실을 냉정하게 인정해라. 혁가장은 더 이상 고월산장을 맞아 싸울 힘이 없다. 대항한다면 필시 멸문의 화를 당하고 말리라."

“아버님……!”

“와신상담이란 말이 있다. 오늘 난 저들의 요구를 모두 들어
줄 것이다. 그리고 후일을 도모하겠다.”

“항복을 하겠다는 말씀이십니까?”

“일이 잘 풀리면 화해 정도로 매듭지어지겠지. 물론 실질적
으로는 항복이나 다름없겠지만.”

“아버님!”

혁지광이 도저히 받아들일 수 없다는 듯 고개를 저었다. 그
가 지금까지 과연 그 누구에게 고개를 숙인 적이 있던가. 그런
혁지광에게 항복이란 있을 수 없는 일이었다.

“항복이 싫다면, 넌 목숨을 내어놓을 수 있겠느냐?”

“그건…….”

혁지광의 눈에 이번엔 두려움이 떠올랐다. 자존심을 굽히는
것은 힘들지만 죽는 것은 그보다 더 두려운 일이다.

“살아난다면 언제든 후일을 도모할 수 있다. 그러니 일시간
의 수모에 연연치 말거라. 한나라의 대장군 한신도 한때는 시
정잡배의 가랑이 밑을 기었느니…….”

“아버님!”

“내 대에 이 수모를 씻지 못한다면 네가 나를 대신해 오늘의
수모를 씻기 바란다. 이제… 넌 뒤로 물러나 있거라.”

“아버님!”

“만약 일이 잘못돼 저들이 우리 혁가장의 뿌리를 뽑으려 한
다면 그 즉시 몸을 피하거라. 너만은 살아서 혁가장의 피를 이

어야 한다. 알겠느냐?"

혁후경의 다부진 당부에 혁지광이 이내 고개를 끄덕였다.

"알겠습니다, 아버님."

"좋다. 그럼 물러나거라."

혁후경의 말에 혁지광이 혁가장 무사들 사이로 물러났다. 그러자 혁후경이 십여 걸음 더 걸어나와 마침 장원 앞에 도착한 고모수를 마주 보고 섰다.

"장주, 혁가장에 오신 것을 환영하오!"

혁후경은 대담했다. 과연 요동의 영웅을 꿈꾸던 자답게 멸문의 위기에 몰려서도 혁후경은 당당했다.

"날 초대한 것은 혁 장주시오."

고모수가 담담하게 응대했다.

"부인하지 않겠소. 이 싸움의 시작이 결국 혁가장으로부터였다는 것은 누구나 아는 사실이니까.. 하지만… 고 장주께서 이렇게까지 날 몰아치실 줄은 몰랐구려."

"혁 장주께서는 혼강에서 한 약속을 지켜야 했소. 그랬다면 나와 고월산장의 형제들이 이곳에 오는 일은 없었을 것이오."

"그러나 패배를 인정하는 것은 쉬운 일이 아니지 않소이까? 더군다나 나와 같은 야심가에게는."

혁후경은 스스로 야심가임을 부인하지 않았다. 그런 면에서 보자면 한편으론 효웅의 면모를 지니고 있기도 한 혁후경이었다.

'그 아들이 아비의 반도 못 따라가겠군.'

  송추월은 혁후경과 고모수의 대화를 들으며 혁가장 무사들 사이에 끼어 있는 혁지광에게 시선을 주었다. 혁지광의 얼굴에는 송추월이 선물한 긴 자상이 아직도 핏기를 머금고 그어져 있었다.

  "이제는 이 싸움을 끝내야 하지 않겠소?"

  고모수의 목소리가 들려왔다.

  "물론, 나도 이쯤에서 끝을 봐야 한다고 생각하고 있소. 그래서 여쭙겠소. 고월산장주께서는 어떻게 이 싸움을 종결짓고 싶으시오?"

  "내 의견에 따르시겠소?"

  "강호의 싸움이란 언제나 승자에 의해 모든 것이 결정되는 법이 아니오."

  "그럼 혁가장이 이 싸움에서 패했다는 걸 인정하시는 거요?"

  "누가 이 지경에서 고집을 부리겠소. 단지, 패배를 어떻게 받아들일 것인가의 문제만이 남아 있을 뿐."

  싸움은 끝났다. 혁후경은 스스로 오 년 전쟁의 패배를 인정했다. 그러나 패배를 인정한다고 해서 모든 일이 끝나는 것은 아니다. 목숨이 살아 있고, 두 문파가 여전히 건재하다. 그렇다면 승자는 패자에게 전쟁에서 진 대가를 받아내야 할 것이다.

  "이 싸움이 혁가장으로부터 시작됐다는 것을 인정하시오."

  "인정하오."

　"오늘까지 고월산장과 혁가장을 통틀어 이 싸움에서 희생된 사람의 숫자가 일백여 명이 넘소. 강호의 일대 대전도 아니고 서압록의 패권을 놓고 벌인 싸움치고는 지나치게 많은 희생이 뒤따른 싸움이었소. 더군다나 그동안 서압록의 중소 문파와 상인들 중 혁가장에 의해 피해를 본 사람도 무척 많소. 난 이 일에 대한 책임을 물을 생각이오."

　고모수의 말에 혁후경이 씁쓸한 미소를 지었다.

　"맞는 말이오. 이제 서압록의 패자는 고월산장이니 장주께서 서압록의 무인들과 상인들을 대신해 혁가장에 책임을 묻는 것은 당연한 일이라고 할 것이오. 일이 이 지경이 되고 보니 참으로 세상일이란 기이하구려. 서압록의 패자가 되겠다고 검을 들어 고월산장을 쳤는데 오히려 그 싸움으로 고월산장이 서압록의 패자가 되다니."

　혁후경의 말에 고모수가 고개를 저었다.

　"고월산장은 서압록의 패자가 될 생각이 없소."

　"아니, 이번 싸움의 승자가 되셨으니 좋으나 싫으나 결국 고월산장은 서압록의 무림을 대표하게 될 것이오. 그리고 고 장주도 서압록 무림의 패자로서의 지위를 거부할 수 없을 것이오. 왜냐하면 이제 요동무림이 하나의 세력으로 모일 것인데 그때 서압록의 무인들이 제대로 대접받으려면 당연히 고월산장이 앞에 나서야 할 것이기 때문이오. 이는 고 장주가 싫다고 해서 하지 않을 수 있는 일이 아니오. 고 장주가 나서지 않는다면 요동무림의 강자들이 서압록을 노릴 것이니 말이오. 요동의 강자들이 나선다면 그 싸움은 우리 혁가장과의 싸움과는 차원이 다른 싸움이 될 것이오. 설마 그런 일이 벌어지는 것을 원하는 것은 아닐 것 아니오?"

혁후경의 말에 고모수의 표정이 어두워졌다. 비록 적이지만 혁후경의 형세 판단은 정확했다. 무림은 결국 강자와 약자로 나뉘게 마련이고 강자는 약자를 지배했다.

요동무림이 하나의 세력으로 모일 때 요동의 강자들은 좀 더 강한 힘을 갖기 위해 세를 불릴 터였다. 그럴 경우 서압록에 패자가 없다면 서압록은 다른 요동 강자들의 좋은 먹잇감이 될 수 있었다.

"그 일은… 나중에 생각해 보도록 합시다. 먼저 우리의 일을 마무리 짓는 것이 우선일 것이오."

고모수가 침착함을 회복하며 말했다.

"좋소. 원하는 바를 말하시오."

혁후경이 제법 대담한 표정으로 말했다.

"내 제안은 이렇소. 혁가장은 향후 십 년 봉문을 선언하시오. 더불어 혁가장의 소장주와 몇 명의 주요 고수들은 고월산장에 머물러야 할 것이오."

순간 혁후경의 얼굴에 살짝 노기가 돌았다. 십 년 봉문 정도야 각오한 일이지만 혁지광을 비롯한 수뇌를 인질로 요구할 거라고는 생각지 못한 혁후경이다.

"봉문까지 하는 마당에 아들까지 인질로 보내야겠소?"

"만사불여튼튼, 혁 장주의 뛰어난 지혜를 두려워하는 못난 사람의 대책이라고 생각해 주시구려.”

“핫하하! 천하의 고월산장주께서 봉문으로 장원에 갇혀 지낼 이 혁후경을 두려워하실 줄은 몰랐구려.”

“강호의 누가 있어 혁 장주를 두려워하지 않겠소이까?”

“역시 승자의 아량은 너그러운 법이구려. 그런데… 정말 내 아들놈을 데리고 가셔야겠소?”

“그것이 이 싸움을 가장 확실하게 종결할 방법이라 생각하오.”

“내가 그 제안에 동의할 것 같소?”

“선택은 언제나처럼 혁 장주 그대의 몫이오.”

고모수의 말은 그 어떤 협박보다도 무서운 말이었다. 선택을 한 자는 책임을 져야 한다. 만약 혁후경이 고모수의 제안을 받아들이지 않는다면 다시 한 번 싸움이 일어날 터이고, 그리되면 오늘 혁가장은 잿더미로 변할 것이다. 당연히 혁가장의 핏줄 또한 후대로 이어지지 못할 터였다.

혁후경의 얼굴에 깊은 그늘이 생겼다. 그는 야심만만한 효웅이었지만 상황 판단이 정확한 인물이기도 했다. 지금으로선 고모수가 제안한 방법을 받아들이는 것 말고 혁가장을 지킬 방도가 없었다. 그러나 그 또한 수많은 아버지들 중 한 명, 비록 말썽 많은 아들이었지만 혁지광을 고월산장에 인질로 보내는 것은 결코 쉬운 일이 아니었다.

혁후경이 고개를 돌렸다. 어쩌면 아들이 그의 결정을 쉽게 해줄지도 모른다는 허황된 기대와 함께.

그러나 혁후경의 기대는 허탈하게 빗나갔다. 그의 아들은 아비의 기대와 달리 평소 그의 품성대로 행동했다. 혁후경의 눈은 아들을 찾지 못했다. 일순 혁후경의 얼굴에 당황한 빛이 드러났다.

"어디로 갔느냐?"

혁후경의 입에서 차가운 질문이 흘러나왔다. 그러자 혁지광 주변에 있던 혁가장의 고수들이 난감한 얼굴로 대답했다.

"좀 전 자리를 뜨셨습니다."

"뭣? 어디로 간다고 하더냐?"

"그건 저희들두 잘……."

순간 이미 노련한 혁후경은 자신의 아들이 어떤 선택을 했는지 깨달았디. 혁지광은 고월산장에 인질로 가는 대신 도주하는 길을 선택했던 것이다.

"놈, 내가 그렇게 신신당부를 했건만……."

혁후경의 입에서 처음으로 아들에 대한 분노가 흘러나왔다. 비록 여러 가지 말썽을 피워온 혁지광이었지만 가문을 위해 스스로의 자존심은 버려줄 것을 기대했던 혁후경이다. 그런데 그의 아들은 가문의 안위보다 자신의 안위를 먼저 생각했던 것이다.

송추월은 처음부터 혁지광의 움직임을 놓치지 않고 있었다. 송추월은 혁지광을 주시하고 있었으므로 그가 고모수의 제안이 나오는 순간부터 불안에 떨다 결국 장내를 빠져나가는 것을 모두 지켜보고 있었다.

"쥐새끼 같은 녀석."

혁지광의 나이가 송추월에 비하면 근 십여 세나 많았지만 송추월의 눈에 혁지광은 철없는 어린애로만 보였다. 그런 놈에게 대호채가 몰살을 당했다는 것이 창피할 만큼.

어쨌든 혁지광의 도주는 혁후경뿐 아니라 고모수에게도 당혹한 일이었다. 도대체가 가문이 존망의 갈림길에 있는데 그런 가문을 팽개치고 도주를 한다는 것은 고모수와 같은 사람에겐 도저히 이해할 수 없는 행동이었다.

"고 장주의 제안은… 휴, 들어드릴 수가 없을 것 같구려."

혁후경이 풀이 죽은 목소리로 말했다. 오늘 혁지광이 보인 행동은 고월산장에게 패한 것보다도 더 혁후경을 낙담하게 만들었다. 아마도 오늘 이후 혁가장은 더 이상 무림의 강자로 남기 어려울 것이다.

그 어떤 무인이 가문을 버리고 도주하는 자를 따를 것인가? 아마도 혁가장의 고수들 중 제대로 정신이 박힌 사람이라면 오늘 이후 혁가장을 떠날 것이다. 그리되면 혁가장은 봉문이 아니더라도 바람이 쉬어가는 빈 문파가 되고 말 터였다.

고모수 역시 혁가장의 역사가 오늘로 끝이 날 것이라는 걸 짐작했다. 그런 결과를 짐작하지 못하는 자는 아마도 오직 하나, 혁지광뿐일 터였다.

"혁 장주의 사정을 이해하오. 하면 십 년 봉문! 그것으로 거래를 마칩시다."

"그래 주시겠소?"

혁후경은 이미 모든 것을 포기한 듯 보였다.

"봉문을 하게 되면 혁가장은 크게 어려워질 것이오. 만약 고월산장의 도움이 필요한 일이 있다면 언제든지 연락을 주시구려."

고모수의 말에 혁후경이 고개를 끄덕였다.

"마음 써주어 고맙소. 물론 봉문으로 인해 일어날 일들을 예상치 못하는 바는 아니오. 그동안 혁가장이 강호에 뿌린 악연의 씨앗들이 있으니 그 씨앗들이 혁가장을 괴롭힐 것이오. 봉문을 하였으니 밖에서 도전해 오는 싸움에 적극적으로 대적할 수도 없을 것이고. 하지만 그래도 장원 안에서야 어찌 지낼 수 있지 않겠소이까?"

"혁가장의 봉문을 장원으로부터 반경 삼십 리까지 허용하겠소. 스스로를 방비하는 데에는 충분할 것이오."

봉문이란 한 문파의 강호 활동을 제약하는 것이다. 본래 한 문파가 봉문에 들면 불가와 선가의 문파들이야 오히려 내실을 다질 기회를 갖게 되지만 혁가장과 같이 세속의 문파들은 거의 멸문에 이르게 된다. 특히 스스로의 선택이 아닌 외부의 힘에 의한 봉문은 그 문파의 무력을 제약하는 일이므로 타인의 공격에 취약하게 마련이다.

그래서 고모수는 혁가장의 활동 반경을 장원으로부터 삼십 리까지 넓혀줌으로써 혁가장에게 최소한 명맥을 유지할 수 있는 근거를 마련해 준 것이다. 가히 생사를 걸고 싸워온 상대에게 베푼 호의치고는 지나치게 관대한 호의였다.

혁후경 역시 그런 고모수의 배려를 진심으로 고마워했다. 비록 그의 아들 혁지광이 달아남으로써 의기소침한 그였으나 고모수의 결정에 의해 가문이 멸문에까지는 이르지 않을 거란 희망이 생겼기 때문이다.

"고 장주의 배려, 진심으로 감사드리오. 훗날이라도 혁가장은 절대 다신 고월산장에 도전하는 일은 없을 것이오."

"앞서 이런 화해의 장을 마련하지 못한 것이 안타까울 뿐이오."

"혹, 며칠 장원에 머물다 가지 않으시겠소?"

혁후경의 진심 어린 초청이었다. 그러나 고모수는 패자의 안방에 앉아 승리의 즐거움을 누릴 사람이 아니었다.

"아니외다. 산장을 비운 지 너무 오래되었소. 돌아가 봐야 할 것 같소이다. 동생 분들은 곧 돌려보내 드리겠소."

"그 또한 고맙소이다."

"오늘은 남쪽 송림에서 유숙하겠소. 내일 다시 봅시다."

고모수의 말에 혁후경이 가볍게 고개를 숙여 보였다.

"송림까지 물러나 숙영지를 구축한다."

고모수의 입에서 명이 떨어졌다. 그러자 고월산장 고수들이 일제히 혁가장 남쪽으로 물러나기 시작했다.

"조금 실망이네요."

혁가장으로부터 멀어지며 서연이 입을 열었다.

"한바탕 살풀이라도 하길 기대했습니까?"

"아뇨. 뭐 그런 것보다는 약간의 전리품을 기대했지요."

"전리품?"

송추월이 서연을 돌아봤다. 물욕(物慾)이 있는 여인인 줄은 몰랐던 송추월이다.

"금은보화를 기대한 것은 아니고, 혁가장 약재방에 있는 약재들을 보고 싶었어요."

그제야 송추월이 고개를 끄덕였다. 서연의 약재에 대한 관심은 특출 난 것이었으므로. 하지만 그렇다고 해도 혁가장은 일반 무가, 서연이 욕심낼 약재가 있을까 하는 생각이 떠올랐다.

"혁가장에 뭐 특별한 약재라도 있답니까?"

"혁가장의 탐욕은 유명했어요. 그 탐욕은 약재에도 미쳐 서압록의 상인들로부터 진귀한 약재를 많이 거둬들였다고 해요. 그러나 뭐, 그 약재들을 제대로 썼을 거라곤 생각지 않아요. 귀한 약재일수록 다루기 어려운 법이거든요. 그러니 혁가장의 약재방에는 쓰지 못한 귀한 약재들이 쌓여 있을 거예요."

"그렇군요. 그럼 고 장주께 한번 부탁을 해보시든지요."

송추월의 말에 서연이 미소를 지으며 고개를 저었다.

"고 장주님이 어떤 사람인지 아시잖아요. 자신들을 도발해 위기에 몰아넣었던 혁가장의 생존을 걱정해 주시는 분이에요. 그런 분께 상대의 약재방을 뒤지게 해달라고 부탁할 수는 없지요. 아마 들어주시지도 않을 거예요."

"하긴 그렇군요."

송추월과 서연이 이런저런 이야기를 나누는 사이 고월산장의 고수들은 혁가장 남쪽 송림까지 물러났다.

하룻밤이 지나고 아침이 밝자 고월산장의 고수들이 송림 사이에서 깨어났다. 적을 치러 송림을 통과할 때는 느끼지 못했던 아름다운 송림의 정취는 고월산장 고수들을 오랫동안의 긴장에서 풀려나게 만들었다.

두두두!

그런데 고월산장의 고수들이 막 잠에서 깨어났을 무렵, 송림을 향해 아침 햇살을 뚫고 다섯 대의 마차가 혁가장으로부터 질주해 왔다. 싸움이 끝났다고는 하지만 갑자기 아침부터 모습을 드러낸 혁가장의 마차에 고월산장의 고수들이 긴장한 눈으로 다가오는 마차를 바라봤다. 개중에는 검의 손잡이를 잡아가는 사람도 있었다.

"장주님을 뵙고 싶소."

마차 위에서 고월산장주 고모수를 찾는 사람은 혁후종이었다.

"무슨 일이오, 혁 노사?"

갑작스런 마차의 출현에 경계를 하며 숙영지 앞으로 나왔던 고월산장의 가신 석다산이 물었다.

"가주께서 싸움이 끝난 기념으로 오랜 외지 생활에 지친 고월산장의 고수 분들께 따뜻한 밥과 국을 대접하라 하셨기에 가지고 왔소이다.”

“아, 그렇소이까?”

석다산이 고개를 끄덕였다. 확실히 이번에 고모수는 혁가장의 사정을 많이 살펴줬다고 할 수 있었다. 그러니 혁후경이 그에 대한 답례를 하는 것이 놀랄 일은 아니었다.

석다산이 그렇게 혁후종을 맞는 사이 어느새 자신의 거처를 나선 고모수가 혁후종 앞으로 다가왔다.

“혁 장주께서 음식을 보내왔다 했소이까?”

고모수가 나서자 혁후종이 마차에서 내려 공손하게 포권을 해 보인 후 말했다.

“장주, 형님께서는 이번에 고 장주님께서 혁가장의 사정을 살펴주신 데 깊은 감사를 드린다고 했습니다. 의당 장원을 벗어나 송별의 인사를 해야 하나 심신의 피로가 깊어 지난밤 몸져누우셨기에 제가 대신 왔습니다.”

“음… 혁 장주께서 많이 편찮으시오?”

“아무래도 긴 싸움이 끝난 여파가 적지 않으신 모양입니다.”

“알겠소이다. 돌아가시어 음식 고맙다고 전해주시구려. 또한 몸조리 잘하길 바란다는 말도 전해주시오.”

“알겠습니다.”

혁후종이 가볍게 고개를 숙여 보였다.

“우린 오늘 오전 중으로 회군할 것이오. 부디 혁가장의 강녕을 빌겠소.”

“가문의 명맥만 유지할 수 있다면 다행이지요.”

“비록 봉문의 상황은 고통스러운 것이나 그 고통을 이겨내면 혁가장은 더 강한 문파가 되지 않겠소이까?”

“최선을 다해보지요.”

대답은 그렇게 했지만 혁후종의 표정엔 자신감이 없어 보였다.

“그럼 돌아가 보시도록 하시오.”

“알겠습니다. 마차는 놓아두고 가겠습니다. 혹 부상자라도 있으면 회군하실 때 편히 쓰시기 바랍니다.”

“고맙소이다.”

고모수가 가볍게 고개를 끄덕였다. 그러자 혁후종이 정중하게 포권을 해 보인 후 그와 함께 온 혁가장 무사들과 함께 빠른 걸음으로 송림을 떠났다.

그날 아침 고월산장 고수들은 혁가장에서 준비한 음식으로 배불리 배를 채웠다. 싸움은 끝났고 한 끼 식사지만 전리품과 같은 아침 대접으로 고월산장 고수들의 사기는 드높았다.

고모수는 전쟁의 승리로 피로를 잊은 고월산장 고수들을 이끌고 정오가 되기 전에 송림을 떠났다. 그런데 송림을 떠나는 고월산장 고수들을 혁가장의 뒤편에 솟아 있는 세 개의 산봉우리 중 한곳에서 지켜보고 있는 사람들이 있었다.

청색의 무복을 말끔하게 차려 입은 사내들, 노소를 가릴 것 없이 강렬한 안광을 지닌 사내들은 송림을 벗어나 동쪽으로 물러가고 있는 고월산장의 고수들에게서 눈길을 떼지 않고 있었다.

"서압록의 주인이 결정된 것인가?"

사내들 중 가장 나이가 많아 보이는 노고수가 입을 열었다.

"역시 예상대로 고월산장이 승리했군요."

다른 노고수 한 명이 대꾸했다.

"흠, 난 사실 한 달 전만 해도 혁가장이 승리할 거라 생각했는데… 아우의 판단은 역시 정확하군. 그때도 아우는 고월산장이 승리할 거라 말했었지."

"고월산장은 저력이 있지요. 강호사를 돌아보면 싸움의 초기에 불같이 일어난 세력들도 그 뿌리가 약하면 결국 패배의 쓴잔을 마시는 경우가 대부분이었지요. 해서 전 뿌리가 깊은 고월산장의 승리를 예상했던 겁니다. 혁가장이 승리를 하려 했다면 녹산을 포위했을 때 고월산장에 시간을 주지 말고 밀어붙여야 했지요. 고월산장이 외부의 고수들을 끌어들일 시간을 주지 말았어야 했단 말이지요. 하지만… 뭐, 당시 시간을 주지 않고 승부를 결하려 했다고 해도 승부는 쉽지 않았겠지만 말입니다."

"어쨌든 이 싸움이 고월산장의 승리로 끝났으니 요동무림에는 어떤 영향을 미칠까?"

"일단은 고모수를 만나봐야겠지요."

"그래야겠지?"

"가주님의 친서도 미리 두 장을 준비해 두었습니다."

“좋아, 아우가 하는 일은 언제나 빈틈이 없지. 그런데…….”

“말씀하십시오.”

“혁가장은 이대로 버리는 것인가?”

“지난밤 이미 수십 명의 고수가 혁가장을 빠져나갔습니다. 그러니 결국엔 혁 씨 성을 지닌 사람만 남게 될 겁니다. 봉문이 아니라 멸문의 수준에 이르렀다고 할 수 있지요.”

“맞아. 그건 나도 알고 있네. 하지만 가끔은 그렇게 몰락한 사람들 중에서 쓸 만한 사냥개를 찾을 수 있는 법이거든.”

“손을 대시겠습니까?”

“은밀히 사람을 넣어봐. 어차피 봉문을 풀 수 없을 것이니 타인의 도움이 필요할 거야. 그 도망간 놈에 대해서도 알아보고.”

“혁지광 말씀입니까?”

“그래.”

“그런 자를 어디 쓰겠습니까?”

“아우는 무척 현명하면서도 이럴 때는 세상 이치를 잘 모르는군.”

“무슨 말씀이신지……?”

“본래 한 번 쓰고 버릴 칼은 가치없는 쇠로 만든 게 좋은 법일세.”

“아, 그렇군요.”

노인의 얼굴에 미소가 번졌다.

　　　　*　　　　　*　　　　　*

　고월산장의 고수들이 혼강을 넘어 녹산으로 회군하는 데 걸린 시간은 대략 보름 정도였다. 물론 그보다 빨리 돌아올 수도 있었지만 승리한 자들의 발걸음이라 느릴 수밖에 없었다.

　더군다나 돌아오는 도중 곳곳에서 고월산장주 고모수와 안면을 익히려는 자들이 길을 막아 회군은 더욱더 늦어졌다. 자의든 타의든 서압록의 패자로 등극한 고월산장의 영향력은 이제 서압록에선 절대직이리고 할 수 있었다.

　송추월은 녹산으로 돌아오면서 권력이 가지는 속성을 여실히 느끼고 있었다. 고월산장이 녹산에 몰렸을 때는 혁가장에 몰려갔던 자들이 이젠 고월산장 고수들의 앞길에 꽃을 뿌려대고 있었다.

　혁가장에서 내어준 다섯 대의 마차는 애초 부상자들을 태울 예정이었지만 고월산장이 녹산에 도착했을 때는 부상자가 아니라 승리를 축하하는 예물로 가득 차 있었다.

　오래전부터 재물에 소탈한 면을 보였던 고모수가 극구 사양했음에 불구하고 모인 재물이 다섯 대의 마차로 하나 가득했으니 만약 고모수가 마음먹고 재물을 얻어내고자 했으면 귀한 물건들로 고월산장을 가득 채우고도 남았을 것이 분명했다.

　“역시 도적질을 하려면 대처에서 하는 것이 낫겠군.”

　길게 이어진 행렬의 머리가 고월산장의 정문에 막 들어서려하고 있었다. 송추월은 행렬의 가장 뒤에서 재물이 가득 실린 마차를 보며 중얼거렸다.

"무슨 말이에요?"

서연이 물었다. 그러자 송추월이 목소리를 낮추며 말했다.

"내가 산적질을 했던 건 알지요?"

"물론 알고 있죠."

서연이 웃음을 흘리며 대답했다.

"그 산적질을 할 때는 고생고생해서 한 건 성사를 시켜도 살 몇 섬 얻는 것이 전부였지요. 그런데 오늘 고월산장에 모여든 재물을 보세요. 단지 혁가장과의 싸움에서 이겼을 뿐인데 마차 다섯 대가 모자랄 만큼 귀한 재물이 모이지 않았습니까? 사실 강호의 문파들이 상인들에게 재물을 받는 일도 일종의 도적질이나 마찬가진데 그렇게 보면 역시 도적질도 큰물에서 하는 게 이문이 많이 남는다는 말이지요."

"호호, 이제 송 소협도 권력의 맛을 알기 시작하시나 보네요."

"권력이요?"

"그렇죠. 강호에선 강한 게 곧 권력이죠. 그 권력을 잡으면 재물은 당연히 따라오고요. 그래서 강호의 문파들이 그렇게 권력에 목을 매는 것 아니겠어요?"

"흠, 그렇군요. 그런 면에서 보자면 부루 그 녀석 말이 맞을지도 모르겠군."

"누구요?"

"아, 그런 놈이 있어요. 부루라고, 똑똑한 녀석인데 강호의 권력에 욕심이 많지요."

"그런 친구도 있었나요?"

"그런 녀석이 있었지요. 지금은 어디서 뭘 하고 있는지……."

말을 하다 보니 불쑥 대호채의 친구들이 보고 싶어지는 송
추월이었다.

고월산장으로 돌아온 송추월은 이틀 동안 늘어지게 잠을 잤
다. 물론 그건 송추월만의 일은 아니었다. 혁가장과의 싸움에
출행했던 고수들은 대부분 산장에 복귀한 이후 이틀 동안 편
안한 휴식을 취했다. 아무리 승리한 싸움이라 해도 혁가장까
지의 원정은 결코 편하시 않은 길이었다.

심신의 고단함을 그렇게 게으른 잠으로 풀고 있던 송추월을
고무룡이 찾아온 것은 이틀 뒤 정오 무렵이었다. 아침이 아니
라 정오에 찾아온 것은 어쩌면 송추월의 늦은 잠을 방해하지
않으려는 고무룡의 배려였는지도 몰랐다.

"편히 쉬고 있었는가?"

고무룡이 송추월의 숙소 문밖에서 송추월을 보며 물었다.

"들어오시지요?"

문밖에 서 있는 고무룡을 보며 송추월이 안으로 들어오기를
권했다. 그러나 고무룡은 고개를 저었다.

"방 안에 처박혀 있기엔 날이 너무 좋네."

"그런가요? 이틀 동안 방 안에 처박혀 있다 보니 바깥 사정
은 잘 몰랐군요. 그럼 바람이나 쐴까요?"

"그러겠나?"

송추월이 훌쩍 자리에서 일어났다. 그리고는 벽에 걸린 검을 잡아 들고는 방문을 벗어났다.

송추월과 고무룡은 고월산장 동쪽의 오두막들 사이를 걷고 있었다. 과거 고소요가 자신의 출생의 비밀을 알게 되었던 바로 그 장소였다.

"이곳이 어떤 곳인지 알고 있나?"

"예전에 고 소저에게 들었습니다."

"그렇군."

고무룡이 고개를 끄덕였다.

"고 소저는 좀 어떻습니까?"

그러고 보니 고월산장으로 돌아온 후 통 얼굴을 보지 못한 고소요다.

"뭐, 여전하네. 자기 방에 틀어박혀 밖으로 나오지 않고 있지."

"큰일이군요. 좀 나아진 줄 알았는데……."

"사실 별로 크게 걱정하지는 않는다네. 강한 아이니까 잘 견뎌낼 거야."

"물론 그렇겠지요."

하지만 송추월은 알고 있었다, 강한 것이 어떤 경우에는 오히려 쉽게 부러질 수 있다는 것을. 그리고 송추월의 눈에 보인 고소요는 여전히 위태로워 보였다.

“사실은 자네의 일을 묻고 싶어 찾아왔네.”

“제 일이라뇨?”

“혁가장과의 싸움이 끝났으니 고월산장을 돕기 위해 왔던 고수들은 이제 산장을 떠날 걸세. 자넨 어찌할 생각인가?”

그러자 문득 송추월은 자신이 고월산장의 사람이 아니라는 것을 깨달았다. 오랫동안 함께 싸워와서 어느새 자신이 마치 고월산장의 사람인 것 같은 느낌을 가지고 있었는데 고무룡의 말을 듣고 자신이 이들과는 다른 사람이라는 것을 새삼스레 떠올린 송추월이었다.

‘그러고 보니 나도 갈 데를 정해야 할 때군.’

송추월은 잠시 생각에 잠긴 채 신길을 걸었다. 고무룡은 대답이 늦는 송추월에게 답을 재촉하지 않았다.

“아직은 딱히 정한 일이 없습니다.”

송추월이 뒤늦게 대답했다.

“그러신가? 하긴 어디 얽매인 사람이 아니니.”

“원래 생각대로라면 장성 너머 남쪽을 한번 돌아볼까 생각 중이었습니다. 혼강에서 고 대협을 만나기 전에는 말이죠.”

“음, 늦었지만 그 길을 갈 수도 있다는 말이군.”

“그렇지요. 특별한 일이 없다면 아마도…….”

“혹 산장에 머물 생각은 없으신가?”

고무룡이 의외의 제안을 했다.

“고월산장에 말입니까?”

“그렇다네.”

“후후, 오 년 전과 같은 제안을 하시네요.”

오 년 전 대호산에서 고무룡은 송추월과 곽풍산에게 자신을 따라 고월산장에 가지 않겠냐는 제안을 했었다. 물론 당시 송추월과 곽풍산은 고무룡의 제안을 거절했었다.

“대답은 같나?”

“달라질 것이 없지요.”

“남의집살이는 하지 않겠다?”

“그렇습니다.”

“우리… 꽤 친한 건 맞지?”

“그럼요. 함께 적을 맞아 싸운 사이인 걸요.”

“하하하, 그렇지. 그래. 사실 나도 자네가 고월산장에 머물러 줄 거라곤 기대하지 않았네. 그래도 내가 자네에게 말을 꺼내본 것은 아버님께서 자넬 몹시 탐내고 계시기 때문일세.”

“장주님께서요?”

송추월이 놀란 눈으로 물었다.

“그렇다네. 사실 밖으로 잘 드러나지는 않았지만 눈 밝은 사람들은 자네의 무공이 이번 싸움에 참여했던 그 누구보다도 뛰어나다는 것을 알고 있지.”

“대협에 비하면 조족지혈이지요.”

“아니. 나 또한 자네의 무공을 볼 때마다 감탄했다네. 사실 자네와 맞붙으면 내가 이길 수 없을지도 모른다는 생각을 종종 하기도 했지.”

“하하, 농담도 잘하시는군요.”

"농담이 아닐세. 자네의 무공은… 음, 뭐랄까. 보통의 무공으로는 상대하기 어려운 면이 있어. 공력도 대단하고… 더군다나 기세 또한 무섭지. 싸움이 시작되면 말이야."

고무룡의 말에 송추월이 흠칫했다.

'이 사람이 정말 고수는 고수구나. 내가 싸움이 흉험해지면 마기를 일으킨다는 사실을 눈치채고 있었다니… 앞으로 조심해야겠어.'

송추월이 내심 걱정하는 사이 고무룡이 계속해서 입을 열었다.

"자네의 그 놀라운 무공은 나이를 무색케 하는 것이라고 아버님께서 말씀하셨네. 그리고 두 가지 이유에서 자넬 고월산장에 붙들어두었으면 한다고 하셨지."

"이유가 두 가지씩이나 됩니까?"

"그렇다네."

"그 이유가 뭐지요?"

"하나는 물론 자네의 그 뛰어난 무공이 필요하기 때문일세. 이제 곧 요동무림은 대통합을 시도할 걸세. 그때는 정말 강자존의 법칙이 요동무림을 휩쓸 걸세. 그때를 대비한다면 한 명의 고수라도 붙들어두어야 할 때지. 더군다나 이제 고월산장은 서압록의 문파들을 대표하고 있으니까 말일세."

"두 번째 이유는 뭡니까?"

"음… 이건 오해하지 말고 듣게."

"말씀하십시오."

“아버님께서는 자네가 아직 어리다고 생각하고 계시네.”

“뭐, 어린 것 맞지요.”

“그런데 자넨 자네의 나이에 비해 너무 강한 힘을 가지고 있지. 아버님께서는 자네가 그 힘을 가지고 강호에 나가 혹여라도 불행한 길로 들어서지 않을까 그걸 걱정하셨네.”

‘내가 노출한 마기를 걱정하고 있는 거군. 하지만 그건 고월산장주께서 걱정하실 문제는 아니지. 이건 마효 그 늙은이만이 해결할 수 있는 문제니까.’

“무슨 말인지 잘 알겠습니다. 하지만⋯⋯.”

“역시 떠나겠지?”

“아무래도⋯⋯.”

“알겠네. 굳이 붙잡지는 않겠네. 자네를 아니까. 하지만 언제라도 오시게. 고월산장은 언제나 자넬 환영할 걸세.”

第九章
불청객들

화마경

"아가씨가 사라졌습니다."

고월산장을 아우르고 있는 산을 한 바퀴 돌고 내려왔을 때 고월산장의 무사가 달려와 급히 소식을 전했다.

"뭐라고?"

고무룡이 언뜻 무사의 말을 이해하지 못하고 되물었다.

"소요 아가씨가 없어졌습니다."

"그게 무슨 말이냐? 소요가 없어지다니. 어제까지 자신의 처소에서 한 발짝도 움직이지 않던 아이가?"

"그러게 말입니다. 그래서 아가씨를 모시던 사람들도 아가 씨께서 다른 곳으로 떠날 거란 생각은 전혀 하지 못하고 있었 습니다. 그런데 아침에 일어나 보니……."

“다른 사람이 침입한 흔적은?”

“그런 것은 찾지 못했습니다. 가주님의 당부로 처소 주변을 단단히 지키고 있었기에 외부의 침입은 불가능했을 겁니다.”

“그렇다면 제 발로 나갔다는 말이냐?”

“아마도…….”

순간 고무룡이 손을 들어 이마를 짚었다. 그동안 그녀가 정신적 충격에서 어느 정도 회복되어 있을 거란 기대가 한순간에 무너져 내리는 상황이었다.

“음… 도대체 어디로 갔단 말인가?”

고무룡이 나직하게 중얼거렸다. 그리고는 고개를 돌려 송추월을 보며 말했다.

“미안하네. 먼저 가봐야겠네.”

“그러십시오. 그리고 너무 걱정 마십시오. 어딜 가든 스스로를 지킬 수 있는 분입니다.”

“나도 그러길 바라네.”

고무룡이 무거운 표정으로 대답을 하고는 이내 몸을 날렸다.

“그예 집을 나갔단 말이지? 하긴 이곳에서 지내는 것도 답답하긴 했을 거야. 하지만 그렇다고 아이처럼 집을 나가다니… 쯧, 다 큰 처녀가 말이야.”

송추월이 고개를 저으며 자신의 숙소로 향했다.

그날 하루 동안 고월산장은 벌집 건드린 것처럼 소란스러웠다. 특히 고월산장의 고 씨 혈통들은 분주하게 산장 주변을 오 갔다. 그러나 그 어디서에도 고소요는 발견되지 않았다. 그건 곧 고소요가 아예 녹산을 떠났다는 의미다.

그렇게 하루가 지나고 다시 아침이 찾아왔을 때, 양산종의 고수 중 한 명인 자후, 그러니까 고소요의 친모가 급히 고월산 장을 떠났다. 그녀가 고월산장을 떠난 이유는 분명했다. 스스 로 자신의 딸을 찾아 강호로 나간 것이다.

그리고 다시 고무룡을 포함한 몇 명의 고월산장 고수들이 강호로 나갈 준비를 했다. 자후야 혼자 몸이니 훌쩍 떠나면 그 만이지만 고무룡이 강호로 나가는 일은 간단한 일이 아니었 다. 비록 혁가장과의 싸움은 끝났지만 그 뒷마무리로 해야 할 일이 적지 않았다. 그리고 그 일에는 고월산장주 고모수보다 고무룡을 필요로 하는 일이 더 많았다. 해서 고무룡이 고소요 를 찾아 고월산장을 떠나기에는 그리 녹록한 상황이 아니었 다.

그러나 고무룡은 고소요를 찾아 강호로 나가기로 결정했고, 고모수 역시 고무룡의 출도를 승낙했다. 고소요를 설득해 고 월산장으로 데리고 올 사람은 고무룡밖에 없다고 판단했기 때 문이다.

어쨌든 출도를 결정한 고무룡이 할 일은 산처럼 많았다. 외 부에서 고월산장을 돕기 위해 달려온 고수들에게 인사도 해야 하고, 또 향후 고월산장의 행보에 대해서도 고월산장의 수뇌 부들과 이야기를 나누어야 했다.

그런 일들을 처리하는 데 또 이틀이 지났다. 그만큼 고무룡과 고소요의 거리는 멀어졌을 터이다. 그렇게 바쁜 이틀이 지난 후 드디어 고무룡이 고월산장을 떠날 준비를 마쳤다.

송추월은 이른 아침부터 간단하게 행장을 꾸렸다. 어차피 오래 있을 고월산장이 아닌 이상 오늘 고무룡과 함께 녹산을 벗어나기로 결정했던 것이다.

물론 강호에 나가면 고무룡과 다른 길을 가야 할 테지만 떠나는 길을 함께할 수는 있었다.

"엇차!"

송추월이 행장을 둘러메고 처소를 벗어났다. 어느새 해가 나무 그림자를 줄이고 있었다. 정문 쪽으로 이동한 송추월의 눈에 다섯 필의 말이 보였다. 고무룡과 그의 두 호위, 이각과 우태가 타고 갈 말이었다. 물론 그중 한 필은 송추월을 위해 준비해 둔 것일 테고 다른 한 필은 짐을 실을 말일 터였다.

짐을 실을 말에는 이미 강호행에 필요한 짐들이 실려 있었다. 중원이라면 모를까 요동은 마을과 마을, 성읍과 성읍 간의 거리가 멀어 언제든 노숙할 준비를 해야 하는 곳이다.

그런데 송추월이 말들이 서 있는 곳에 다가갔을 때 고월산장의 무사 한 명이 다시 두 필의 말을 끌고 나왔다.

"누가 더 가나?"

송추월이 고개를 갸웃하며 중얼거리는데 등 뒤에서 익숙한 목소리가 들렸다.

“함께 가려고요.”

서연이었다.

송추월이 고개를 돌리자 서연과 산동악가의 고수 악전이 어깨를 나란히 하고 송추월을 향해 걸어왔다.

“두 분도 떠나시렵니까?”

“언제까지 고월산장에 머물 수는 없잖아요?”

서연이 말했다.

“어디로 가십니까?”

“발길 닿는 대로 가야죠. 그나저나 송 소협은 어디로 가실 건가요?”

“저 역시 발길 닿는 대로.”

대답을 하면서 송추월이 악전을 바라봤다. 그러자 악전이 빙그레 웃으며 말했다.

“난 장성을 넘어야 할 것 같소.”

“하면 본가로 돌아가시겠군요.”

“뭐, 한 번은 들러야지요. 못 간 지 삼 년쯤 되었으니. 그런데 혹 갈 곳을 정하지 않았다면 나와 함께 장성을 넘지 않겠소?”

“글쎄요.”

“한번 생각해 보시구려. 요동에서 살아오셨다면 장성을 넘어보는 것도 좋은 경험이 될 것이오. 가능하다면 송 소협을 산동악가에 초대하고 싶기도 하고.”

“전 안 되나요?”

서연이 도발적으로 물었다.

"아, 물론 서 소저도 함께 가신다면 저야 환영이지요."

"흠, 옆구리 찔러 절 받기네."

서연이 입을 쑥 내밀고는 훌쩍 걸음을 옮겨 말들이 서 있는 곳으로 향했다. 송추월과 악전은 그런 서연을 보며 웃음을 교환한 후 서연의 뒤를 따랐다.

송추월 등이 자신들이 타고 갈 말을 살피며 일각 정도 시간을 보내자 고무룡이 이각과 우태, 그리고 고모수를 포함한 고월산장의 고수들과 함께 모습을 드러냈다.

"꼭 데리고 돌아오거라."

고모수가 말고삐를 잡는 고무룡에게 당부했다.

"걱정 마십시오. 오래 걸리지 않을 겁니다."

"무룡 너만 믿겠다."

고모수 곁에 있던 고흘수가 고무룡의 어깨를 두드리며 말했다.

"숙부님도 너무 걱정하지 마십시오. 소요는 강한 아입니다."

"그래, 강한 아이지. 하지만 그래서 더 걱정이다. 떠나거라."

"그럼 다녀오겠습니다."

고무룡이 고모수와 고흘수에게 고개를 숙여 보이자 고모수가 고개를 끄덕이더니 이내 송추월 등에게로 다가왔다.

"세 사람도 오늘 떠나신다고?"

"그렇게 되었습니다."

악전이 대답했다.

"그동안 고마웠네."

"무슨 말씀을. 오히려 많은 것을 배우고 갑니다."

악전의 말에 고모수가 담담한 미소로 응답했다. 그리고는 고개를 돌려 송추월을 바라봤다.

"무룡에게 들었네. 떠나기로 했다고."

"예."

"그동안 고마웠네. 그리고… 언제나 침착하시게."

"알겠습니다."

아마도 고모수는 송추월의 기운이 계속 걱정스런 모양이었다. 고모수가 송추월을 한 번 바라보고는 이번엔 서연에게로 다가갔다.

"가신다고?"

"네, 사백님."

"좋아, 갈 때가 되면 가야지. 사부님을 뵙게 되면 한번 들러주십사 전해주게."

"알았어요. 하지만 스승님은 저도 언제 볼지 모르는 걸요. 어쩌면 고월산장에 먼저 들를지도 모르겠어요."

"하하, 그렇군. 그 양반은 그런 분이지. 자, 그럼 모두 출발들 하시게. 이별을 짧을수록 좋은 법이니."

고모수의 말에 송추월 등이 말에 올랐다. 갑자기 무게를 느

끈 말들이 투레질을 해댔다. 송추월이 고삐를 당겨 말을 진정
시켰다.

"갑시다."

고무룡의 목소리가 귀에 들렸다. 송추월이 말머리를 정문
쪽으로 돌렸다. 그런데 그때 갑자기 정문 쪽에서 경비를 서던
무사 하나가 급하게 안으로 뛰어들어 왔다. 떠나려던 사람들
이 급히 말고삐를 당겨 말을 세웠다.

"무슨 일이냐?"

경비무사가 달려오자 고흘수가 앞으로 나서며 물었다.

"손님들이 왔습니다."

"손님이 드는 일이야 하루 이틀 일도 아닌데 웬 부산이냐?"

"그것이… 보통 사람들이 아닙니다."

"보통 사람들이 아니라고? 어떤 자들이냐?"

"모용세가의 사람들입니다."

"응?"

순간 고흘수를 포함한 사람들의 표정이 변했다. 그도 그럴
것이, 지금 이때에 모용세가의 등장은 너무 뜻밖이었기 때문
이다.

"몇이나 왔더냐?"

"모두 다섯이었습니다."

"다섯이라……. 형님, 어찌할까요?"

고흘수가 고모수를 돌아봤다. 그러자 고모수가 침착한 표정
으로 대답했다.

"때가 되면 그들이 접촉해 올 거라 생각했다. 그런데 조금 빠르군. 어쨌든 모용세가의 고수들을 기다리게 할 수는 없다. 무룡."

"예, 아버님!"

"출발을 늦춰야겠다."

"알겠습니다."

고무룡이 당연한 일이라는 듯 대답하고는 말에서 내렸다. 그리고는 송추월 등을 보며 말했다.

"아무래도 난 다른 날 길을 떠나야 할 것 같소이다."

"허, 아쉽군요. 고 대협과 조금이라도 같이 동행하고 싶었는데."

악전이 진심으로 아쉬운 빛을 드러내며 말했다.

"저 또한 악 대협과 며칠 동행하기를 원했는데 아쉽군요."

"뭐 어쩔 수 없지요. 모용세가라면… 이 악전이 양보하는 수밖에."

악전이 두 손을 들어 올리며 말했다. 그러자 고무룡이 송추월 곁으로 다가서며 다른 사람의 귀에 들리지 않게 작은 목소리로 말했다.

"부탁이 있네."

"무슨……?"

송추월이 뜬금없는 고무룡의 말에 의아한 표정으로 물었다.

"소요 그 아이를 찾아봐 주게. 어쩌면… 난 한동안 녹산을 벗어나기 힘들지도 모르네."

모용세가 고수들이 어떤 생각으로 고월산장을 찾은 것인지 알 수 없는 상황이었다. 당연히 고무룡이 고소요를 찾아 길을 떠나는 날을 예측할 수 없었다.

"하지만 어디서……?"

이 넓은 천지에 어디서 고소요를 찾을 수 있단 말인가? 송추월이 난감한 표정으로 말을 흐리자 고모수가 재빨리 입을 열었다.

"일단 소주 인근 춘봉산이라는 곳으로 가보게. 그곳에 설죽암이라는 비구니들이 사는 암자가 있는데 그곳에 가면 소요의 소식을 들을 수 있을지 모르네. 만약 그곳에서도 소요의 소식을 듣지 못한다면 그때는 운에 맡길 수밖에."

"어떤 곳입니까?"

"설죽암의 스님들 중 묘심이란 법호를 쓰시는 분이 계신데 소요가 한동안 그분께 가르침을 받았었네. 물론 산장에서의 일이지. 소요는 항상 그분이 살고 계신 설죽암에 가보고 싶어했네."

"알겠습니다. 그럼 한번 가보지요."

"부탁하네."

"운이 좋기를 바라야죠."

송추월이 고개를 끄덕였다.

송추월과 악전, 그리고 서연이 말을 몰아 고월산장의 정문을 벗어날 때 고모수 등 고월산장의 고수들은 다섯 명의 청색

무복을 입은 고수들을 맞이했다.

"저들이 모용세가의 사람들인가 보군요."

서연이 고모수 등에게 극진한 대접을 받는 사람들을 보며 말했다. 다섯 명의 모용세가 고수 중 세 명은 노년에 들어 있었고 둘은 사오십대의 장년으로 보였다. 그들은 모두 도도한 기도를 흘리며 고월산장 고수들의 환대를 담담하게 받아들이고 있었다.

"거참 거만하네."

악전이 모용세가 고수들의 태도가 마음에 들지 않는 듯 퉤하고 침을 뱉으며 말했다.

"모용세가라면 거만할 만하지요."

서연이 응대했다.

"홍, 모용세가 모용세가 하지만 기실 강호에서 모용세가의 고수들은 영웅 축에 못 듭니다."

"그런가요?"

"모용세가 고수들은 심기가 고약한 편이지요. 그래서 강호의 사람들이 멀리하는 측면이 있어요. 그들이 요동의 우두머리가 되지 못한 것은 바로 그런 그들의 소인배적인 심성 때문이지요."

"그렇군요. 그럼 강호에서 대인배적인 심성을 지닌 문파는 어딘가요? 혹시 산동악가?"

"크핫하! 이제 보니 날 놀리고 있었구려."

악전이 호탕한 웃음을 터뜨렸다.

“아뇨. 예전부터 산동악가의 호방함은 유명하니까요.”

“에휴, 그것도 다 옛말입니다.”

“지금은 아니라는 말인가요?”

“사패가 강호에 정립한 이후 산동악가는 천추성에 속했지요.”

“그야 모두 알고 있는 일이고요.”

“그런데 천추맹에 들고 나니 필요한 것은 호방한 의기가 아니라 여우같은 독심이더란 말입니다.”

“이제 알겠어요. 천추성 내의 주도권 싸움이 그만큼 치열하다는 말이지요?”

“맞습니다. 그래서 우리 산동악가도 호방한 영웅보다는 머리 좋은 효웅이 대접받고 있지요.”

“아하, 그래서 악 대협께서 가문을 떠나 유랑 중이시군요?”

“쩝, 뭐, 그런 면이 없다고는 말할 수 없지요.”

악전이 입맛을 다시며 대답했다. 송추월은 서연과 악전의 대화를 들으며 천천히 말을 몰았다. 어느새 모용세가 고수들은 장원 안으로 사라지고 없었다. 고월산장 사람들의 관심도 떠나는 사람들보다는 장원에 찾아든 모용세가의 고수들이게 쏠려 있었다. 그러니 송추월 등은 생각보다 쓸쓸한 이별을 하고 있었다.

하지만 그것이 나쁜 것은 아니었다. 오히려 고월산장을 홀가분하게 떠날 수 있다는 면에서는 좋은 점도 있었다.

이각 후 송추월 등의 시야에서 고월산장이 사라졌고, 반나

절 뒤 일행은 녹산의 경계를 벗어났다.

*　　　　*　　　　*

　"소주까지 같이 갑시다."
　심양으로 이어지는 관도와 마주쳤을 때 잠시 생각에 잠겼던
악전이 말했다.
　"장성을 넘으려면 심양으로 가야 하는 것 아닌가요?"
　서연의 의아한 표정으로 물었다.
　"요동 벌판을 가로질러 가느니 남쪽으로 내려가 소주의 대
련에서 배를 타는 것이 더 빠르지요."
　"그런가요?"
　"산동까지 이어지는 배편이 제법 있을 겁니다."
　"그렇군요. 그게 낫겠군요."
　서연이 고개를 끄덕였다. 송추월은 아무래도 상관없었다.
송추월은 고월산장을 떠난 이후 담담한 마음으로 여로를 즐기
고 있었다. 평생 살면서 이렇게 홀가분하게 길을 가는 것은 처
음 하는 경험이었다. 산음장에서, 혹은 대호채에서 살아온 시
절, 어느 곳 하나 마음 편히 여행해 보지 못한 송추월이었다.
물론 지금도 고소요를 찾는 일에 대한 부담이 적지는 않았지
만 그래도 이 길은 여유로운 길이었다.
　"함께 가도 되겠소?"
　악전이 아무 말 없이 남쪽으로 이어진 길을 바라보고 있는

송추월에게 물었다.

"저야 동행이 있으면 좋지요."

송추월이 고개를 끄덕였다.

"서 소저는?"

"상관없어요."

"다행이구려. 난 또 선남선녀 둘이 여행하는 데 끼어들어 눈치없다고 타박을 당할까 걱정했는데……."

"그걸 알고 있었어요?"

서연이 눈을 흘기며 물었다. 여인이 하는 말치고는 당돌했지만 서연의 성정을 아는 두 사람이 놀랄 일은 없었다.

"아, 물론 제가 조금 눈치가 없다는 건 알고 있었지요."

"알면 됐어요. 대신 가는 길에 요기는 악 대협이 책임지세요."

"저 혼자 말입니까?"

"우리 세 사람 중 제일 부자잖아요?"

"제가 부자라고 누가 그럽디까?"

"천하의 산동악가 공자님이 부자가 아니면 누가 부자겠어요?"

"쩝, 가문이 부자지 내가 부자는 아닌데……. 더군다나 두 사람 역시 이번에 고월산장에서 두둑이 금자를 받지 않았소이까?"

"그래서 못 사겠다는 건가요?"

"아, 뭐, 그런 것은 아니고……."

"좋아요. 그럼 남자가 두말하지 말아요. 가요."

서연이 말을 몰아 송추월 곁으로 다가갔다. 그러자 혼자 남은 악전이 고개를 젓다가 피식 실소를 흘리고는 두 사람을 따라붙었다.

남쪽으로 갈수록 사람들의 모습이 많아지기 시작했다. 대부분 장사치의 모습을 하고 있었는데, 그 복식은 각양각색이었다. 소주 남쪽 대련에 모여든 천하의 상인들이 다시 북쪽으로 길을 잡아 교역을 떠나고 있는 것이었다.

"생각보다 번성한 곳인가 보군요."

"이쪽으론 초행인가요?"

송추월의 말에 서연이 되물었다.

"장백 인근을 벗어나 본 적이 없지요."

"호호, 그렇군요. 대련은 큰 포구예요. 고려나 중원, 왜나 멀리 지나에서까지 상인들이 오지요."

"그렇군요. 서 소저는 이곳에 와본 일이 있습니까?"

"그럼요. 대련에선 천하의 귀한 약재를 제일 먼저 구경할 수 있으니까요."

"그럼 춘봉산도 알고 있습니까?"

"알고 있어요. 뭐, 일반인에게는 유명한 산이 아니지만 나와 같은 의원들에겐 제법 알려진 산이지요. 요동에 어울리지 않는 온화한 기후를 자랑하는 곳이어서 기이한 약재들이 많이 자라죠."

"잘됐군요."

"뭐가요?"

"춘봉산에 한번 가보려 하거든요."

"춘봉산에요? 왜요?"

"누굴 좀 만나려고요."

"누굴요?"

서연이 의혹 어린 질문을 던졌다. 서연과 악전은 송추월이 고무룡으로부터 받은 부탁을 모르고 있었다.

"그런 사람이 있습니다."

"홍, 정인이라도 숨겨둔 모양이지요?"

"흐흐, 산적에게 무슨 정인이 있겠습니까?"

"하긴 그렇군요."

서연이 밝게 미소를 지었다. 독충을 다루고 독초를 모으는 서연이었지만 성정은 누구보다도 밝았다. 아니, 성정이 밝다기보다는 행동에 거리낌이 없는 여인이었다. 송추월은 그래서 서연과 이야기를 나누다 보면 자신도 모르게 기분이 좋아지곤 했다.

"춘봉산이라… 이름 참 촌스럽네."

송추월과 서연 두 사람의 대화에 끼지 못해 기회만 노리고 있던 악전이 퉁명스레 말했다.

"그래도 볼 것이 많은 산이에요. 같이 가실 거죠?"

서연이 물었다.

"고민 중이외다."

“왜요. 바로 대련으로 가 배를 타시게요?”

“고민 중이라고 했잖소이까?”

“그러니까 왜 고민 중이냐고요?”

“정히 몰라서 묻는 겁니까?”

“당연히 모르죠. 제가 악 대협 속에 들어갔다 나온 것도 아닌데……”

“흐흠, 이럴 때 보면 정말 둔하시군. 내가 고민하는 이유는 나 또한 춘봉산에 가고 싶기는 하지만 매번 날 따돌리고 두 사람만 속닥이고 있으니 과연 이 사람들과 함께 춘봉산에 가야 하나 그런 회의가 든단 말이외다.”

“아니, 우리가 언제 악 대협을 따돌렸다고 그래요?”

“밥 같이 먹고 잠 같이 잔다고 동행이라고 할 수는 없지요? 이런저런 이야기도 나누고 서로의 속 깊은 이야기도 듣고 그래야지. 그런데 지금까지 줄곧 두 사람만 이야기를 나누고 있지 않소이까? 먹고 자는 비용은 다 내가 대고 있는데……”

“오, 그래서 마음이 상하셨군요. 그럼 어쩔 수 없네요. 이쯤에서 헤어지는 수밖에!”

서연의 단호한 말에 악전이 눈살을 찌푸리며 말했다.

“아, 누가 헤어지자고 했소이까? 두 사람 대화에 나도 좀 끼어달라는 거지.”

“누가 말렸나요?”

“아아, 알겠소이다. 더 이상 말하지 않겠소이다. 난 그저 시종처럼 두 사람을 따라갈 테니 더 이상 나 같은 것에는 신경 쓰지 마십시오."

"좋으실 대로요."

"아, 서 소저는 정말 고약한 성미를 가지셨구려."

"흠, 그걸 이제 아셨어요? 독충과 독초를 다루는 사람의 성
정이란 본래 이렇게 고약한 것이라고요."

서연의 말에 세 사람은 한바탕 웃음을 터뜨렸다. 그리고 길
은 계속됐다.

며칠 후 세 사람은 드디어 춘봉산의 경계에 당도했다. 장백
의 거산준봉들을 보고 살아온 송추월에게 춘봉산은 실망감을
안겨줄 만큼 작았다.

'이걸 산이라고 해야 하나?'

춘봉산의 높이는 대호산의 오분지 일에도 미치지 못했다.
그것도 위로 솟은 것보다 옆으로 퍼진 형태를 지니고 있어서
장백 영봉들의 준열한 기상 같은 것은 찾아보기 힘든 산이었
다. 하지만 숲은 깊었다. 무성한 숲이 수십 리에 걸쳐 춘봉산
을 에워싸고 있었다.

"저기가 춘봉산 정상이에요."

서연이 손을 들어 해변의 절벽과 마주 보고 서 있는 작은 봉
우리를 가리켰다.

"그래도 산봉우리라고 조금 높네."

악전이 심드렁하게 말했다.

"가는 길이 쉽지는 않을 걸요?"

“아니, 저 야트막한 봉우리로 가는 게 뭐가 힘들단 말입니까?”

“높지는 않지만 숲은 험해요. 일단 가봐요. 가보면 알아요.”

과연 춘봉산의 숲은 험했다. 우거진 수림은 이곳이 북방의 숲이 아니라 남방의 밀림이라는 착각을 불러일으킬 정도였다. 길이라고 할 만한 것도 없었다. 짐승이 다닌 작은 통로들마저도 곳곳에 늘어진 넝쿨로 막혀 있었다.

급기야 송추월은 검을 빼 들었다.

파팟!

검이 휘둘러지면서 길이 만들어졌다.

“사람들이 오가는 길은 없는 거요?”

악전이 맨 뒤에서 걸음을 옮기며 서연에게 물었다.

“몇 번 와봤지만 숲을 통과하는 길을 발견하지 못했어요. 뭐, 춘봉산 정상 서쪽, 그러니까 바다를 마주 보는 곳에 위치한 설죽암 비구니들이 다니는 길은 있겠지요. 하지만 그 길을 발견하지는 못했어요. 아니면 해안 절벽 아래로 내려가 배를 타고 다니나?”

서연이 고개를 갸웃했다.

“설죽암에 들러봤어요?”

송추월이 불쑥 물었다.

“아뇨. 출입이 금지된 비구니들의 암자인 걸요. 멀리서 보기만 했어요. 그런데 그건 왜요?”

“한번 들러보려고요.”

“설죽암에요?”

“네.”

“혹 만나려는 사람이 설죽암에 있나요?”

“어쩌면.”

“어머? 특이한 일이네? 설죽암의 비구니들은 속세와 완전히 인연을 끊고 사는 사람들로 알려져 있는데 송 소협이 설죽암의 비구니들 중 아는 사람이 있다니……”

“만난 일은 없으나 일단 그들 중 한 명을 만날 생각입니다.”

그러자 서연이 깊은 눈으로 송추월을 보며 물었다.

“이제 보니 그저 구경이나 하자고 온 길이 아니었군요? 목적이 있어서 춘봉산에 온 것이군요?”

“맞아요.”

“무슨 일이죠?”

“사람을 찾는 일이죠.”

“누굴요?”

“그건 두고 보면 압니다.”

송추월이 담담하게 대답을 하고는 다시 검을 휘둘러 길을 만들기 시작했다.

바다로부터 이어진 절벽의 높이는 대략 이삼십여 장에 이르렀다. 절벽 곳곳에 둥지를 튼 바닷새들이 끊임없이 먹이를 찾아 날고 있었고, 몇 그루의 해송이 절경을 이루며 자라 있었다.

그 절벽의 정상에서 다시 춘봉산 봉우리 쪽으로 백여 장 거리에 세 채의 건물로 이루어진 설죽암이 있었다. 암자라고 하기에는 규모가 제법 컸고 절이라고 하기에는 작은 그런 곳이었다. 그런데 기이한 것은 암자 주변이 푸른 대나무 숲으로 둘러싸여 있다는 점이었다.

"기이한 일이군. 요동은 기후상 대나무가 자랄 곳이 아닌데……."

설죽암 주변을 에워싸고 있는 대숲을 보며 악전이 고개를 갸웃했다. 그러자 서연이 입을 열었다.

"오기 전에 제가 말했잖아요. 이곳의 기후는 요동의 다른 곳과 달리 무척 온화하다고. 춘봉산이라는 이름도 언제나 봄과 같이 온화한 기후라는 의미에서 붙여진 이름이에요. 그러니 대나무가 자란다고 해서 이상할 일은 없지요. 설죽암의 이름도 한겨울 눈 속에서도 여전히 푸른빛을 발하는 저 대나무 숲에서 유래한 것이라고요."

"아, 그렇구려. 듣고 보니 춘봉산이라거나 설죽암이라는 이름이 이해가 되는구려."

"설죽암에 들어가려면 조심해야 해요."

문득 서연이 경고했다.

"왜죠?"

송추월이 되물었다.

"설죽암의 비구니들은 외부인의 출입을 철저히 금하고 있어요. 더군다나 그녀들은 모두 무공의 고수지요. 설죽암이 강

호에 알려지지 않아서 그렇지 설죽암의 비구니들 무공은 요동
에서 적수를 찾기 어렵다고 사부께서 그러셨어요."

"소저의 사부라면 괴의 원계행 어르신 말이오?"

이번엔 악전이 물었다.

"그럼 제 사부님이 그분 말고 또 누가 있겠어요?"

서연이 톡 쏘아붙이며 대답했다. 그러나 악전은 그런 서연
의 반응에 아랑곳없이 말을 이었다.

"음, 괴의 어른께선 설죽암의 비구니들과 안면이 있으신 모
양이구려."

"말했지만 이 춘봉산은 기온이 온화해서 진귀한 약초와 독
충들이 많아요. 그래서 사부께선 간간이 춘봉산을 찾으셨지
요. 덕분에 설죽암의 비구니들과도 안면을 익혔고요. 물론 썩
좋은 관계는 아니에요. 사부께선 누구와 좋은 관계를 맺지 못
하는 분이니까요."

"하하하, 괴의 어른의 기행은 잘 들어 알고 있소이다. 이곳
설죽암에서도 기행을 하셨나 보군요."

"잘 아시네요."

서연이 더 이상 말을 하기 싫다는 듯 입을 닫았다.

"일단 가죠."

송추월이 설죽암의 대숲을 한 번 바라보고는 다시 산길을
헤치기 시작했다.

"뭐죠?"

일행의 걸음은 설죽암을 백여 보 앞에 두고 멈췄다. 서연이 의아한 얼굴로 설죽암을 바라보며 물었다.

"좋은 일은 아닌 것 같소이다."

악전이 심각한 표정으로 대답했다.

설죽암 세 채의 건물은 삼각형을 이루며 바다를 보고 서 있었다. 그 가운데 단출한 정원이 꾸려져 있었고, 나무들을 이어 만든 울타리가 설죽암 주변을 싸고 있었다. 그런데 울타리 가운데 만들어진 문 앞에 일단의 인물들이 모여 있었다.

"한쪽은 설죽암의 비구니들 같고 다른 쪽의 사람들은 아무래도 외부인인 것 같군요."

서연이 고개를 내밀어 앞을 살피며 말했다.

"가까이 다가가 봅시다. 무슨 일인지."

그동안은 뒤에 처져 있던 악전이 불쑥 앞으로 나서며 설죽암 쪽으로 접근했다.

불청객으로 보이는 사람들의 숫자는 다섯이었다. 모두 날카로운 기도를 흘려내는 불청객들 중 두 명은 오십대 중반의 나이로 보였고 나머지 세 명은 삼, 사십대의 나이로 보였다.

반면 그들과 대치하고 있는 설죽암 비구니들은 모두 이십여 명이었는데, 아마도 설죽암에 기거하는 비구니들이 모두 나와 있는 듯 보였다. 그중 앞에 나서 있는 세 명의 비구니는 모두 기도가 삼엄하고 눈에서 정광이 흐르는 노년의 비구니들이라서 마주 보는 것만으로도 절로 고개가 숙여지는 엄숙함을 지니고 있었다.

송추월 등이 대치하고 있는 두 무리에서 십여 장 떨어진 곳까지 다가가자 드디어 양쪽의 목소리가 들려오기 시작했다.

"스스로 신분을 밝히지도 못하는 자들이 무턱대고 기보를 요구하다니 정말 예의가 없는 사람들이시구려."

설죽암의 비구니 중 한 명이 차가운 음성으로 말했다. 그러자 그와 마주 선 불청객 중 한 명이 입을 열었다.

"기보는 항상 화를 부르는 법이오. 오늘 스님이 기보를 내어놓지 않는다면 설죽암에 큰 화가 미칠 것이오. 더군다나 불도를 닦은 스님들에겐 필요없는 물건인데 고집 피울 필요가 무엇이겠소?"

"아무리 강호가 험한 곳이라고는 하나 이렇게 불쑥 찾아와 타 문의 기보를 탐하는 것은 도적들이나 하는 짓이오. 신분을 밝히고 기보가 필요한 이유를 말하시오. 꼭 필요한 일이 있다면 생각해 보겠소. 그대의 말처럼 설죽암은 불도를 닦는 곳이니 반드시 필요한 사람에게 기보를 아니 내어줄 이유는 없소. 하지만 기보가 불온한 일에 쓰일 수도 있으므로 그 기보를 받으려면 그 신분과 목적이 확실해야 할 것이오."

노비구니의 말이 추상같다. 그러자 설죽암의 비구니들을 협박하던 자들이 잠시 귓속말로 무슨 이야긴가를 나누었다. 그리고는 잠시 후 다시 노비구니를 향해 말을 꺼냈다.

"혹 스님이 묘선 스님이오?"

"그렇소. 내가 묘선이오."

“흠, 그렇다면 묘심 스님은 어느 분이시오?”

불청객들의 말에 설죽암의 비구니 중 한 명의 노비구니가 한 걸음 앞으로 나섰다.

“이 몸이 묘심이오.”

묘심이라 법호를 밝힌 노비구니의 눈빛은 자못 냉엄하기 이를 데 없었다. 불도를 닦는 설죽암의 비구니들은 대부분 온화한 인상을 하고 있었지만 묘심만은 달랐다. 그녀의 눈빛은 바위라도 뚫을 듯 강렬했다. 그러나 불청객들은 그런 묘심의 눈빛에도 전혀 흔들림이 없었다.

“스님께서 바로 그 유명한 묘심 스님이구려.”

“이 묘심의 이름은 결코 유명하지 않소. 오히려 설죽암에 틀어박혀 사는 이름없는 비구니를 알고 있는 그대들의 귀가 더 대단한 듯하구려.”

“하하하, 석년에 북해에서 빙정의 주인이 되신 분이 어찌 이름이 없다 하시오.”

불청객의 말에 묘심 스님의 눈빛이 더욱 차가워졌다.

“설죽암에 대해 많은 걸 알고 있는 모양이구려.”

“물론, 천하에 보기 드문 기보를 받으러 오는 길에 어찌 설죽암에 대해 조사하는 일을 게을리하겠소.”

“그렇다면 이 설죽암에서 함부로 행동하는 일이 무척 위험하다는 것도 아시겠구려.”

“물론, 설죽암의 비구니들이 제법 무공이 강하다는 것도 알고 있소. 하지만 그렇다고 우리 태산오룡을 막을 수는 없을 거요.”

　드디어 불청객들이 스스로의 정체를 밝혔다. 태산오룡, 그 별호가 불청객들의 입에서 나오는 순간 설죽암의 몇몇 비구니가 깜짝 놀라는 표정을 지었다. 더불어 숲 속에 숨어 일이 돌아가는 사정을 살피고 있던 악전과 서연 역시 크게 놀라는 표정을 지었다.

　“태산오룡. 그 유명한 별호를 이곳 요동의 춘봉산에서 들을 줄은 정말 몰랐군.”

　악전이 나직하게 중얼거렸다.

　“저들이 그렇게 유명한 자들입니까?”

　송추월이 물었다.

　“물론 유명하오. 저들은 다섯에 지나지 않지만 어떤 문파의 사람들도 저들을 건드리지 못하오. 십여 년 전 태산에서 강호의 명문인 태산파의 고수 이십여 명을 상대로 승리를 거둔 이후 태산오룡은 강호의 일대 명사가 되었소. 정사지간의 인물들로 알려진 저자들이 도대체 왜 바다를 건너 요동에 와서 설죽암의 기보를 탐하는지 이해할 수가 없구려. 본래 태산오룡은 태산 주변 오백 리를 벗어나지 않는다고 했는데…….”

　“설죽암에 있는 기보가 제법 대단한 모양이지요.”

　송추월의 말에 이번에는 서연이 입을 열었다.

　“제가 알기로 설죽암에 기보가 있다는 소문은 없었어요. 그런데 지금 하는 말을 들어보니 설죽암에 빙정이 있다는 말 같은데…….”

"빙정(氷精)은 또 뭡니까?"

"빙정은 무림이나 의가에서 천하제일의 기보 중 하나로 불리는 것이에요. 음한지기가 수천 년 동안 모여 만들어진 것으로, 음공(陰功)을 익힌 사람에겐 천하의 기보지요. 양강지공을 익힌 사람에게 화정이 기보이듯."

순간 송추월의 정신이 번쩍 들었다. 화정이라면 괴노 마효가 송추월과 그 친구들에게 복용시킨 물건이 아니던가.

'이것 봐라? 화정에 대응하는 물건이 이곳에 있다는 것인가?'

문득 송추월의 마음속에 욕심이 생겨났다. 만약 빙정을 얻으면 마효가 남긴 화기와 마기의 지주에서 벗어날 수 있을지도 모른다는 기대가 생겨났던 것이다. 그러는 사이 태산오룡과 설죽암의 비구니 묘심 사이에선 다시 날카로운 대화가 이어졌다.

"이제 보니 태산의 다섯 고수께서 납시었구려. 태산오룡이 바다를 건너올 거라고는 미처 생각지 못했는데……."

"우리도 마찬가지요. 우리도 우리가 바다를 건너 요동 땅에 올 거라고는 생각지 못했소."

"그 말은 그대들이 원해서 이곳에 온 것이 아니라는 말이오?"

묘심의 눈빛이 번쩍였다. 그러자 태산오룡의 얼굴에 지금까지완 달리 얼핏 그늘이 생겼다. 그리고는 고개를 저으며 말했다.

"아아, 그 일은 더 이상 이야기하고 싶지 않소이다. 우린 그저 설죽암에서 빙정을 받아 가면 그뿐이니까."

그러나 태산오룡의 생각과는 달리 묘심은 한 번 잡은 의심의 끈을 쉽게 놓지 않았다.

"빙정을 원하는 사람이 따로 있구려. 누구요?"

묘심이 검을 뽑아 찌르듯 날카롭게 물었다.

"말할 수 없소. 그리고 묘심 스님도 그에 대해서 알려고 하지 마시오. 그저 빙정이나 어서 내주시구려."

"누가 원하는지도 모르고 빙정을 내줄 수는 없소."

"그렇다면 어쩔 수 없구려. 힘으로라도 가져가는 수밖에."

"지금 무공을 쓰겠단 말이오?"

"강호의 일이 말로 풀리는 경우가 얼마나 되겠소이까? 이렇게 합시다. 우리 다섯이 차례로 비무에 나서겠소. 설죽암에서도 다섯 명의 고수를 내시구려. 연후 비무의 결과에 따라 빙정의 주인을 가립시다."

"설마 그 제안을 받아들일 거라 생각하시오?"

묘심이 어이없다는 듯 되물었다. 빙정은 설죽암의 물건이다. 그런데 그 기보를 놓고 비무를 하자니 억지도 이런 억지가 없었다. 그러나 태산오룡의 표정은 진지하기 이를 데 없었다.

"내 제안을 받아들이는 것이 좋을 것이오. 아니, 그보다 더 좋은 것은 비무없이 빙정을 내어놓는 일일 것이오."

"설죽암은 함부로 협박할 수 있는 곳이 아니오."

"물론 나도 설죽암의 스님들이 대단한 고수라는 사실을 알고 있소. 하지만 우리 태산오룡의 무공은 결코 낮지 않소. 태산파도 감당하지 못한 것이 우리의 무공이오."

"하늘 위에는 다른 하늘이 있는 법이오."

묘심의 싸늘한 대답에 태산오룡 중 가장 나이가 많아 보이는 자가 고개를 저으며 한숨을 쉬었다. 그리고는 진중한 목소리로 묘심에게 말을 건넸다.

"고집 부리지 말고 우리에게 빙정을 내어주시오. 아니면 비무에 임하든지. 사실 우리에게 빙정을 내어주지 않는다면 곧 더 큰 환란이 설죽암에 닥칠 것이오."

"이보다 더한 환란이 어디 있겠소?"

묘심이 차갑게 대꾸했다.

"휴… 스님, 이보다 더한 환란이 어디 있겠느냐고 했소? 분명히 이보다 더한 환란은 존재하오. 우리가 아니라 그가 설죽암에 오는 순간 설죽암엔 개미 한 마리 남지 않을 거요."

태산오룡의 눈에 문득 두려운 빛이 떠올랐다.

第十章
빙정을 원하는 자
第十章

화마경

"대체 어떤 자이기에 태산오룡 같은 강자가 두려워하는 것일까?"

악전이 이해할 수 없다는 듯 고개를 갸웃했다. 그가 알고 있는 태산오룡은 사패의 수장들이 나서도 고개를 숙일 자들이 아니었다. 단 다섯 명이 태산파를 상대한 것만으로도 그들은 강호에서 절정고수로 인정받을 만한 사람들이었다. 그런데 그런 자들이 누군가를 두려워하고 있었다.

태산오룡의 행동에 의문을 품은 것은 악전만이 아니었다. 그들을 상대하고 있는 설죽암의 비구니들 역시 태산오룡의 행동을 심각하게 받아들이고 있었다. 말인즉슨 태산오룡의 뒤에는 태산오룡보다 더 무서운 자가 버티고 있다는 말이 아닌가?

"대체 그대들의 뒤에 누가 있소?"

설죽암의 비구니들 중 가장 연장의 배분은 세 명의 묘 자 돌림 비구니들이다. 각기 묘선, 묘심, 묘죽의 법호를 가진 이 세 비구니는 요동의 숨은 고수로 암암리에 널리 이름이 알려진 인물들이었다. 그중 지금까지 침묵을 지키고 있던 묘죽 스님이 입을 열었다.

"그건… 그건 말할 수 없소."

태산오룡 다섯 명의 이름은 종회, 등각, 이정, 고원, 동위라 했는데 그중 설죽암의 비구니들을 상대하고 있는 사람은 태산오룡의 대형으로 불리는 종회였다.

"과연 배후가 있기는 있는 것이오? 태산오룡이 누군가를 두려워한다는 걸 믿기 어렵구려."

다시 묘심이 차갑게 쏘아붙였다.

"흠, 믿지 못하겠다면 어쩔 수 없소. 하지만 우린 반드시 빙정을 가지고 가야겠소. 그렇지 않으면 우리가 절단 날 상황이니 말이오. 비무를 받아들이겠소, 아니면 우리가 직접 설죽암을 뒤져야겠소?"

다시 위협적인 태도로 돌변한 종회를 설죽암의 비구니들이 차가운 눈으로 바라봤다. 그러다가 문득 설죽암 비구니들의 수장 묘선 스님이 차분한 목소리로 입을 열었다.

"좋소이다. 태산오룡의 무명은 전 강호에 퍼져 있으니 오늘 그 무공을 견식해 보는 것도 나쁘지 않을 게요. 사매들, 준비를 해주시게."

묘선의 말에 묘심과 묘죽이 고개를 끄덕이고는 재빨리 서너 걸음 뒤로 물러났다. 그리고는 설죽암의 비구니들을 모아 그 중 두 명의 비구니를 골라냈다.

그런데 그때 문득 숲 속에서 장내의 사정을 살피고 있던 송추월의 눈빛이 번쩍였다.

'그녀다.'

소란스런 밖의 사정 때문이었을까. 세 채의 설죽암 건물 중 동편에 위치한 건물의 방문이 열리더니 한 명의 여인이 무복 차림으로 모습을 드러냈다. 고소요였다.

고소요를 발견한 것은 송추월만이 아니었다. 악전과 서연도 역시 문을 열고 밖으로 나선 고소요를 발견했다. 서연이 고개를 돌려 송추월을 바라봤다.

"그녀를 찾아온 건가요?"

서연의 말속에 실망감이 느껴졌다.

"떠나기 전 고 대협께 부탁을 받았지요. 애초에는 고 대협이 직접 오려 했으나 아시다시피 모용세가의 고수들이 고월산장을 방문하는 통에……."

"그녀가 반가워하겠군요."

"그럴까요?"

"그럼요. 혁가장과의 싸움 내내 그녀의 곁을 지켰잖아요?"

"하지만 뭐 우리 사이가 썩 좋았던 것은 아니지요. 그녀는 조금 골치 아픈 존재라서……."

“홍, 그럼 왜 이 먼 곳까지 그녀를 찾아온 거죠?”

서연이 따지듯 물었다.

“말했잖아요? 고 대협의 부탁을 받았다고.”

“그러니까 단지 고 대협의 부탁 때문에 그녀를 찾아왔다는 거군요?”

“그럼 뭐 달리 이유가 있겠습니까?”

송추월의 대답에 서연이 한동안 송추월을 쏘아보다가 냉랭하게 말했다.

“좋아요. 일단 믿어보겠어요.”

순간 곁에 있던 악전이 두 사람을 번갈아 보며 능청스럽게 입을 열었다.

“어? 역시 두 사람이 그렇고 그런 사이였구려?”

“아니, 우리가 무슨 사이라는 거죠?”

서연이 매섭게 물었다.

“뭐, 지금 두 사람의 모습은 꼭 사랑싸움하는 정인들 같단 말이오.”

“그게 무슨 소리예요?”

“그렇지 않소이까? 송 소협이 고 소저를 찾아오든 말든, 송 소협이 무슨 마음을 가지고 있든 두 사람이 아무 사이 아니라면 서 소저께서 신경 쓸 일이 뭐가 있겠소? 안 그렇소?”

악전의 추궁에 서연이 대답할 말을 잃고 고개를 돌려 버렸다. 그러자 악전이 송추월을 향해 눈을 찡긋해 보였다. 송추월은 멋쩍은 웃음을 흘리며 시선을 다시 설죽암의 여승들과 태산오룡이 대치하고 있는 곳으로 돌렸다.

　동위는 태산오룡의 막내다. 그에 걸맞게 육십을 바라보는
종회나 등각과는 달리 동위는 이제 겨우 사십이 될까 말까 한
나이였다. 물론 그 위의 이정이나 고원도 나이가 사십대 중반
이기는 했으나 동위의 나이는 그들에 비해서도 확연히 어렸
다.
　그런 그가 어린 나이에 어떻게 태산오룡의 일원이 되었는지
는 알 수 없었다. 그러나 그가 태산파와의 싸움에서 보인 무위
는 결코 태산오룡의 다른 네 명에 뒤지지 않는다고 알려져 있
었다.
　그의 나이로 보건대 강호인 중 일부는 그가 향후 십여 년이
더 지나면 강호에서 적수를 찾아보기 어려운 인물이 될 거라
고 평가하는 사람들도 많았다. 그 동위가 비무의 첫 주자로 나
섰다.
　"동위라 하오. 형님들을 모시고 태산에 머물러 왔소. 이제
요동의 은자문이라는 설죽암의 무공을 견식하려 하오. 어느
분이 가르침을 주시겠소."
　동위의 목소리는 정중하지만 오만했다. 스스로의 무공에 대
한 자신감이 여지없이 묻어나는 동위의 태도였다.
　동위의 등장에 설죽암의 여승들 사이에서 한 명의 중년 여
승이 앞으로 나섰다. 비록 묘 자 돌림의 세 비구니에는 미치지
못하지만 그 기도가 범상치 않은 여승이었다.

"법화라 해요. 태산오룡의 검을 경험하게 되어 영광이군요."

법화라 스스로를 밝힌 여승이 나서자 서연이 재빨리 입을 열었다.

"법 자 돌림의 설죽암 여승들은 묘 자 돌림 여승들의 제자들이에요. 무공도 뛰어나고 패기도 있지요. 그중 저 법화라는 분은 법 자 돌림 여승들 중 가장 뛰어난 재질을 지니고 있다고 하더군요."

"좋은 구경이 되겠군."

악전은 타고난 무인이었다. 그에게는 지금 설죽암의 기보 빙정을 둘러싸고 벌어지는 분란보다 태산오룡과 설죽암 비구니들의 비무가 더 관심있는 일이었다.

"난 검을 쓰오만 스님께선 무엇으로 이 몸을 상대하시겠소?"

동위가 맨손으로 나선 법화를 보며 물었다. 그러자 법화가 한줄기 냉랭한 미소를 지으며 대답했다.

"전 달리 무기를 쓰지 않아요."

"수공을 수련하신 모양이구려."

"손만 한 무기가 없는 법이지요."

"하하, 오래 쓰면 검도 손이 된다오."

"그런 경지의 무공을 상대하게 되다니 영광이군요."

"아, 뭐, 난 아직 그 경지까진 이르지 못했소. 그러나 그리 볼품없는 무공도 아니니 실망시켜 드리지는 않을 거요. 더불어… 난 비무와 생사결을 구분하는 사람이 아니오.”

“무림의 비무란 곧 생사결이지요.”

“하하, 좋소. 그럼 시작합시다.”

동위가 기세 좋게 검을 뺐다.

창!

한줄기 검은 그림자가 어른거리더니 순식간에 동위 앞에 한 자루 장검이 모습을 드러냈다. 검끝은 매서운 기세로 법화를 가리키고 있었다. 그러나 여승 법화의 태도에는 변화가 없었다. 그녀는 여전히 차갑고 냉정한 눈으로 동위의 움직임을 주시했다.

그런 법화를 지그시 지켜보던 동위가 한순간 훌쩍 신형을 날아 올렸다. 그리곤 독수리처럼 법화를 덮쳐 가며 장검을 세 차례 휘둘렀다.

우웅!

강력한 파공음이 장내를 휘감았다. 검이 세 개의 그림자를 그리며 여승 법화에게 떨어져 내렸다. 순간 법화가 재빨리 두 팔을 휘둘렀다. 그러자 그녀의 가사 자락이 떨어져 내리는 세 개의 검 그림자를 휘감았다.

파팡!

순간 검과 가사 자락 사이에서 기이한 파공음이 일어났다. 그리고 다음 순간,

퍼퍽!

여승 법화를 향하던 동위의 검초들이 모두 방향을 틀어 땅

에 박혀들었다. 매서운 동위의 검초를 땅으로 흘려내는 여승 법화의 무공은 그야말로 기이막측한 것이어서 동위의 얼굴에 일순 당혹감이 감돌았다. 그런 동위를 향해 법화가 날아들었다.

펄럭!

한순간 동위의 앞에서 법화의 소맷자락이 다시 펄럭였다. 그 순간 소매 속에서 불쑥 새하얀 손이 모습을 드러냈다.

파파파팡!

소매 속에서 튀어나온 법화의 손들이 허공에 연달아 여러 번의 파공음을 만들어냈다. 그 파공음에 연이어 마치 꽃이 피어나듯 십여 개의 손모양이 만들어졌다. 그리고 허공을 수놓은 수영들이 한순간 동위를 향해 닥쳐들었다.

"음!"

동위의 입에서 당혹스런 음성이 흘러나왔다. 강호에 수공의 고수는 많지만 이렇게 십여 개의 수영을 만들어내는 고수는 흔치 않다. 더군다나 법화가 만들어낸 수영들은 거의 그 모양을 흩트리지 않고 동위를 공격하고 있었다.

슈우욱!

동위의 검이 번개처럼 허공에 그어졌다. 그러자 법화가 만들어낸 십여 개의 수영 중 일부가 동위의 검에 잘려 허공에서 사라졌다. 그러나 다음 순간 동위의 검에 잘리지 않은 수영 중 세 개가 불쑥 동위의 검을 지나쳐 그의 가슴을 가격했다.

퍼펑!

동위의 가슴에서 강렬한 타격음이 일어났다. 동시에 동위의 신형이 허공을 날아 삼사 장 뒤로 물러났다.

울컥!

뒤로 물러난 동위의 입에서 붉은 피가 터져 나왔다.

"이……!"

동위가 붉게 물든 입술을 깨물며 법화를 노려봤다. 그리고 재차 검을 꼬아 잡는 순간 뒤에서 한마디 목소리가 들려와 동위의 움직임을 막았다.

"아우, 그만하게."

"대형!"

동위의 움직임을 막은 사람은 태산오룡의 대형 종회였다. 동위의 행동을 막는 그의 표정은 딱딱하게 굳어 있었다. 기실 태산오룡은 설죽암의 여승들에게 기보를 요구하면서 이 일이 그리 어려울 것이라 생각지 않았다.

춘봉산으로 오면서 설죽암에 대해 알아본 바에 의하면 설죽암의 비구니들이 드러나지 않은 요동무림의 고수라고 했지만 그렇다 해도 중원에서 보자면 요동은 변방이었다.

변방의 고수들이 강해봐야 얼마나 강할 것인가? 자신들은 단 다섯으로 태산파를 상대한 사람들이었다. 그래서 요동 외지의 무공으로는 자신들의 검을 상대할 수 없을 거란 자신감이 태산오룡에게 있었다. 그런데 첫 번째 비무에서 경험한 설죽암의 무공은 태산오룡의 자신감을 완전히 무너뜨리고 있었다.

여승 법화의 수공은 그야말로 강호 일절! 그 나이대에 그녀
의 무공을 상대할 인물이 과연 있을까 하는 의문이 들 정도로
강한 무공이었다. 그러나 아직 일을 포기할 단계는 아니었다.
어쩌면 설죽암의 비구니들 중 법화만이 특출난 무공을 지니고
있는지도 몰랐다. 시험은 더 필요했다.

“아우.”

종회가 곁에 서 있는 태산오룡의 둘째 등각을 불렀다.

“예, 대형!”

“다음은 아우가 맡아주게.”

“알겠습니다.”

등각이 망설이지 않고 앞으로 나섰다.

“설죽암의 무공… 정말 대단하군.”

악전의 입에서 감탄사가 흘러나왔다. 그로서도 예상치 못한
여승 법화의 무공이었다.

“사연이 있는 암자 같아요.”

설죽암에 대해 제법 잘 알고 있다고 생각했던 서연조차도
법화의 무공에 놀란 모양이었다.

“제자의 무공이 저 정도이니 스승의 무공은 어떠할까? 오늘
아무래도 태산오룡이 임자를 만난 것 같군.”

악전은 좀 더 비무에 관심이 가는 모양이었다. 여승 법화의
무공을 본 이상 그 스승들인 묘 자 돌림 비구니들의 무공에 대
해 기대가 생기는 것은 당연한 일이었다.

그사이 설죽암의 여승들 사이에선 세 명의 묘 자 돌림 여승 중 묘심이 앞으로 나섰다. 고소요가 인연을 찾아왔다는 바로 그 여승, 칼날 같은 기도를 보이며 북해에서 빙정을 가져왔다는 그녀였다.

"등각이라 하오."

"묘심이오."

여승 묘심의 말투는 싸늘했다. 대저 강호의 여고수들이 대체로 호방한 성격을 지녔다고 해도 그 성정에서 여성스러움을 완전히 지울 수는 없는데 묘심은 자신의 여성성을 완전히 지워 버린 듯 보였다. 어쩌면 오랜 불도의 수련으로 더 이상 남녀의 구분이 없는 경지에 이른 사람일 수도 있었다.

묘심은 마치 산보를 하듯 가볍게 앞으로 세 걸음을 옮겼다. 그러자 그에 맞춰 등각이 천천히 검을 뽑아 들었다. 신중한 등각의 움직임에서 그가 얼마나 묘심을 경계하고 있는지 여실히 드러났다.

"조심하시오."

등각이 묘심에겐지 아니면 자신 스스로에겐지 모를 경고를 했다.

"고맙구려."

묘심이 가볍게 등각의 경고를 받아넘겼다.

"그럼!"

등각이 말을 하며 한 발을 쑥 내밀었다. 그러자 뒤에 남아 있던 그의 다른 발이 땅속으로 깊이 파고들더니 한순간 그의 신형이 땅을 미끄러지듯 묘심을 향해 다가갔다.

팟!

묘심과 거리가 이 장 안쪽으로 가까워지자 등각이 횡으로 검을 그었다.

웅!

등각의 검이 회초리처럼 휘어지는 듯한 착시가 일어났다. 휘어진 검에는 길게 꼬리가 생겼고 그 꼬리가 마치 채찍처럼 묘심의 허리를 휘감아갔다.

팟!

등각의 검이 자신의 몸을 휘감아오자 묘심이 가볍게 허공으로 솟구쳤다. 그녀의 신형은 구름이 발을 받치듯 가볍게 떠올라 어느새 다가온 등각의 검을 발밑으로 흘려보냈다. 그리고 다음 순간 가사 자락 속에 있던 그녀의 오른손이 모습을 드러냈다.

슈욱!

모습을 드러낸 묘심의 오른손이 기형적으로 늘어난 팔에 의해 앞으로 쑥 내밀어졌다.

"엇!"

다음 순간 등각의 입에서 당혹한 목소리가 흘러나왔다. 팔이 길게 늘어난 듯한 묘심의 모습도 기이했지만, 등각의 앞까지 다가온 묘심의 손이 본래의 크기보다 서너 배나 커진 것 또한 등각을 당혹스럽게 만드는 일이었다.

팡!

솥뚜껑만큼 커진 묘심의 손이 크기와는 달리 가볍게 등각의 가슴을 때렸다. 그러나 등각 역시 만만찮은 고수여서 묘심의 일수에 크게 놀라기는 했지만 묘심에게 자신의 가슴을 내놓지는 않았다.

팟!

등각의 신형이 재빨리 왼쪽으로 돌았다. 그러자 거대한 묘심의 손이 등각의 가슴 옷자락을 스치고 지나갔다. 스치는 것만으로도 위협적이었는지 등각이 감히 반격할 엄두를 내지 못하고 두어 걸음 뒤로 물러났다. 순간 등각을 스쳐 지나가던 묘심이 빙그르르 회전하며 다른 쪽 손의 손등으로 등각을 가격했다.

그러나 이번에는 등각도 묘심의 수를 읽고 있었는지 능숙하게 묘심의 공격을 피하며 검을 아래에서 위로 그어 올렸다.

웅!

등각의 검이 무거운 파공음을 일으키며 거대한 검영을 만들어냈다. 검영은 솟구쳐 오르는 그물처럼 묘심을 덮쳐 갔다. 그런데 그런 검영을 향해 묘심이 피하는 것은 고사하고 마치 자살이라도 하려는 사람처럼 달려들었다.

"엇!"

"아!"

악전과 서연의 입에서 동시에 탄식이 흘러나왔다. 묘심의 이 대응은 너무나 무모해 보였다. 등각의 검은 묘심의 눈앞에서 호랑이처럼 묘심을 기다리고 있었다. 그런데 다음 순간 사람들의 입에서 다시금 감탄사가 흘러나왔다.

"아!"

"오오!"

설죽암의 여승들조차도 감탄해 마지않는 묘심의 움직임. 불경에 그물에 걸리지 않는 바람처럼 홀로 가라는 말이 있다. 불자인 묘심은 마치 그 경전의 구절을 몸으로 실천이라도 하듯 등각의 검을 바람처럼 통과해 상대의 앞에 섰다.

"헛!"

이번에야말로 등각은 자신이 피할 수 없는 위기에 처했다는 것을 깨달았다. 묘심은 등각의 검 안쪽, 무방비 상태의 등각 가슴 앞에 있었다. 그리고 가볍게 손을 내밀었다.

탁!

가벼운 소음이 등각의 가슴에서 일어났다. 그 어떤 충격도 등각의 가슴에서 느껴지지 않았다. 그러나 등각은 마치 강력한 일장을 맞은 사람처럼 주춤주춤 뒤로 물러났다. 검은 여전히 그의 손에 있었으나 검끝에는 힘이 없었다.

지직!

힘없이 내려진 등각의 검이 땅을 긁었다. 패자의 기운이 등각의 전신을 휘감았다. 그렇게 십여 걸음 뒤로 물러난 등각이 믿을 수 없다는 듯 묘심을 바라봤다. 묘심은 손을 거두고 아무 일 없었다는 듯 무심한 표정으로 등각을 바라보고 있었다.

그렇게 두 사람의 비무가 멈췄다. 승패는 누가 봐도 분명했다. 하지만 비무가 계속될지는 아직 알 수 없었다. 등각이 패배를 인정하기에는 그의 몸이 너무 성했다.

"계속하실 생각이오?"

묘심이 차갑게 물었다. 등각의 얼굴에 갈등이 스치고 지나갔다. 계속하겠다면 분명한 패배를 인정치 않는 소인이 될 것이오, 패배를 인정하고 물러나면 오늘 일은 구 할 이상 틀어졌다고 할 수 있었다.

그러나 등각은 결국 패배를 인정하는 쪽으로 결심을 굳혔다. 소인 소리야 들어도 그만이지만 다시 비무를 진행한다고 해도 묘심을 이길 수 있을 것 같지 않았기 때문이다.

"옛부터 동방의 고수들은 천외천의 능력을 지녔다고 하더니 과연 명불허전이외다. 이 등각, 평생에 오늘처럼 강한 적수를 만난 적이 없소이다. 부족함을 알고 이만 물러나겠소."

"고집을 부리지 않으니 나 또한 고맙소. 그럼!"

묘심이 고개를 까딱인 후 훌쩍 몸을 날려 뒤로 물러났다. 등각이 뒤로 물러나는 묘심을 잠시 바라보고 있다 이내 신형을 돌려 태산오룡의 동료들이 있는 곳으로 다가왔다. 그리고는 다른 형제들과 무슨 말인가를 심각하게 중얼거렸다. 묘심을 비롯한 설죽암의 비구니들은 태산오룡이 이야기를 나누는 동안 끈기를 가지고 그들을 지켜봤다. 그렇게 일각여의 시간이 흘렀을까. 문득 종회가 고개를 저으며 탄식했다.

"아, 일이 무척 어렵게 되었구나."

종회의 탄식은 땅이 꺼질 정도로 깊어 듣는 이로 하여금 그의 절망감을 몸으로 느끼게 했다.

"비무를 더 진행하시겠소?"

종회의 탄식이 있자 설죽암 최고의 여승인 묘선 스님이 종회를 보며 물었다. 그러자 처음과 달리 종회가 무척 정중하면서도 신중한 어조로 입을 열었다.

"스님, 내 진심으로 한 말씀 드리겠소이다."

"말씀하시오."

"사실 더 이상 비무를 진행하는 것이 의미없는 일이라는 건 나도 잘 알고 있소이다. 이미 무공의 고하가 명명백백 가려진 마당에 어찌 더 비무를 하자고 고집을 피울 수 있겠소이까?"

"현명하신 생각이오."

"오늘 설죽암 스님들의 무공을 견식하니 강호에 암암리에 알려진 것보다 설죽암 스님들의 무공이 더 대단하다는 것을 알겠소이다. 이 정도라면 아마도 강호의 명문 대파에 못지않은 저력을 가졌다고도 할 수 있을 것이오."

"고맙구려. 하지만 설죽암은 그저 여승들이 모여 사는 비구니들의 암자일 뿐 강호에 나설 일은 없을 것이오."

"물론 지금껏 조용히 살아오신 것을 보아 그 또한 짐작할 수 있소이다. 하지만 세상사라는 것이 어찌 스스로 원한 대로 될 수 있겠소이까. 나무는 가만히 있으려 해도 바람이 불어오면 결국 흔들리고 마는 법 아니오이까?"

"무슨 말을 하고 싶은 거요?"

"솔직히 말하자면 지금이라도 그 빙정을 우리에게 내어달라고 말하고 싶소이다. 지금 우리에게나 설죽암에게나 가장 좋은 것은 그 빙정을 우리에게 넘겨주는 일이외다."

"이해할 수 없구려. 그게 왜 설죽암에 좋은 일인지……."

"앞서 말했지만 우리에게 설죽암에서 빙정을 받아오라고 요구한 사람은 보통 사람이 아니외다. 만약 우리가 그 빙정을 가져가지 못하면 그는 분명 우릴 죽일 것이오. 연후 그 스스로가 설죽암을 찾아올 것이오. 그리되면 비록 그 빙정을 내어놓는다 해도 설죽암의 스님들 중 일부는 분명 그에게 해를 입고 말 것이외다. 그는… 무서운 사람이오."

"도대체 그대들을 움직인 사람이 누구요? 그가 누구기에 강호에서 일대명성을 얻은 그대들이 이렇게 두려워하는 것이오?"

묘선의 물음에 태산오룡의 얼굴에 동시에 두려운 빛이 떠올랐다. 연후 종회가 침울한 표정으로 입을 열었다.

"솔직히 말하자면 우리도 그의 정체를 모르오."

"정체를 모르는 사람을 이렇게 두려워하다니 이해할 수 없구려."

"아, 정체를 모르기 때문에 더 두려운 것이오. 지금부터 우리가 그를 만나게 된 사연을 말해 드리리다. 이 이야기를 듣고도 빙정을 내어주길 거부한다면 우린 이대로 떠나겠소. 일이 그렇게 된다면 물론 가능할지 모르지만 우린 그에게서 멀리 도망을 칠 것이오. 압록을 넘어 해동으로 갈 생각이오. 사실 어쩌면 애초부터 빙정을 가지러 올 것이 아니라 압록을 넘는 것이 더 좋은 선택이었을지도 모르오. 하지만 압록을 넘는다 한들 과연 그를 피할 수 있을까 하는 두려움 때문에 결국 설죽암으로 오게 된 것이외다.”

종회의 말에 여승 묘선의 표정도 변했다. 태산오룡이 이 정도로 두려워하는 자라면 결코 범상치 않은 인물이 분명했다.

“한번 들어봅시다. 그가 어떤 자인지.”

묘선이 고개를 끄덕였다. 그러자 종회가 어두운 낯빛으로 이야기를 시작했다.

태산오룡이 그를 만난 것은 육 개월 전 황하의 한 포구에서였다. 그는 실제로는 어떨지 모르지만 겉보기에는 많이 잡아 주어도 사십 정도밖에 되어 보이지 않는 얼굴을 하고 있었는데 그 표정이 무척 여유로웠다. 그를 본 사람이라면 누구라도 두려움이 아니라 호감을 느낄 만한 인물이었기에 태산오룡도 그에 대해 별반 경계심을 가지지 않았다.

그와 태산오룡은 낙양 인근을 오가는 객선에 함께 몸을 실었다. 객선의 크기는 그리 크지 않아 손님을 모두 합쳐도 이십인 정도가 전부였다. 하지만 객선에 타고 있던 인물들은 보통 인물들이 아니었다. 당시 낙양 인근에선 두 개의 무서(武書)를 놓고 무림인들 간의 싸움이 치열하게 벌어지고 있었는데 객선에 오른 자들도 그 무서를 노리고 낙양으로 가는 강호 고수들이었던 것이다.

그중에서는 강호에서 흉명을 떨치는 마인도 여럿 포함되어 있어서 객선의 분위기는 살얼음판을 걷는 것처럼 위태로웠다. 다행인 것은 낙양까지의 뱃길이 길어야 나흘 길이라는 것 정도.

태산 인근에서 절대적인 명성을 얻고 있는 태산오룡도 객선에서는 행동을 조심했다. 좁은 객선에서 괜한 분란에 휘말렸다가는 필시 낙양에 도착하기도 전에 무서 쟁탈전에서 멀어질 수도 있기 때문이었다. 특히 객선에 타고 있는 인물 중 황하이마와 옥나찰 염향 같은 인물은 태산오룡도 승부를 예측할 수 없는 강자들이었다.

종회의 이야기는 제법 사람들의 흥미를 끌 만한 것이었기에 설죽암의 비구니들은 물론 송추월과 서연, 그리고 악전도 마치 옛이야기를 듣는 아이들처럼 종회의 이야기 속으로 빠져들었다.

"그런데 본래 사람이 많은 곳에선 반드시 분란을 일으키는 자가 나타나게 마련이어서 당시 객잔에 타고 있던 자들 중에도 그런 부류의 인간들이 있었소이다. 그들은 개봉 뒷골목에서 상인들에게 자릿세나 터는 흑도의 무리였는데 스스로를 개봉칠악이라 부르며 제법 호기롭게 행동하는 자들이었소. 놈들은 객선에 탈 때부터 자신들의 무공을 뽐내고 싶어 안달

이 난 사람들처럼 주변을 살폈소. 하지만 놈들도 금세 객선의 분위기가 심상치 않다는 것을 깨달았소. 자신들로서는 범접할 수 없는 기도를 흘리는 자들이 여럿 있다는 것을 알아챘으니 말이오. 그즈음 되면 스스로의 분수를 알고 뒤로 물러나 있는 것이 옳은 일이었지만 놈들은 강자들 틈에서 자신들의 명성을 높여보고자 쓸데없는 분란을 일으켰소. 그것이 오늘 우리가 이 설죽암에 오게 된 원인이 될 줄이야 누가 알았겠소이까?"

종회가 잠시 한탄스러운 듯 말을 끊었다. 사람들은 쥐 죽은 듯한 침묵 속에서 종회의 말이 이어지기를 기다렸다.

개봉칠악이라 자칭하는 일곱 흑도 무리가 선택한 것은 어쩌면 당연하게도 객선에 탄 자들 중 가장 만만한 인물이었다. 여럿이 무리를 지은 것도 아니고 겉보기에 세상 유람이나 하는 성격 좋은 서생으로 보이는 그를 사냥감으로 삼은 것은 개봉칠악의 입장에서는 당연한 결정이었다.

그들은 객선이 출발한 지 채 하루가 가기도 전에 그를 건드렸다. 처음 그들은 그에게 다가가 그의 이름과 출신을 물었다. 마치 호걸들이 강호에 나와 서로 우정을 익혀가기 위한 시작처럼. 그러나 그는 개봉칠악의 그 정중한 접근을 미소로 거부했다. 그는 자신은 보잘것없는 사람이라며 개봉칠악에게 자신의 이름을 밝히는 것을 거부했다.

당연히 개봉칠악은 정해진 수순으로 불같이 화를 냈다. 자

신들을 무시했다며 정중한 사과를 요구하는 것도 당연한 수순
이었다. 그때까지도 개봉칠악은 상대를 잘못 골랐다는 것을
전혀 눈치채지 못하고 있었다.

"계속되는 그의 침묵에 개봉칠악은 급기야 도를 빼 들었
소. 그런데 그 순간 그가 변했소. 사람 좋은 웃음을 흘리며 개
봉칠악의 투정을 받아주던 그가 개봉칠악이 도를 빼 드는 순
간 지옥의 사신으로 변해 버린 것이오. 그가 개봉칠악에게 한
말은 단 한 마디뿐이었소. 난 사실 무척 나쁜 사람이야. 그래
서 친구들이 날 일악(一惡)이라고 불러. 그 말을 끝으로 개봉
칠악의 머리와 목, 그리고 심장에서 피가 솟구치기 시작했소.
객선에 있던 그 누구도 그가 어떻게 개봉칠악을 죽였는지 제
대로 살핀 자가 없었소. 그의 무공은 비록 흑도의 무리를 상
대한 것이지만 전율적었소. 순식간에 객선은 피로 물들었고,
갑판에는 개봉칠악의 시체가 너부러졌소. 그런데 그건 끝이
아니라 시작이었소. 그는 개봉칠악을 그렇게 죽여놓고는 마
치 더러운 오물을 피하듯 피가 너저분한 자리를 비켜 깨끗한
갑판 앞쪽으로 이동했소. 배는 피 냄새로 진동했고, 그렇게
삼 일 동안 배를 탈 수는 없었소. 그럼에도 그는 자신이 일으
킨 죽음을 처리할 생각이 없는 듯 다시 여유로운 표정으로 흘
러가는 강물을 구경할 뿐이었소. 결국 다시 한 명의 희생자가
앞으로 나섰소. 이번에는 개봉칠악에 비하면 제법 이름있는
자였소."

개봉칠악에 이어 그의 앞에 나선 사람은 앞서 종회가 언급했던 황하이마였다. 황하이마는 흉명을 떨쳤던 자신들의 과거를 잊은 듯 사내에게 개봉칠악을 죽인 죄를 물었다. 더불어 사내에게 개봉칠악의 시신을 깨끗이 처리할 것을 요구했다. 그러자 사내가 마치 기다렸다는 듯이 황하이마에게 명을 내렸다.

"마침 나도 저 쓰레기들을 처리해야 한다는 생각을 하고 있었다. 그런데 마땅히 그 일을 할 사람을 찾을 수 없었는데 마침 너희들이 나섰으니 참으로 다행스런 일이야. 어서 깨끗하게 시신을 처리해라."

사내는 마치 아랫사람 부리듯 황하이마를 대했다. 당연히 황하이마는 크게 분노했고, 그들이 지금까지 지어온 죄업을 이 한 번의 일로 씻으려는 듯 사내를 마인 취급하며 그를 향해 도검을 빼 들었다.

황하이마의 흉명은 유명했다. 황하를 무대로 살아가는 그들에게 당한 무림고수의 숫자가 수백에 이를 것이란 말이 나돌 정도였다. 흉명만큼 무공도 대단해서 강호의 이름난 의협들이 그들을 처단하러 나섰을 때에도 그들은 너끈히 자신들에 대한 공격을 이겨내며 오늘에 이르고 있었다.

당연히 객선의 사람들은 이번엔 사내가 임자를 만났다고 생각했다. 황하이마는 개봉칠악 같은 흑도의 모리배와는 비교할 수 없는 강자들이었다. 그런데……

　"황하이마의 운명은 개봉칠악과 크게 다르지 않았소. 그는 단 십 초를 넘기지 않고 황하이마를 개봉칠악과 같은 신세로 만들어놨소. 황하이마의 시신은 개봉칠악의 시신 위에 포개졌소. 그때부터 객선은 완전히 지옥으로 변했소. 몇몇 의기있는 무인들이 그의 앞으로 나섰소. 그러나 그는 그들의 시신으로 다시 황하이마의 시신을 덮었소. 그렇게 채 반 시진이 지나기도 전에 객잔에 타고 있던 무인 중 열다섯이 죽었소. 살아남은 사람은 배를 모는 선원들과 우리 태산오룡 다섯, 그리고 옥나찰 염향이 전부였소. 그는 염향과 우리에게 명했소. 배를 깨끗이 청소하라고. 우린 두말 않고 배를 청소했소. 그가 보인 무위보다 그가 명을 내릴 때의 그 눈빛을 결코 거부할 수 없었기 때문이오. 그는 화인(火人)과 같았소. 그의 눈 깊숙한 곳에서는 용암처럼 적염의 기운이 흘렀소. 우리가 그의 명을 거절하는 순간 그의 눈에서 그 용암이 튀어나와 우릴 단번에 태워 버릴 것 같았소. 우린 마치 오래전부터 그의 수하였던 것처럼 그의 명에 따라 객선을 청소했소. 객선이 깨끗해지자 그는 객선의 선장에게 객선 앞쪽으로 의자 하나를 가져오라고 명했소. 객선의 선장이 그를 위해 의자를 마련하자 그는 그 의자에 앉아 다시 여유있는 여행을 즐기기 시작했소."

　낙양으로 가는 여행은 삼 일 동안 이어졌다. 선장은 배를 빨리 몰았다. 일촌이라도 빨리 그를 배에서 내리게 하고 싶었기

때문이다. 다행히 배가 낙양에 도착할 때까지 더 이상의 혈겁
은 없었다. 그는 거의 모든 시간을 뱃전 의자에 앉아 보냈다.
그렇게 삼 일을 여행하자 드디어 배가 낙양 포구에 도착했다.

　“우린 배에서 내리지 않았소. 아니, 내릴 수가 없었소. 그런
자가 무서 쟁탈전에 끼어들었다면 우리가 그 무서를 손에 넣
는 것은 지옥의 불씨를 품는 일이 될 테니까. 우린 그가 배에
서 내리기를 기다려 그 배를 타고 다시 태산으로 돌아가기로
결정했소. 그리고 우리의 기대대로 그는 낙양에서 배를 내렸
소. 그런데 그때 우린 한 가지 실수를 범했소.”
　“무슨 실수를 했단 것이오?”
　여승 묘선이 자신도 모르게 물었다.
　“그가 배를 내리며 문득 우리의 이름을 물었던 것이오. 우린
정말 아무 생각 없이, 아니, 거부할 수 없는 그의 존재감 때문
에 사실대로 우리의 정체를 밝혔소.”
　“그게 무슨 실수란 말이오?”
　“그때까지 우리도 그게 실수란 생각은 하지 않았소. 그런데
결국 그 일은 우리의 큰 실수였소. 그때 우린 결코 우리의 진
실한 정체를 그에게 밝히지 말았어야 했소. 왜냐하면 우리의
별호는 무림에서 제법 알려져 있었고, 또한 태산 인근에서만
활동했기에 그가 우릴 찾으려고 한다면 너무 쉽게 찾을 수 있
었기 때문이오. 그리고 그는 정말 두 달 뒤 우릴 다시 찾아왔
소.”

그러자 묘선이 침중한 어조로 물었다.

"그가 당신들을 다시 찾아온 이유가 설죽암에 있는 빙정 때문이었소?"

묘선의 물음에 종회가 고개를 끄덕였다.

"그렇소. 그는 우릴 찾아오자마자 바다를 건널 배편을 준비하라고 명했소. 알다시피 우린 그의 명을 거부할 수 없었소. 결국 우린 배를 준비해 그와 함께 지옥 같은 항해를 했고, 설죽암으로 오게 된 거요."

종회의 말이 끝나자 묘선을 포함한 설죽암의 승려들이 깊은 생각에 잠겼다. 태산오룡의 말이 종회의 말이 거짓으로 보이진 않았다. 거짓으로 보기엔 그가 한 이야기 속에 등장하는 인물들이 너무도 생생했다. 그렇기에 그의 입에서 나온 '그'라는 인물에 대한 공포감 역시 종회가 느끼는 것만큼 생생하게 설죽암 인물들에게 전해졌다.

"그의 이름을 아시오?"

묘선이 오랜 침묵을 깨고 물었다. 그러자 종회가 고개를 저었다.

"모르오. 그의 이름뿐 아니라 그가 어디 출신이며 누구의 사사를 하였는지, 아는 바는 전혀 없소. 그에 대한 무지가 그를 더 두렵게 하는지도 모르겠소."

"그는 지금 어디 있소?"

"그는 대련항에 머물러 있소. 배에서 우리가 빙정을 가지고 돌아오기를 기다리고 있소."

"왜 그가 직접 오지 않았소?"

그러자 종회가 고개를 저었다.

"모르겠소. 그가 왜 직접 오지 않고 우릴 이곳으로 보낸 건지. 어쩌면 귀찮았을지도 모르오. 춘봉산은 생각보다 험하더구려. 하지만 그런 것은 중요한 것이 아니오. 우리가 가지 않으면 결국 그가 올 것이라는 사실이 중요한 것이지. 그가 오면 설죽암은 끝을 보고 말 거요."

"설죽암은 그렇게 호락호락한 곳이 아니오!"

묘선의 곁에 있던 묘심이 차가운 음성으로 말했다. 그러자 종회가 고개를 끄덕였다.

"물론 오늘 경험한 설죽암은 듣던 것과는 전혀 다른 모습이었소. 솔직히 경악할 만하다고 해야 할 거요. 하지만 그럼에도 불구하고 난 그가 설죽암에 오는 것이 결코 좋은 일이 아니라고 말하고 싶소. 그가 오면 분명 설죽암은 큰 피해를 입을 것이오. 만약 그가 왔음에도 빙정을 고집한다면 설죽암은 멸문에 이르게 될 것이오. 이건… 결코 협박이 아니오. 오히려 설죽암을 위해 충고를 하는 것이오."

종회의 말에 진심이 담겨 있다는 것은 누구나 알 수 있었다. 종회는 무척 간절해 보였다. 그가 배후의 인물을 얼마나 두려워하는지 생생하게 느낄 수 있을 정도였다.

다시 침묵이 이어졌다. 설죽암의 여승들은 간간이 대화를 나누기도 했으나 거의 대부분의 시간을 침묵 속에 보냈다. 그리고 얼마 후 묘선이 입을 열었다.

"그대들은 그만 물러가시구려."

"빙정을 내놓지 못하겠다는 말이구려."

"그렇소."

"아, 안타까운 일이오. 결국 화를 자초하는구려."

"비록 그가 와서 설죽암에 화를 미친다 한들 하늘이 내린 기보를 함부로 밖으로 내어놓을 수 없는 일이오. 더군다나 그대에게 들은 것만으로도 그는 이미 치명적인 위험을 지닌 마인인데 더더욱 그런 자에게 빙정을 내어줄 수는 없소."

"설죽암의 식솔이 모두 죽어도 말이오?"

"그건 그대가 걱정할 문제가 아니오."

묘선의 대답은 단호했다. 그러사 종회가 난감한 표정으로 태산오룡의 다른 사람들을 돌아보며 말했다.

"아우들, 일이 틀어진 모양이네. 가세. 일이 이렇게 된 이상 조금이라도 빨리, 조금이라도 멀리 그에게서 떠나는 것이 좋을 걸세."

"역시 해동으로 가야겠지요?"

태산오룡의 둘째 등각이 물었다.

"당연한 말일세. 운이 좋아 선문과 인연을 맺을 수 있다면 혹 그의 마수를 피할 수도 있을 걸세. 또한 그는 무척 게으른 자이니 우릴 쫓아 해동까지 오지 않을 수도 있고."

"가시죠, 형님."

등각의 말에 종회가 고개를 끄덕였다. 그리곤 묘선 등 설죽암의 여승들을 보며 작별을 고했다.

"우린 그만 물러가겠소. 분란을 일으킨 점 사과드리오. 그리고 부디 그를 만나게 되거든 우리가 해동으로 갔다는 말을 하지 말아주시구려."

"그건 걱정 마시오."

묘선이 담담하게 말했다.

"마지막으로 충고하자면 빙정을 지키려면 그대들도 어서 이 설죽암을 떠나는 것이 좋을 것이오. 그럼!"

종회가 말을 마치고는 훌쩍 신형을 날려 설죽암을 벗어났다. 그 뒤를 따라 태산오룡의 나머지 네 고수가 신형을 날렸다.

"이제 그만 나오시구려!"

태산오룡이 떠나자 설죽암의 승려 중 묘심이 송추월 등이 숨어 있는 숲을 보며 소리쳤다.

"역시 만만한 인물이 아니야."

악전이 혀를 찼다. 은밀히 숨어 있었건만 태산오룡을 상대하면서도 이미 자신들의 기척을 알아챈 묘심의 무공에 새삼 놀란 모양이었다.

"나가요."

서연이 망설일 것 없다는 듯 숲을 벗어났다. 송추월과 악전이 그런 서연의 뒤를 따라 설죽암의 정문 앞으로 다가갔다.

"어디서 오신 분들이오?"

묘심이 차가운 말투로 물었다. 이미 태산오룡과 한바탕 분란을 치르고 난 처지라 새로운 손님이 반가울 리 없었다. 서연이 송추월을 돌아봤다. 고소요를 만나려는 것도, 그래서 설죽암에 오게 된 것도 모두 송추월의 결정이었다. 서연의 시선을 받으며 송추월이 앞으로 나섰다.

"전 송추월이라고 합니다."

"좋아요. 이름을 당당히 밝히니 나쁜 의도로 온 사람은 아닌 모양이구려. 그래, 소협이 설죽암에 온 이유는 무엇이오?"

"고 소저를 만나고자 설죽암에 들렀습니다."

"고 소저? 아! 소요를 말하는가 보군요."

묘심이 고개를 돌려 설죽암 승려들 뒤쪽에 서 있는 고소요를 바라봤다. 그러자 고소요가 승려들 사이를 비집고 앞으로 걸어나왔다.

"아는 사람이더냐?"

묘심의 목소리가 지금까지와 달리 부드럽다.

"네. 아는 사람이에요. 오라버니의 부탁을 받았나요?"

고소요가 송추월을 보며 물었다.

"그렇습니다."

"절 데려오라고 하던가요?"

고소요의 말에 송추월이 고개를 끄덕였다.

"그렇다면 잘못 오셨군요. 전 산장으로 돌아가지 않아요. 그만 돌아가세요!"

고소요의 말이 냉랭했다. 그러나 송추월은 고소요의 말에는 신경 쓰지 않고 고개를 들어 서쪽 해안으로 지는 해를 바라봤다. 송추월의 의도를 알아챘을까? 문득 묘심이 입을 열었다.

"가더라도 오늘은 아닌 것 같구나. 이미 해가 졌으니 어찌 널 찾아온 손님을 밤길로 내몰 수 있겠느냐? 들어가십시다. 소요와는 차차 말씀 나누시고 일단 오늘은 설죽암에서 하룻밤 쉬어가시구려."

묘심의 말에 송추월이 빙그레 미소를 지었다.

"고맙습니다."

『화마경(火魔經)』 3권 끝

무공을 익힐 수 없는 비운의 천재 제갈수.
공자가의 망니니 공자 슈.

운명을 벗어나려는 제갈수의 노력은 망나니 공자의 죽음과 만나 비상한다.

제갈수의 영혼과 슈의 신체를 이어받은 새로운 슈 부르셀라 폰 레비안또 가누비엔
그것은 하나의 위대한 기적!

홀로선별 퓨전 판타지의 신기원!
『기적!』

따뜻한 그의 이야기가 지금 시작된다.

KARMA MASTER 카르마 마스터

이상혁 게임 판타지 소설

살아 있다는 것이 무엇인가?

살아 있는 것과 살아 있지 않은 것. 자극을 받는 것과 받지 않는 것.
자극을 받는 그 무엇. 즉, 자아(自我).

형이 개발한 게임, 샹그릴라에서 만난 소녀. 사고로 깊은 잠에 빠진 형을 알고 있는 그녀로
인해 한규의 게임 인생이 180도 뒤바뀐다!

"한규, 티아메트 만나."

이상혁 작가의 새로운 도전! 〈카르마 마스터〉
샹그릴라를 둘러싼 비밀까지 한규로 날려 버린다!

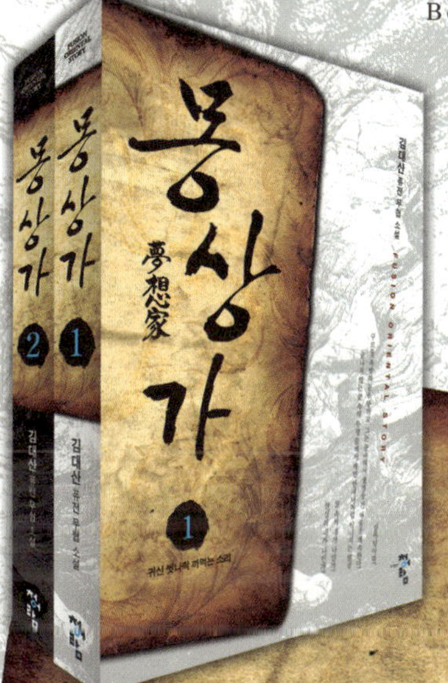